国家社会科学基金重点项目
"西域汉语诗歌史（23AZW017）"阶段性成果

文学西域的新变

以清代江南文化的影响为视角

周燕玲 吴华峰 著

学苑出版社

图书在版编目（CIP）数据

文学西域的新变 ：以清代江南文化的影响为视角 ／
周燕玲，吴华峰著 . — 北京 ：学苑出版社，2024.2
ISBN 978-7-5077-6916-6

Ⅰ．①文… Ⅱ．①周… ②吴… Ⅲ．①中国文学－古
典文学研究－清代 Ⅳ．① I206.2

中国国家版本馆 CIP 数据核字 (2024) 第 051863 号

责任编辑：黄　佳　魏　桦
出版发行：学苑出版社
社　　址：北京市丰台区南方庄 2 号院 1 号楼
邮政编码：100079
网　　址：www.book001.com
电子信箱：xueyuanpress@163.com
联系电话：010-67601101（销售部）　010-67603091（总编室）
印　刷　厂：北京建宏印刷有限公司
开本尺寸：880 mm×1230 mm　1/32
印　　张：8
字　　数：178 千字
版　　次：2024 年 2 月第 1 版
印　　次：2024 年 2 月第 1 次印刷
定　　价：80.00 元

目 录

绪 论

第一节　研究现状评价与本书写作意图

中国幅员辽阔，地域文化差异明显。地域文化的多样性与广阔性，造就了不同的人情风俗，昭示出一方水土所滋养的地域特色。早在汉代，班固就曾概括各地风俗不同的原因："凡民函五常之性，而其刚柔缓急，音声不同，系水土之风气。"[1] 汪辟疆先生进一步说："若夫民函五常之性，系水土之情，风俗因是而成，声音本之而异，则随地以系人，因人而系派，溯渊源于既往，昭轨辙于方来，庶无尤焉。"[2] 都说明了地域环境是人类性格特征、风俗习惯形成的本源。

不同地域的自然地理环境反差极大，不同地域文学主体也呈现出多样化的形态。这其中，尤其以南、北差异最为显著。唐代魏徵说："江左宫商发越，贵于清绮，河朔词义贞刚，重乎气质。"[3] 刘师培在《南北文学不同论》中，也阐述了以黄河文化为代表的"北"与以长江文化为代表的"南"文学的差异，说明了文学风格的形成和地理环境之间的关系[4]。

南北文化成为中国两支最具代表性和影响力的主体文化。在此基础上，进一步细化、衍生出诸如齐鲁文化、燕赵文化、巴蜀文化、

---

1 〔汉〕班固：《汉书》卷二八《地理志》，北京：中华书局，1962年，第1640页。

2 汪辟疆：《汪辟疆文集》，上海：上海古籍出版社，1988年，第292—293页。

3 〔唐〕魏徵等撰：《隋书》卷七六《文学传序》，北京：中华书局，2019年，第1942页。

4 刘师培：《刘师培史学论著选集》，上海：上海古籍出版社，2006年。

1

荆楚文化、吴越文化等多姿多彩的地方文化。其中西域边塞与江南水乡成为地域多元格局中屡屡被人提及、极富有代表性的两极。西部戈壁大漠与江南平原水乡的生态环境，塑造了不同的人文精神，粗犷豪迈的西域文化与婉约细腻的江南文化形成了鲜明的对比。不同文化从隔膜、碰撞到交流、融合，是一个渐进而必然的过程。

　　江南与西域的区域文化研究是近年来学术界关注的热点，形成了比较完整的区域文化概念，各自包容着不同的文化符号，代表了不同的审美趣味。迄今为止，在地域文化视野下，西域、江南区域性文学、文化研究已粗具规模。基本文献整理如吴蔼宸辑录的《历代西域诗钞》、星汉《清代西域诗辑注》、王有德和钟兴麒选注的《历代西域散文选注》、杨建新《古西行记选注》等。研究论著如星汉《清代西域诗研究》，薛宗正《历代西陲边塞诗研究》[1]。江南的地方性诗文总集数量更多，重要者如《江苏诗征》《国朝杭郡诗辑》《两浙輏轩录》等，研究著作如刘士林等《江南文化理论》，罗时进《地域·家族·文学：清代江南诗文研究》，陈玉兰《清代嘉道时期江南寒士诗群与闺阁诗侣研究》等[2]。

　　很明显，上述研究仍然集中在阐释单一地域的文学特征。亦有学者注意到了"西域""江南"二者的交互性、交融性，其关注点

---

　　1 吴蔼宸：《历代西域诗钞》，乌鲁木齐：新疆人民出版社，1982年；星汉：《清代西域诗辑注》，乌鲁木齐：新疆人民出版社，1996年；王有德、钟兴麒：《历代西域散文选注》，乌鲁木齐：新疆人民出版社，1995年；杨建新：《古西行记选注》，银川：宁夏人民出版社，1987年；星汉：《清代西域诗研究》，上海：上海古籍出版社，2009年；薛宗正：《历代西陲边塞诗研究》，兰州：敦煌文艺出版社，1993年。

　　2 刘士林、苏晓静、王晓静等：《江南文化理论》，上海：上海人民出版社，2019年；罗时进：《地域·家族·文学：清代江南诗文研究》，上海：上海古籍出版社，2010年；陈玉兰：《清代嘉道时期江南寒士诗群与闺阁诗侣研究》，北京：人民文学出版社，2004年。

主要在元代，元代有一批西域诗人流寓江南，如爱慕江南风物的维吾尔族作家贯云石。贯云石的祖父阿里海涯以军功获封湖广行省右丞相，之后贯云石家族定居江南，贯云石更是终老江南，他寻访江南名山古迹，留下了大量反映江南山水风光的作品。被誉为"元诗冠冕"的色目诗人萨都剌举进士之后，也长期在江南仕途沉浮。在元代，无论是江南来到北方的汉族文人，还是从西北来到江南的少数民族文人，都热衷于书写"江南"题材。"随着北方民族与南方民族相互融合的进展，各种政治和文化因素共同导致'江南'在文学上的地位日趋突出，'江南书写'十分盛行"[1]。杨义、汤晓青在《北方民族文化与中国古代文学》中阐释此现象说："尤其是元代蒙古色目诗人群体的出现，如马祖常、贯云石、萨都剌等人，以边塞诗人写边塞诗，没有苦涩相，而多有奔放、从容的风度；以西域人写江南景物，另有一番新鲜之感。"[2]大量西域诗人流落江南，造成了文化与文学的互动，潘清进一步指出："江南文化的发展是江南本原文化的延伸，在这种本然延伸的过程中，元代蒙古、色目文化给江南文化注入了新的质素，使江南文化的范畴得到扩展，内涵更加丰富，形式更加多样。……双方的这种交融实质是民族融合的表征，江南文化的发展由此呈现丰富多彩的面貌。"[3]

文化交融互渗的脚步从未曾停止。在清代这一现象翻转过来，江南文化亦为西域文化注入了新的质素，使西域文化的形式更加多样，改变了西域诗的抒写方式，从而塑造了前所未有的"文学西域"

---

1 邱江宁：《元代多民族文化交融背景中的江南书写》，《文学评论》2013年第6期，第184页。

2 杨义、汤晓青：《北方民族文化与中国古代文学》，《社会科学战线》2003年第3期，第88页。

3 潘清：《元代江南民族重组与文化交融》，南京：凤凰出版社，2006年，第114页。

形象。本书旨在从江南文化对西域文化的影响和渗透入手，揭示"文学西域"在清代的新变。笔者希望通过此项研究，充分关注和认识江南文人对于西域的书写变化，并揭示江南文人对西域的文化贡献。

具体而言，本书的写作意图如下：

第一，选取江南文人作为研究对象，一方面是由于清代亲历西域的江南文人众多，且其中不乏名噪一时的特出之士，如洪亮吉、施补华、黄濬等。他们的诗文数量大，作品质量亦臻上乘。另一方面在于这一特定的地域作家群与特定区域的文化碰撞具有典型性。明清时期，江南是全国经济最为发达的地区。在文化方面，江南也是清代文化最为发达的地区。梁启超曾云清代学术"几为江浙皖三省独占"[1]。这些饱受传统文化熏沐的士人，从繁华的江南水乡来到西域边塞，所受的文化震荡最为强烈。这种人生的转变，对其文学创作和人生经历而言都具有重要意义。

第二，西域诗文特殊的历史价值。长期以来，西域研究的中心和方法均侧重于实证，即使是对《山海经》及《穆天子传》等文学性很强的著作中涉及西域部分的研究，也强调对其所载名物进行检视、追究与考证，这使得西域研究在考古、历史、地理等方面往往名家辈出，但在文学方面却甚为寂寞[2]。与史书相比，文学在反映历史真实方面虽不如史书翔实，但它所达到的艺术真实更细致入微，更富有魅力。

西域文学历史认识价值的特殊性主要体现在三个方面：一是对

1　梁启超：《近代学风之地理分布》，载《饮冰室合集》第 5 册，北京：中华书局，1989 年，第 49 页。

2　刘振伟：《西域文化、文学与中原文学——评〈西域文化影响下的中古小说〉》，《西域研究》，2007 年第 2 期，第 133—136 页。

西域历史事件文学式的描述。诸如乾隆皇帝统一西域、土尔扈特部回归、左宗棠收复新疆等一系列重大历史事件都反映在当时的西域诗文中，很多细节可以补史之阙。二是对西域特殊地域、民俗、文化习尚的描绘。西域文学中对于社会风习及民俗传统的描写不仅数量多，而且细致生动，记录了西域地区社会民众生活的千姿百态。三是对文人精神世界的记录。清代文人来西域有多种原因，其中江南作家多为流人或地位低下的幕僚文人，他们将外在行役之苦和内在仕途忧患记录在了创作之中，堪称流人心史。

　　第三，探析清代江南士人之西域观与国家观。清初人们对西域的感受，多受史籍中古人观念的影响，在清初多数士人心目中，皆以陕甘或河西为西北边防重地，对西域不甚重视。清政府平定西域后，越来越多的人躬践斯土，进一步确立了西域与中原一体的大一统观念。对于那些未曾亲履西域的、认知渠道较为单一的江南士人阶层而言，这种观念的改变颇为不易。他们从对西域神秘而陌生的好奇到开始对这里的物产、交通、风俗有真实的感知，西域观与民族观也相应发生了变化。他们将这种认识也投射到了文学创作之中，甚至对其后百余年中原人对西域的认知都产生了深刻影响。

　　第四，与当下中国文化的发展相关联。今日的新疆是开放的新疆，尤其是在第三次中央新疆工作座谈会上，"文化润疆"被正式纳入新时代党的治疆方略的宏伟蓝图，在这一背景下，推动全社会参与认识、了解新疆显得极为重要和迫切。透过对文学的反思，可以从丰富的角度折射出西域各民族团结奋斗、共同繁荣文化建设的历程。借古思今，探究多元融会的西域文化，是研究不同文化在不同时期与不同地域文化交流融合的"活化石"。对于铸牢中华民族共同体意识、强化中华民族的共同性也具有重要意义。

第二节 研究范围的界定

"江南"与"西域"各自代表的地域范围在历史上多有变化，含义十分广泛且复杂。特别是"江南"，长期以来一直存在着较多争论和多样的表述，尚未统一认识，这些划分也多依据不同的标准，致使"江南"的地理范围不尽相同。因此，在展开研究之前有必要对研究范围做一界定。

历史上的"江南"随着社会经济发展经历了一个不断细化的过程，现今江南地区的概念有广义和狭义的区分：广义的江南，指宜昌以东，长江中下游以南，南岭以北的广大地区；狭义的"江南"，专指以太湖为中心的长江以南的江、浙、沪一带，这是地理"江南"的核心区域，清代"江南地区"主要包括：江南省、浙江省和江西省。其中"江南省"始设于顺治二年（1645）。至清康熙六年（1667），又将其分为江苏、安徽两省。

学界对于江南概念的定义较多，此处不再一一列举。在众多定义中，尤其以李伯重先生观点影响较大。李伯重《简论"江南地区"的界定》一文认为"江南"的范围应为明清时期的苏州、松江、常州、镇江、江宁、杭州、嘉兴、湖州八府，以及后来由苏州府划出的太仓直隶州[1]。这八府一州之地一般被认为是狭义的"江南的重心"。这一划分方式影响最大，本书采用了李伯重先生的观点，但由于区域文化具有辐射性，本书根据所研究的内容进行适当的延伸。明清两代对"江南地区"的区划设置，是指明清时期长江以南的江苏省南京、镇江、常州、苏州、松江等五府和太仓直隶州，安徽省的徽州、

---

1 李伯重：《简论"江南地区"的界定》，载《中国社会经济史研究》，1991年第1期，第101页。

宁国、池州、太平和广德直隶州等皖南诸府郡州县，以及浙江省全境。以现在的省级行政区域来划分的话，大致涉及江苏、浙江、上海等地和安徽的部分地区，涵盖了江南文化产生的中心区域，以及受"江南的重心"所辐射和影响的周边区域。

再来说西域。西域范围广袤，地理位置冲要，是丝绸之路的核心地段，通常是对阳关、玉门关以西广大地区的统称，在不同历史时期"西域"所指的地理范围也不尽相同。当今学界大多认同"西域"有广义和狭义之分，广义西域泛指阳关、玉门关以西及丝绸之路所经过的亚、非、欧各地的总称，狭义西域仅指葱岭（今帕米尔高原）以东的新疆一带[1]。本书采用狭义"西域"的概念，特指今日新疆地区，在论述中有时依据历史表述习惯，直称为"新疆"。

1　荣新江《西域史研究的回顾与展望》一文指出，西域概念"有狭义和广义两种。狭义的西域，一般即指天山以南，昆仑山以北，葱岭以东，玉门以西的地域；广义的西域，则指当时中原王朝西部边界以西的所有地域，除包含狭义的西域外，还包括南亚、西亚，甚至北非和欧洲地区"。《历史研究》，1998 年第 2 期，第 132 页。星汉《清代西域诗研究》认为"广义的西域可至中亚、南亚各地。狭义的西域则指今新疆维吾尔自治区及其附近地带"。第 1 页。

第一章　清代西域文学创作的江南气韵

《尚书·禹贡》中有"东渐于海，西被于流沙，朔、南暨：声教讫于四海"的记载，对西界"流沙"的描摹，代表着中原人士对西域自然地理景观的最初认识。这种地理特征，逐步演变成西域的文化特征——遥远、艰苦、荒凉。从张骞凿空西域，开启了中西文化、经济交流的丝绸之路，中原士人对西域的了解逐渐增多，西域逐渐见诸正史，文学书写正是基于历史文献、历史印象基础上的拓展、提升与重塑，从而进一步构造了区别于史书中的"文学西域"形象，其中尤以唐诗的影响最为深刻，唐代西域诗绚烂而不无夸饰的描写构成了文学西域的基础印象，然而随着历史情境的消失与远去，前人的创作又变为后来者了解西域的间接材料，使得创作模式不可避免地趋于同质化、类型化，甚至被夸张、异化，沦为一厢情愿的想象。文学西域形象愈加固化，成为唐以后文人西域诗创作的藩篱。

清代诗人对西域的描写，一方面承袭唐代西域诗的传统，亦有如"天山六月凝冰雪，石骨峻嶒冻迸裂"[1]"一山古雪当头近，万仞寒光入眼明"[2]"大风吹空车轮走，蝎虎如人蟒如狗"之类表现强烈地域

1〔清〕许乃毅：《梦游天山松树塘吟》，自《瑞芍轩诗钞》，载《清代诗文集汇编》第548册，上海：上海古籍出版社，2010年，第83页。

2〔清〕黄濬：《过天山仍次前韵》，载《壶舟诗存》卷七，咸丰八年（1858）刻本，叶四六正。

反差和绝塞体验的诗篇[1]。另一方面则努力寻求新变，这也得到学者的关注，如贾建飞指出，清朝在不断开发新疆的同时，人们对新疆的认识也发生了变化，开始逐渐摆脱汉唐文学记载中的固有印象。在纪昀等文人的笔下"新疆与中原已无隔膜，其对新疆的认同感也大为增强"[2]。唐彦临则从文学视角指出，汉唐以来"各类书写中逐渐形成了关于西域自然景观的文化符号，塑造并强化了片面的西域观。亲历其地大大改变了清代西域诗人基于历史与文化传统形成的关于西域的认知。……意味着对汉唐两代各类书写中对西域景观的片面性凸显的颠覆"[3]。可见学界已认识到了清代西域文学的积极变化，且这种变化是多元的，目前研究仍然以宏观的视角展开，缺乏深入探析具体的变化特征以及细节性的阐释，特别是"文学西域"的形成演进过程以及所受到的影响尚未得到系统性梳理，还有较大研究空间。在诸多新变之中，江南的地方元素渗透入西域诗歌的创作是突出表现之一，从西域的山水风貌、人文景观到西域情怀都颇具江南的俊秀缠绵之姿，体现出江南文化与西域文化的交融和渗透。

第一节　自然山水的江南化

自然山水特征，往往是一个地域区别于另一个地域最醒目、最具独特性的标志。也正是这个原因，作家身处某一地域环境时，往

1　〔清〕方希孟：《戈壁行》，自《息园诗存》，载《清代诗文集汇编》第739册，第746页。

2　贾建飞：《清代中原士人西域观探微》，《清华大学学报（哲学社会科学版）》2010年第3期，第112页。

3　唐彦临：《清代西域诗对西域自然地理符号化书写的颠覆与重构》，《新疆大学学报》2018年第4期，第123页。

往在不自觉中强化地域特征的意识。唐代西域诗正是通过强化"西域"自然风光的特殊性与差异性，展示出了浓郁的西域风貌。然而，不同于其他时代，清代西域诗人笔下的西域山水更加类似江南，他们更多地抒写西域与内地，特别是江南地区的相似性。颠覆了汉唐诗人笔下龙沙万里、狂风暴雪的西域印象。

一、山水自然的秀美

乾隆四十六年（1781），浙江嘉兴人庄肇奎遣戍伊犁。他作《伊犁纪事二十首效竹枝体》多角度描写伊犁风光[1]：

> 寻巢双燕语呢喃，嫩柳夭桃三月三。如许风光殊不恶，梦魂长似在江南。（其八）

> 果子花开春雨凉，垂丝斜鞯嫩条长。一枝折赠江南客，错认嫣红是海棠。（其九）

伊犁素有"塞外江南"之称，这里降雨充沛，气候宜人，庄肇奎作品字里行间都将伊犁与故乡江南相比较，他笔下伊犁的城市景观与内地已没有太大的差别。乃至诗人有"梦魂长似在江南"之感。同时期来到西域的朱腹松也在诗中写道："沿街风景似山村，野水浮来绿到门。小彴横斜人过少，飞鸦掠破碧波痕。"[2]明显带有一番江南水乡风味。

再如洪亮吉《伊犁纪事诗四十二首》有：

1〔清〕庄肇奎：《胥园诗钞》，载《清代诗文集汇编》第363册，第51页。

2〔清〕朱腹松：《伊江杂咏》其五，载《塞上草》卷一，清嘉庆间刻本，叶一四正。

鹁鸪啼处却东风，宛与江南气候同。杏子乍青桑椹紫，家家树上有黄童。（其二十七）[1]

洪亮吉是江苏阳湖人，江南是他的家乡，此时他虽然身处西域，这里的春天却让他格外熟悉，他用色彩缤纷的语言，勾画出西域的春景，无论是气候还是自然景物都充满了江南风貌。与王阳明笔下江南农村的"油菜花开满地金，鹁鸪声里又春深"（《和董萝石菜花韵》）相类似，地域不同，但写作方式却没有大的差异。

同样是遣戍伊犁的浙江海宁人陈寅，在他的组诗《次舒春林伊江杂咏韵二十首》中则这样描绘他所见的西域山水：

细草明湖畔，秋风古岸前。黄芦分断雁，红柳送残蝉。绝塞疑无地，穹庐别有天。渔舟归梦稳，如卧武林田。（《黄草湖》）[2]

曲折盘空径，仙源出八荒。深林浓作荫，野果熟含香。古柏参云路，青山卧石梁。飞桥逾廿四，溪水响淋浪。（《果子沟》）[3]

诗中"武林""廿四桥"都是著名的江南元素，将其融入西域山水的描写中，也是那么自然和谐。

道光年间，浙江台州人黄濬出关后经天山北路赴乌鲁木齐，行至巴里坤松树塘时作诗云："勉至松树塘，松盛草亦肥。仿佛江南

1〔清〕洪亮吉著，刘德权点校：《洪亮吉集》，北京：中华书局，2001年，第1214页。

2〔清〕陈寅：《向日堂诗集》，载《清代诗文集汇编》第398册，第686页。

3〔清〕陈寅：《向日堂诗集》，载《清代诗文集汇编》第398册，第686页。

景，密雨如飘丝。几忘行役困，颇生哦咏思。"[1] 在《过天山仍次前韵》中也写道："待过松塘风景异，淡烟细雨动乡情。"句下自注谓："松树塘在天山西北，丛松细草，大有江南风景。是日适逢阴雨，春意盎然。"[2] 到达乌鲁木齐后，他进一步发掘江南与西域的相似性，如写塞外春日："二月春分龙蛰启，新雨江南亦如此。岂因我自江南来，故遣春云散春水。"[3] 又赞塞外秋日："秋光争及江南美。"[4] 刻意强化西域与江南的共通之处。

清末诗人方希孟也有类似的描写，他于光绪三年（1877）抵达乌鲁木齐，在西域寓居六年，他笔下的西域风光如下：

> 五月轮台路，花香蝶满衣。树深山鹊喜，沙暖雪鸡肥。霞鸟连红落，岚虹夹翠飞。结庐好烟景，漠外欲忘归。（《三台道中》）[5]

> 漠暖百花红，禽声细雨中。海光飞白马，山气吐黄虹。麦露浮晴野，松云冪晚空。疏林隔渔火，几处似江东。（《巴里坤野宿》）[6]

1〔清〕黄濬：《由哈密抵乌鲁木齐一千六百里，循前玉门至哈密之例，荟而成诗，盖至乌鲁木齐而西戌之行毕矣，乌鲁木齐今为迪化州》，载《壶舟诗存》卷七，叶四六背。

2〔清〕黄濬：《壶舟诗存》卷七，叶四六正。

3〔清〕黄濬：《二月十八日雨，春分后一日也，灯下感赋》，载《壶舟诗存》卷八，叶三一正。

4〔清〕黄濬：《重九后六日得雪》，载《壶舟诗存》卷八，叶五十正。

5〔清〕方希孟：《息园诗存》，载《清代诗文集汇编》第739册，第742页。

6〔清〕方希孟：《息园诗存》，载《清代诗文集汇编》第739册，第742页。

在这两首诗中，方希孟不再用如椽大笔粗线条勾勒西域风光，而是通过细雕慢刻的方式，呈现西域山水的秀美，面对这样的景色，连诗人自己都有"似江东"之感。

值得注意的是，这一特征不仅存在于江南籍作家，其他地区的作家，特别是一些少数民族作家的作品都有此特点，如铁保云："祁连山上春如海，开到江南桃李花。"[1] 成书云："杨柳数株泉一道，沁城已是小江南。"自注解释说："漠外寸草不生，唯沁城有林木水泉之胜，土人谓之小江南。"[2] "沁城"是指哈密之东的塔尔纳沁。可以看出，西域山水的江南特征，已是相当一部分清代西域诗人的共同认识。许多文献都将乌鲁木齐、伊犁等城市称为"塞外江南"，直到今天，仍然为人津津乐道。

二、八景文化与八景诗

提及清代西域的山水诗，不能不谈八景诗。八景是在我国广泛流传的一种集景文化，最初在绘画中出现。据沈括《梦溪笔谈》记载，五代末北宋初的画家李成绘了一幅"八景图"，由此"八景"之称正式出现。北宋画家宋迪在"八景图"的基础上，绘制了八幅名为"平沙雁落、远浦帆归、山市晴岚、江天暮雪、洞庭秋月、潇湘夜雨、烟寺晚钟、渔村落照"的"潇湘八景图"。此后，书法家米芾为之题写诗序，宋宁宗赵扩还亲笔题写了八景组诗，推动了"八景"文化走向滥觞。一时间，全国各地"八景林立，不胜枚举"[3]。各地名

---

1 〔清〕铁保：《次及门阮中丞寄怀元韵》其四，自《惟清斋全集》，载《清代诗文集汇编》第 432 册，第 560 页。

2 〔清〕成书：《多岁堂诗集》，载《清代诗文集汇编》第 463 册，第 342 页。

3 高巍、孙建华等编著：《燕京八景》，北京：学苑出版社，2002 年，第 6 页。

士纷纷找出本地八景，为之赋诗。早期"潇湘八景图"呈现了以南方温丽柔媚为主色调的水墨氤氲，西域的八景诗沿袭了这一审美理想和创作意趣，在此视野观照下的西域山水风貌更趋于纤巧细腻。

乾隆三十年（1765），国梁任迪化同知，作《轮台八景》歌咏乌鲁木齐风光，这八景为"圣山雷雨""虎峰水树""七岭锁云""两池酿玉""暖泉漾碧""大冶霏青""西亭花坞""北湾稻畦"。勾勒出遐荒远域之中，让人心醉沉迷之景。其《虎峰水树》写道：

> 猛虎弃深窟，委蜕红山峰。怪石如屈铁，斑驳古鼎钟。万木凝黛云，一水走青龙。时一展清眺，亦足舒尘惊。心醉山水间，不袭醉翁容。[1]

诗序云："城北三里许红山嘴，蒙古名巴拉哈达。巴拉，虎也；哈达，山石也。以其石似虎踞状，故名。乃博克达之支。山石色红碧相映发，其下树木阴翳，河流潋滟，殊有佳致。"勾画了乌鲁木齐红山怪石林立、山清水秀，恰似世外桃源的醉人风光。

乾隆四十六年（1781），曹麟开谪戍乌鲁木齐，亦作《八景诗》。他笔下的八景分别为"轮台秋月""葱岭晴云""红山晓钟""祁连晴雪""红桥烟柳""瀚海流沙""温泉夜雨""泛灢晚渡"。无论是景致的摄取还是典故的运用，都渗透了浓厚的江南文化特征，来看其《红桥烟柳》：

> 蜿蜒长虹跨碧浔，拂栏柳色染烟深。阅人多矣攀条过，今

1〔清〕国梁：《澄悦堂诗集》，载《清代诗文集汇编》第342册，第111页。

我来思侧帽吟。情尽故低迎送路，魂销漫绾别离心。记从廿四桥头望，明月吹箫思不禁。[1]

　　诗作开篇用细腻婉约的笔法，勾画出宛若江南的烟雨柳色。结尾化用杜牧"二十四桥明月夜，玉人何处教吹箫"（《寄扬州韩绰判官》）句，更加深了诗中的江南神韵。

　　还有诗人将八景诗进行扩充，形成规模更大的组诗。如黄濬的《塞外二十咏》。这组诗吟咏进入西域后沿途所遇的二十处景观，分别为："玉门晚照""西台朝旭""柳园初月""猩峡夕风""长流甘水""密陇灌泉""天山快雪""松塘细雨""巴里晴云""戈边野色""木垒烟岚""奇台暖霭""古城丛绿""吉木森阴""滋泉树流""阜康麦气""古木翳日""博克凌霄""红袖迷霞""乌壤熙春"，亦为八景诗的体例。和其他西域八景诗一样，诗人心中都有一个先入为主的江南范式作为创作基础。在这一范式的影响之下，山水诗的描写呈现出江南化的特征。如《松塘细雨》：

　　　　恰似江南二月时，山南山北雨如丝。松阴湿翠牛方卧，草陇沾青蝶未知。塞北客疑春到晚，关西人恐梦来迟。此身已在祁连外，生怕林中叫子规。[2]

　　此诗题下自注云："过天山即松树塘，万松挺郁，山色青葱，忽而密雨如丝，满林滴翠，不啻江南烟景。"诗人满眼所见都是江南

1　〔清〕和瑛：《三州辑略》，载《中国地方志集成·新疆府县志辑》第 6 册，南京：凤凰出版社，2012 年，第 576 页。

2　〔清〕黄濬：《壶舟诗存》卷七，叶五十背—五一正。

春景，抒写了松树塘景色细腻的一面。

甚至连前人笔下浩瀚荒芜的戈壁，也呈现出柔婉的一面：

> 几日摇鞭逐雁沙，眼明前路碧无涯。雪消囊底千山尽，风掠裙腰一道斜。夕照红连圈马地，酒旗青黯野回家。平芜也似西陵色，只少飞飞陌上花。(《戈边野色》)[1]

此诗题下自注云："戈边一名戈壁头，言戈壁西来至此而尽也，软草如烟，青葱弥望，大异沙碛之荦确者，连日闷损之怀，为之一开。"王维的"大漠孤烟直，长河落日圆"(《使至塞上》)一联堪称吟咏戈壁瀚海之绝唱，然而，黄濬并没有进一步用王维以来以雄阔苍凉之笔描写的惯例，而是致力于勾画落日戈壁的秀美，甚至指出"平芜也似西陵色"。"西陵"原为浙江杭州孤山西面的一处地名，常借指杭州。唐人钱起在杭州有"西陵树色入秋窗"(《九日宴浙江西亭》)。黄濬作为浙江人自然熟识"西陵色"，他将"西陵色"移植塞外戈壁，赋予题材更加丰富的文化意义。

再看其《滋泉树流》，诗云：

> 野泉急雨搅滋泥，野店荒凉唱晚鸡。墙角千蛙沈巨灶，檐牙万马杂征辇。未闻塞北霖三尺，却胜江南涨一犁。明日东风吹湿辔，树头尤有鹧鸪啼。[2]

诗中用《左传·隐公九年》"凡雨自三尺以往为霖"之典，来

1〔清〕黄濬：《壶舟诗存》卷七，叶五二背。

2〔清〕黄濬：《壶舟诗存》卷七，叶五四正—五四背。

说明塞外干旱少雨。然而令诗人惊讶的是这里"却胜江南涨一犁"。甚至于明日露水沾湿了鞍鞯，还能听到树上鹧鸪的鸣叫。李时珍《本草纲目》谓"鹧鸪生江南"[1]，鹧鸪在北方非常少见，黄濬此诗中的鹧鸪，或为他的想象。鹧鸪作为诗歌意象，往往类似于子规、鸿雁，具有思乡的含义。唐人郑谷《席上贻歌者》云："座中亦有江南客，莫向春风唱鹧鸪"，通过鹧鸪曲透露出诗人羁旅思乡之情。辛弃疾有"江晚正愁余，山深闻鹧鸪"（《菩萨蛮·书江西造口壁》）听到鹧鸪的叫声，让他联想起山河破碎，骨肉分离之痛，都是典型的以"鹧鸪"为意象来抒写离情的例子。鹧鸪本身就是江南的代指，宋代诗人张咏在听到鹧鸪声时有"北客南来心未稳，数声相应过前村"（《闻鹧鸪》）之句，然而黄濬作为南客西来却并未有"心未稳"之感，在塞外听到鸟儿啼叫，反而抚慰了他的乡愁，颇有"此心安处是吾乡"（苏轼《定风波·南海归赠王定国侍人寓娘》）之境界。

三、西域山水的再审视

大多数西域山水诗并非呈现原生态自然风光，每一位诗人都会对特定物象进行主观营造。因此即便是同一描绘对象，不同的作家、不同心境都会造成巨大的审美差异。如前文所举松树塘，同样途经此地的洪亮吉有名作《松树塘万松歌》，诗云：

> 千峰万峰同一峰，峰尽削立无蒙茸。千松万松同一松，干悉直上无回容。一峰云青一峰白，青尚笼烟白凝雪。一松梢红一松墨，墨欲成霖赤迎日。无峰无松松必奇，无松无云云必飞。

1〔明〕李时珍：《本草纲目》，太原：山西科学技术出版社，2014年，第1160页。

峰势南北松东西，松影向背云高低。有时一峰承一屋，屋下一松仍覆谷。天光云光四时绿，风声泉声一隅足。我疑黄河瀚海地脉通，何以戈壁千里非青葱？不尔地脉贡润合作天山松，松干怪底一一直透星辰宫。好奇狂客忽至此，大笑一呼忘九死。看峰前行马蹄驶，欲到青松尽头止。[1]

全诗奇气溢出，与黄濬的《松塘细雨》比照，情韵差别明显。洪亮吉仍以唐人惯性思维审视西域山水，沿袭岑参尚奇的诗歌风尚，但经过人为营造与江南情怀的渗透，西域山水粗粝豪壮的气质也被淡化，呈现出此前从未被挖掘过的美感。

这是清代士人对西域深入体察之后的自然结果。清初士人对于西域的印象多源于前代典籍或道听途说，并没有形成对西域真实客观的看法。传世文献中的西域记载虽然给阅读者带来过无限想象，但那毕竟与亲历斯地的闻见与感受相差太远。

真实的西域不仅有广袤的沙漠，还有大片绿洲，而这些温润富饶的绿洲是以往文学较少涉及的方面，洪亮吉在《遣戍伊犁日记》中记载：

> 二十五日，平明行一百十里宿南山口，已二鼓。屋后泉声淙淙，彻夜不歇，如卧江南山水窟中矣。二十六日，平明行，入南山。一路老柳如门，飞桥无数，青松万树，碧涧千层，云影日辉，助其奇丽，忘其为塞外矣。[2]

---

1 〔清〕洪亮吉著，刘德权点校：《洪亮吉集》，第1203页。

2 修仲一、周轩编注：《洪亮吉新疆诗文》，乌鲁木齐：新疆大学出版社，2006年，第52页。

洪亮吉记录了翻越天山，抵巴里坤门户松树塘的一路所见，他强调"如卧江南山水窟中矣"，甚至产生了"忘其为塞外"之感，相对于《松树塘万松歌》，行记中的描写更接近洪亮吉真实所见，与他在诗中对松树塘的描绘迥然不同。

再如杨炳堃描写巴里坤松树塘景色的文字：

> 自出德胜关后，路平如砥，弥望芳草平原一碧万顷，山上皆松林，苍翠满目，松皆直干扁叶，绝无虬枝夭矫之势，此外杂树尤多，亦无柔条婀㛂之形，夕阳在山，南北两山雪光莹射，与松翠相照耀，羊群遍野，讹寝自如，人行图画中。[1]

由哈密至巴里坤，翻越天山达坂，一山之隔俨然是两个世界。山北青松雪岭两相辉映，宛若画图，清凉美景让长途跋涉之人一洗旅途劳顿。文中杨炳堃特别强调"绝无虬枝夭矫之势"，似乎特意否定洪亮吉诗中"松干怪底一一直透星辰宫"（《松树塘万松歌》）之语。行记中的描写更为平实可信，可见将西域的风物江南化，是清代文人体察西域之后的真实感受。

正所谓"同来南客都惊诧，误道山阴道上行"[2]。"惊叹"成为清代文人来到西域的普遍感受，这背后是固有认知的颠覆，他们开始重新定位和再造西域自然与人文景观，逐渐摆脱汉唐文学塑造的西域形象。大多数清代西域诗人不再惯性地抒写"黄沙碛里本无春"（柳中庸《凉州曲二首》其一），更加乐于表现塞外的春意盎然。这

---

1 〔清〕杨炳堃：《西行纪程》，载《丝绸之路资料汇钞（清代部分）》，北京：全国图书馆文献缩微复制中心，1996年，第452页。

2 〔清〕黄潘：《塞外二十咏·古城丛绿》，载《壶舟诗存》卷七，叶五三背。

种对于明媚春光的刻绘扫去了唐代西域诗中的悲怆，更多地作为诗
人乐观心境的写照。如林则徐著名的边塞词《金缕曲·春暮和嶰筠
绥定城看花》：

> 绝塞春犹媚。看芳邻、清漪漾碧，新芜铺翠。一骑穿尘鞭
> 影瘦，夹道绿杨烟腻。听陌上、黄鹂声碎。杏雨梨云纷满树，
> 更频婆、新染朝霞醉。联袂去，漫游戏。　谪居枉作探花使。
> 忍轻抛、韶光九十，番风廿四。寒玉未销冰岭雪，毳幕遍闻香
> 气。算修了、边城春禊。怨绿愁红成底事，任花开、花谢皆天意。
> 休问讯，春归未？[1]

　　鸦片战争后，林则徐贬谪西域，既背负着国家的屈辱又承受着
个人的冤屈，其心情之愤懑可想而知，然而在西域他没有闭门孤独，
让自己与外在世界隔绝开来，而是积极地投入生活的怀抱，感受春
光之美，所以，作者眼中所见，无不充满着真正的春意。一句"绝
塞春犹媚"既是对塞外春景的颠覆，也宣示了他不愿意向痛苦俯首
的旷达心态。

　　从定远侯班超发出"但愿生入玉门关"的喟叹起，"玉门关"逐
渐成为隔绝中原与塞外、农耕文化与游牧文化的界标，伴随而来的
是一代代出关者的疏离感与恐惧感。亲履斯地的清人开始淡化这种
隔绝闭合的心态，贬谪文人甚至不无自豪地说："他年宛辔进玉关，
卷将山色还江南。"（陈中骐《列岫轩歌为王六白沙先生作兼呈总戎

1　林则徐全集编辑委员会编：《林则徐全集》第 6 册，福州：海峡文艺出版社，2002
年，第 3163 页。

刘公》)[1]越来越多的诗人甚至挑战"春风不度玉门关"（王之涣《凉州词》）的刻板印象，为其作大量翻案诗[2]，强调春风已度玉门关。满族官员萨迎阿的诗作即很具代表性：

> 桃杏花繁溪柳间，雨余如笑见青山。极边自古无人到，便说春风不度关。（《用〈凉州词〉元韵》）[3]

"春风不度玉门关"背后是交通的闭塞，交流的不畅，文化的闭塞，以及陌生带来的恐惧，清人随着视野的开拓，交流的深入，已经有了更多的渠道认识西域，了解西域，西域对他们已经不再是遥不可及的幻想，对于文化的一统有了相当的自信。

唐代西域诗构建了特殊的风物与意象系统，涵盖了自然、地理、人文等多种具有象征性质的语言符号，并以此营造出文学西域之形象。吴蔼宸先生将取舍西域诗的标准定为："推至篇中凡有'天马''天山''塞庭''瀚海''沙碛''玉关''河源'等字者，皆认为西域之诗，其涉及地名者更无待论。"[4]这些都是汉唐以来建构文学西域的常见语言符号。当固定符号成为特定事物的代指，那么诗歌就不再是诗人想象力、创造力的凝结，逐渐变成符号的堆砌。以此作为划分西域

---

1 〔清〕王大枢：《西征录》，载《古籍珍本游记丛刊》第 14 册，北京：线装书局，2003 年，第 7325 页。

2 清代为"春风不度玉门关"做翻案的诗歌不胜枚举，如："春风早度玉关外，始悟旗亭唱者非。"（国梁《郊外》）"千骑桃花万行柳，春风吹度玉门关。"（邓廷桢《回疆凯歌十首》其七）"春风玉门关外满，不须听作战场声。"（和瑛《闻城上海螺》）"十里桃花万杨柳，中原无此好春风。"（裴景福《哈密二首》其一）"春风为我多情甚，破例年年度玉关。"（施补华《春风》）等等。

3 萨迎阿：《心太平诗钞》，清道光刻本，叶八正—叶八背。

4 吴蔼宸：《历代西域诗钞》，第 1 页。

诗的标准，从侧面也可看出前人对于西域诗的刻板印象。而清代西域诗人则通过创作改变着这种印象。清人不再局限于特定边塞意象，意象选取更加丰富，既有大漠流沙、雪山瀚海这些传统的西域意象，亦有淡烟流水、桃李杏花等江南意象。唐代西域诗多呈现出壮美或者说是崇高美、阳刚美的美学特征。清代西域诗人则挖掘了西域山水的秀美，在山水诗中，将人文情怀与自然景观相互渗透，改变了"文学西域"的单一形象，构建了前所未有的文学景观。

第二节　人文景观的江南化

卡尔·索尔在《景观形态学》中诠释人文景观是"穿梭在自然和文化二元概念间的经典'准物体'，其背后的含义承载着一个地区或一个民族的价值观、文化认同、生活方式、信仰诉求、权力构成等，既包括个体情感的体验与记忆，也包括群体价值观的隶属性和理想"[1]。人文景观是因人的社会生产活动才产生的，是人类社会发展过程中经过了人工改造或留下了人类活动印迹的自然景观，人文景观综合了自然地理的特征，还融入了人们对自然景观审美的意志，兼具自然景观美和人文景观美的双重特征。可以说自然景观塑造了文学作品的意象与美学风貌，而人文景观则是人们根据自己的文化对自然景观施加影响的结果。

相对于唐人普遍从地理空间去认识西域，清代西域文人开始关注人文景观。人文景观能体现出这里的生活方式与文化特征等丰富内涵。清代西域的人文景观，是人们将自我意识与价值取向融入西

---

1 [英]凯·安德森主编，李蕾蕾、张景秋译：《文化地理学手册》，北京：商务印书馆，2009年，第2—6页。

域自然环境之后，通过建筑、园林、文化生活等人类活动的产物或者遗迹构建出的全新审美体系。以下对这几方面分别加以论述。

一、人造景观

乌鲁木齐城西有一片茂密的原始森林，"树林绵亘数十里，俗谓之树窝"[1]，茂林树海中有一处湖沼，俗称"海子沿"，也即鉴湖。光绪七年（1881），戊戌变法失败后被革职的张荫桓"在鉴湖南面的小岛上修建了朱梁雕檐绿顶的二层小楼，构造精巧、玲珑轩敞、风格独特，名为'水阁'，又称'鉴湖阁'"[2]。新疆建省后，巡抚刘锦棠对"鉴湖"再加修整，深挖疏浚湖裙，从湖南引进观赏鱼、荷花装饰湖中。此湖水明澈如镜，因此命名为"鉴湖"，其意取自朱熹《观书有感》中"半亩方塘一鉴开"之句。后来，这里成为公共的休闲场所，位于今天乌鲁木齐人民公园内。

乌鲁木齐水磨沟更是亭台楼阁矗立，青山绿水相伴，颇似江南风光，史善长来到这里不禁感慨："塞上山多却少水，听说水字心先喜。车马联翩五六人，路径逶迤三十里。青山露面远相迎，不曾见水已闻声。寻源乃出山之罅，银蟒千条自空下。自空飞下不肯留，放溜直欲奔东流。被沟束住流不及，怒撼青天白玉楼。"（《同彭桐庄员外、顾渚樵中翰、那晋堂、毓子敏诸公子游水磨沟》）[3] 黄治亦云："树老云回护，沟分水地斜。江南知己远，烟柳足相夸。"诗中自注云："城东水磨沟云木翳密，水声淙然，为都人士消夏之所。"[4] 可以

---

1 〔清〕纪昀：《阅微草堂笔记》，杭州：浙江古籍出版社，2010年，第27页。

2 刘荫楠：《乌鲁木齐市掌故》（二），乌鲁木齐：新疆人民出版社，2001年，第27页。

3 〔清〕史善长：《味根山房诗钞》，载《清代诗文集汇编》第488册，第639页。

4 〔清〕黄治：《庭州杂诗追次杜少陵秦州杂诗二十首韵》其三，自《今樵诗存》，载《清代诗文集汇编》第606册，第712页。

看出当时这里是人们理想的游赏之地，黄治《琦统帅琛招同豫権使塹云观察麟宴集水磨沟》又云："车盖相逢引兴狂，碧山深处共飞觞。亭台涵水心俱静，草木当风气亦香。近挹寒涛开茗椀，浓分空翠荫书床。"[1]展现了登临后所见乌鲁木齐水磨沟秀丽的景色。光绪年间清朝宗室辅国公载澜流放乌鲁木齐，当地官员虑及载澜是道光帝之孙、光绪帝堂兄的特殊身份，非但没有对其"永远监禁"，反而助其享乐。载澜在迪化城"东北水磨沟修建亭榭，以供夏日游宴"[2]，并题额曰"一斗亭"，景致极佳，载澜常在此集墨客骚人把酒言欢。

伊犁河边的鉴远楼[3]，是清代伊犁惠远城最负盛名的景点。《伊江汇览》记载了它在乾隆时的建造过程："望河楼一间，洞厂以观河道，乙未秋所建。其额曰'泽被伊江'，联曰：'源溯流沙气润万家烟井，泽通星宿波恬百里帆樯。'皆将军伊（勒图）所署令协领格（琇额）建者也。"[4]这里是当时文人最喜登临遣兴之所，几乎所有来到伊犁的诗人都会去游览。洪亮吉诗中就写道："趁得南山风日好，望河楼下踏春归。"[5]自注中谓："惠远城南有望河楼，面伊江，为一方之胜。"朱腹松云："百尺凌云鉴远楼，水光山色望中收。绿杨市井孤城里，短壁齐腰屋打头。"[6]自注谓"俗称望河楼，南临伊江，

1〔清〕潘衍桐编纂：《两浙輶轩续录》卷二八，杭州：浙江古籍出版社，2014年，第2047页。

2 周轩：《清代新疆流放人物研究》，乌鲁木齐：新疆大学出版社，2004年，第41页。

3 鉴远楼修建于乾隆四十年（1775），系伊犁满营协领格琇额奉时任伊犁将军伊勒图之命所建。又名望河楼，是清代伊犁惠远城最负盛名的人文景观之一。

4〔清〕格琇额：《伊江汇览》，载《清代新疆稀见史料汇辑》，北京：全国图书馆文献缩微复制中心，第1990版，第24页。

5〔清〕洪亮吉：《伊犁纪事诗四十二首》其十三，载刘德权点校：《洪亮吉集》，第1212页。

6〔清〕朱腹松：《伊江杂咏》其八，载《塞上草》卷一，叶一四背。

北距惠远城里许"。

鉴远楼位于伊犁河边，风光宛若江南。陈中骐《伊江百咏》中记载："鉴远楼在南门外，远对南山，近临伊水，系前任将军伊公创。遂因被水冲塌，后任将军义烈公保再加修饰。回廊曲槛，柳明花秀，俨似江南园亭。"[1] 王大枢也曾形容鉴远楼"碧树周围，雪峰环拥，每重九登高秋水兼葭，颇有伊人宛在之意"[2] 的雅致景观。舒其绍《伊江杂咏·望河楼》亦谓："万叠关山万顷流，放怀天地一登楼。浮槎本是人间客，我欲乘风问斗牛。"[3] 诗歌题下注语称："即鉴远楼，在大河北岸，碧树周围，雪峰环拥，亭台上下，花木芬芳，为伊江胜游之所。"徐松曾在《西域水道记》中这样感慨鉴远楼："红栏碧瓦，俯瞰洪涛，粮艘帆樯，出没其下。南山雨霁，沙市云开，酒槛茶枪，赋诗遣闷，苍茫独立，兴往悲来。"[4] 王大枢则用"四围山色玉屏风，一片秋光宛在中。山似美人江似镜，落霞都作故衫红"[5] 这样的文字来形容鉴远楼的秋景。

城市景观是自然景观和人工景观的复杂综合体，也是人文景观重要的组成部分。虽然史料中对西域城市的记载并不鲜见，但它们的形象始终不够丰满和鲜活。从清代开始，西域城市景观大量出现在诗歌之中，这些诗作广泛地展现出西域城市风貌和市井细民的生

1〔清〕陈中骐：《伊江百咏》，清嘉庆抄本。

2〔清〕王大枢：《西征录》，载《古籍珍本游记丛刊》第 14 册，第 7207 页。

3〔清〕舒其绍：《听雪集》，载《清代诗文集汇编》第 403 册，第 377 页。

4〔清〕徐松著，朱玉麒整理：《西域水道记（外二种）》，北京：中华书局，2005 年，第 242 页。

5〔清〕王大枢：《庚戌九日同戴员外、岳明府、陈司理、殷岫亭、富礼园、蔚问亭、何练塘、蒋锦峰登鉴远楼，次壁间原韵十绝》《西征录》，载《古籍珍本游记丛刊》第 13 册，第 7043 页。

活形态，丰富了文学西域的内涵。

黄濬就曾将乌鲁木齐的城市景观写入其《塞外二十咏》之中，诗云：

> 震旦西来见佛鬟，乌垣咫尺是红山。寺幽如抱兜罗手，塔迥弥添倭堕鬟。千叠稹霞蒸郁勃，一溪残照映斓斑。云堂如许支颐看，愿著田衣学闭关。(《红岫叠霞》)[1]

题下自注云："红庙之中，有山相对，曰红山嘴。崖石断露如绮霞稠叠。车从东来，于城外先见之，上有寺宇浮屠，溪流其下。乌垣一胜概也。"这首诗既可以看到"千叠稹霞蒸郁勃，一溪残照映斓斑"的美景，也可以看出"寺幽如抱兜罗手，塔迥弥添倭堕鬟"的佛教信仰。

红山是乌鲁木齐的地标，位于乌鲁木齐河东岸，俗称"红山嘴"。"红山嘴"又因其形似虎踞，旧时曾称"虎头山"。黄濬"每过红山为驻马"(《迪化州红山》)，对红山的描写最多。红山这座呈朱红色的悬崖峻岭，因其色彩鲜艳、造型独特，且位置居于当时满城和汉城的中心，正可谓"两城气拥红山雪，元日晴开紫塞烟"[2]（黄濬《元日》)，时至今日，仍然是乌鲁木齐的象征。再如黄濬《二月十三日赴汉城过红山嘴》诗所写：

> 残雪初晴未尽消，千山露骨郁岌嶢。林昏渐见红泥庙，冰㶁微通白水潮。三堆参差崖压路，双轮伊轧石连桥。暖风不觉

1〔清〕黄濬:《壶舟诗存》卷七，叶五六正。
2〔清〕黄濬:《壶舟诗存》卷八，叶二二正。

衣裘薄，只少垂杨噪暮蜩。[1]

这首诗写初春的乌鲁木齐，乍暖还寒，丛林深处的红泥庙、消冰融化的湖水、参差错路的瞭望台、垂杨中的蝉鸣，无不蕴藏着一个边塞新城的生机与活力。

除了上文所论，人造景观还有园林，因涉及内容较多，本书第二章将对此单独探讨。

二、文人雅集

王羲之等人"曲水流觞"的兰亭集会开启了江南文人雅集之滥觞，在文人云集、文教日盛的江南，文人酬唱与诗酒雅集得以迅速发展，形成浓厚的风尚，此后伴随着文人的迁徙流动，这一风尚也来到了西域。

清代西域文人的雅集也非常频繁，在这片遥远的土地上，文人们倡立诗社、集会联吟、诗筒互递，史善长在《上巳陪多余山侍郎圃后小溪修禊》中云："我是山阴道上人，也曾修禊及良辰。今来塞外仍觞咏，真个天涯若比邻。"[2]修禊是上巳节祓除污秽、男女相会的传统习俗，后来逐步转化为文人结伴春游，壶觞雅集的重要活动，在西域也非常盛行。嘉庆年间，史善长因事革职，遣戍乌鲁木齐。此诗作于到乌鲁木齐后第二年，诗中已看不出诗人贬谪后的愤懑，而良辰修禊、塞外觞咏，拉近了诗人对西域与江南的心理距离。

西域文人雅集的内容非常丰富，如"为东坡寿"的雅集活动。在康熙年间，宋荦首度发起"为东坡寿"集会，之后经翁方纲、毕

1〔清〕黄濬：《壶舟诗存》卷八，叶二九背。

2〔清〕史善长：《味根山房诗钞》，载《清代诗文集汇编》第488册，第640页。

沅等人倡导实践，逐渐成为清代文人雅集的传统[1]。随着文人的往来，"为东坡寿"雅集的影响力也扩散到西部边陲。在乌鲁木齐与伊犁地区，都出现过以寿苏为契机的赋诗纪念活动，代表了清代文人寿苏活动的边塞嗣响。

嘉庆元年（1796），原台湾知府、台澎兵备道杨廷理因在侯官知县任内有一千余两"亏空银两"交代未清[2]，"虽系闲款，究属亏缺，乃不及早缴纳，实有应得之罪。即或以所参屈抑，亦应据实呈诉，乃辄编造年谱，刊送众人以辩其屈"[3]，发往伊犁效力赎罪。由此开启了他在伊犁长达八年的生活与创作经历。嘉庆六年东坡生日这天，杨廷理作《腊月十九日东坡生日作长句一首，以公诗"九死南荒吾不恨，兹游奇绝冠平生"为韵》长篇古体一首，以示纪念。传统"为东坡寿"活动都伴随着文人群体的雅集，像杨廷理这样个人性的寿苏之举倒成为一个特例。尽管氛围比较单薄，但是由他诗中"图看笠屐遗像明"的描写[4]，仍然可以感受到杨廷理瞻仰"东坡笠屐图"画像，遥想坡仙风神以示纪念的虔诚与凝重。

约与杨廷理"为东坡寿"时间相同，他的友人舒其绍、缪晋、张凤枝等人也举行了"为东坡寿"的雅集唱和活动。舒其绍字衣堂，号春林，又好味禅，直隶任丘人，乾隆四十四年（1779）举人，官浙江长兴县知县。嘉庆二年（1797）以秋审失出遣戍伊犁，历八年

1　张莉：《清代寿苏活动的开端》，载《清代文学研究集刊》第六辑，北京：人民文学出版社，2013年，第61—67页。

2　中国历史第一档案馆编：《嘉庆道光两朝上谕档》第一册，桂林：广西师范大学出版社，2000年，第99页。

3　《清实录·仁宗实录》卷八，载《清实录》第28册，北京：中华书局，1986年，第143页。

4　〔清〕杨廷理：《知还书屋诗钞》，载《清代诗文集汇编》第418册，第562页。

始还。缪晋字申甫，号省薇，一号寄庵，江苏江阴人。乾隆四十年进士，改庶吉士，授编修，官至山西平阳府知府。嘉庆五年以向人借贷银两事，流戍伊犁[1]。张凤枝字械斋，一字梦庐，江苏金匮人，礼部侍郎文恪公张泰开之孙，乾隆六十年恩科进士。嘉庆元年任南笼府知府，适逢南笼仲苗叛乱，因"辗转逗留，有心规避军差"，于嘉庆二年"革职发往伊犁充当苦差"[2]。

舒其绍《听雪集》中的《嘉平望后四日东坡先生诞辰，梦庐、申浦两太守邀同人称觞塞上，为赋长句贻之》是此次雅集的实录。据诗题可知集会系由张凤枝与缪晋发起，可惜的是，他们两人的诗作今均不传。但无论是杨廷理的个人追怀，抑或舒其绍等人的集体纪念，可以肯定都非一时心血来潮的偶然举动。在杨廷理《知还书屋诗钞》中，还有《偶读坡公"白发苍颜五十三"句，余今年亦五十三矣，怆然有感》《和申浦见赠，用东坡腊日游孤山韵》诸作，可见他对苏诗的一贯喜好。舒其绍寿苏诗中"缪张今玉局，各树眉山帜。示我箧中藏，丹铅罗珍秘"句下自注谓："二公各注苏诗。"[3]知缪晋、张凤枝都曾注解苏轼诗作，对东坡的关注也由来已久。因此他们才会于遣戍塞外之际，仍不忘为东坡举行庆生仪式。

道光二十一年（1841），两广总督邓廷桢因佐林则徐禁烟抗英，革职谪戍伊犁。次年林则徐亦继踵而至，流放此地。两人遭遇的不偶却成为西域诗史中的幸事。道光二十二年十二月十九日，邓廷桢在伊犁惠远城倡导发起"为东坡寿"雅集，将清代西域寿苏诗的创作推向顶峰。林则徐在日记中记载了当天集会的情况：

1《清实录·仁宗实录》卷七四，载《清实录》第 28 册，第 995—996 页。

2《清实录·仁宗实录》卷一九，载《清实录》第 28 册，第 252 页。

3〔清〕舒其绍：《听雪集》，载《清代诗文集汇编》第 403 册，第 343 页。

　　嶰翁约诸同人至其寓，齐作坡公生日，主客共十一人：将军、参赞、五领队、一总戎、三谪宦，此会殆伊江未有之创举也。嶰翁填《百字令》词，乃郎子期填《大江东去》词，又作七律一首，余作七古一首。是夜二鼓归散。[1]

　　二十一日日记复载："前日嶰翁亦约彝、枢两儿作坡公生日诗，彝儿作五古一首，枢儿作七古一首，并各和子期七律一首，余亦和之。午后嶰翁来，携诗去，欲作一长卷。"[2] 谓此会为"伊江未有之创举"或有未当，但本次雅集规模与排场在西域实为空前绝后。林则徐所记的十一位与会者，分别为时任伊犁将军布彦泰、参赞大臣庆昌、领队大臣常清、皂兴、花沙布、开明阿、都广与总兵福珠洪阿。三谪宦则指林则徐本人、邓廷桢与前东河总督文冲。如果将邓廷桢和林则徐之子邓子期、林聪彝、林拱枢也计算在内，与会者亦有十四人之多，即使与乾隆时期毕沅幕府的"为东坡寿"雅集相比，规模也绝对不小。邓廷桢本人对集会非常重视，还欲将相关诗词作长卷保存。

　　这次集会传世诗词作品共计五首：邓廷桢《百字令·东坡生日》《东坡生日同人咸集寓庐，余既倚百字令慢词，嗣少穆尚书一飞河帅各有古诗，乃亦作一首》；林则徐《壬寅腊月十九日，嶰筠前辈招诸同人集双砚斋作坡公生日，此会在伊江得未曾有，诗以纪之》《次邓子期尔颐坡公生日原韵，时有他感》；文冲《苏文忠公生日，邓嶰筠先生置酒招饮，即席兼呈林少穆尚书》。文冲字一飞，辉发

1　林则徐全集编辑委员会编：《林则徐全集》第 9 册，第 4695 页。
2　林则徐全集编辑委员会编：《林则徐全集》第 9 册，第 4695 页。

31

那拉氏，"少承门荫，为水曹郎"[1]，后"由工部郎中历官东河总督"[2]，因事谪戍。在伊犁期间，他很快融入以邓廷桢、林则徐为首的文学创作圈中，互相交往频繁。

道光二十二年（1842）由邓廷桢在伊犁发起的"为东坡寿"集会，同样并非心血来潮之举，邓廷桢在此前与此后曾多次进行过寿苏活动，留下大量的诗词作品。《双砚斋诗钞》中有线索可寻者即有：道光元年作《东坡生日同人礼像赋诗，用公集中游武昌寒溪西山寺韵》，道光五年作《东坡生日分赋，得铁挂杖》，道光七年作《题李委吹笛图为东坡做生日》，道光十一年作《东坡生日，集赤壁赋字二首》，道光十五年作《东坡生日》。《词钞》中尚有长短句三首：《祝英台近》（东坡生日分韵得有字）、《醉蓬莱》（十二月十九日为东坡做生日，分咏蜜酒）、《洞仙歌》（东坡生日分题，得李委笛）。

邓廷桢一生南北为宦，但只要有闲暇，他都会召集同人为东坡庆生，这已成为其生活的组成部分。林则徐对寿苏雅集也不陌生，道光十二年（1832），林则徐继梁章钜之后任江苏巡抚，时李彦章署江苏按察使。梁章钜与李彦章均系翁方纲弟子，也是翁氏"为东坡寿"雅集的发扬光大者，与林则徐私交颇深。李彦章将寿苏活动带到了江南[3]，必然为林则徐所知悉。道光二十八年林则徐由伊犁赐还东归任云贵总督后，亦在昆明节署招同人举行寿苏活动，并留有诗作。基于邓廷桢与林则徐的地位和号召力，加之伊犁将军布彦泰

---

1 〔清〕徐经：《一飞诗钞序》，载文冲：《一飞诗钞》，道光刻本，叶一背。

2 恩华辑纂、关纪新点校：《八旗艺文编目》，沈阳：辽宁民族出版社，2006年，第119页。

3 魏泉：《士林交游与风气变迁：19世纪宣南的文人群体研究》，北京：北京大学出版社，2008年，第62页。

等人恭亲参与，使得道光二十二年伊犁的这次"为东坡寿"雅集成为清代西域引人瞩目的文化事件之一。

清人寿苏动机一般出于"东坡之物的获得"和"与东坡宦迹的接近"[1]，由于西域寿苏活动的参与者多为废员，对"东坡宦迹"当有更加深刻的体会。他们对苏轼的认同，尤其出于对东坡屡遭贬谪的经历以及在逆境当中仍然保持旷达精神的共鸣上，从而给清代"为东坡寿"的雅集活动增加了新的内涵。

道光年间的乌鲁木齐红山脚下，驻镇官员与遣戍文人共同成立过一个"定舫诗社"。堪称清代西域文学及文化史上的一桩美谈。"定舫诗社"之名，分别见载于时任迪化直隶州知州成瑞《薜荔山庄诗文稿》，成瑞之子玉符《定舫旅吟剩稿》，以及遣戍文人黄濬《壶舟诗存》与其胞弟黄治《今樵诗存》。成瑞《定舫旅吟剩稿小序》写道：

> 长男玉符，幼不喜读书，粗知声韵。向随余于西徼庭州，与黄壶舟、江镜庭、姚心斋诸君同结定舫诗课。[2]

黄濬《薜荔山庄诗文稿序》也明确提及此事：

> 余自策蹇来庭州，交游寥落，所可问诗法者数人而已。……其二则成辑轩刺史、玉节亭郡判乔梓也。节亭诗如出水芙蕖，清芳丰逸，常与结定舫诗课。[3]

1　张莉：《清代寿苏活动的开端》，载《清代文学研究集刊》第六辑，第72页。
2　〔清〕成瑞：《定舫旅吟剩稿小序》，载玉符：《定舫旅吟剩稿》，清咸丰刻本，叶一正。
3　〔清〕黄濬：《薜荔山庄诗文稿序》，载成瑞：《薜荔山庄诗文稿》，道光二十四年（1844）刻本。

玉符在《小春中浣三日，玉壶、心镜为定舫诗课之会，时雪后新霁，因以快雪时晴为题各赋一章，不拘体不限韵》诗的题下自注中，更是说明了诗社之名的由来：

> 壶为黄壶舟溶，心为姚心斋湘芝，镜为江镜庭鉴，玉则余之名也。定舫，镜庭斋名，会中推镜庭为长，故诗课以定舫名之。[1]

所云"定舫诗课"，即指诗社具体吟诗活动。由成瑞《霜塞联吟集小序》一文亦能感知诗社成员之间诗酒风流的雅兴："霜侵半舫，残菊迎樽；月到疏窗，早梅入梦。曳杖赴消寒之约，围炉当秉烛之游。作客天涯，几度相逢开笑口；惊心岁暮，一时得句拍吟肩。风雅中可索解人，嚣尘外别开生面。百壶尽处，累块全消。七字拈来，声情俱逸。此日床联砚共，龙沙结诗酒之缘；他时云散风流，雁塞盼音书之寄。"[2] 序言中所描述的，正是塞外文人雅集时饮酒斗诗的生动写照。成瑞在《霜塞联吟续集小序》中则对诗社成员做了介绍，文云：

> 天涯芳草，游览者别有会心；驿路斜阳，旷达者不牵离绪。既相逢于萍水，宜共乐夫晨昏。况乎四壁云山，奇秀列天然图画；一庭花鸟，清新擅塞外风流。未免有情，谁能遣此。写春愁于锦字闲吟，拍遍栏杆；寄秋思于芳樽沉醉，听残更漏。桥连皓月，逸兴超超；舫驾飞云，豪情勃勃（图圍桥观察、云兰

---

1 〔清〕玉符：《定舫旅吟剩稿》，叶八正。
2 〔清〕成瑞：《薜荔山庄诗文稿》卷五，叶五正。

舫观察俱京旗籍）。梦早通乎仙释，樵可号为古今（黄壶舟明府
别号古樵，又号壶道人。其弟号今樵，浙江籍，今樵旧曾感梦，
云弟兄前身同为福山寺头陀）。余事作诗人，悬镜虚堂无案牍；
深心托毫素，横琴斋小自幽闲（江镜亭，湖南籍。王载堂明府，
江苏籍。侯深斋，陕西籍。姚心斋从事，安徽籍）。或笑傲于松
关，或弦歌于竹岛（彭松泉，江苏籍。叶凤荪，别号竹溪，安
徽籍）。江山得助，句有神来；色相俱空，篇多化境。仆也攀秔
愿遂，敢夸桥梓争荣；慕蔺情殷，自愧兼葭倚玉。幸町畦之胥泯，
喜臭味之无差。楚秦吴越，幽燕异地，集飞觞之雅；朋友弟兄，
父子同堂，联击钵之欢。聊掇芜词，用辉艺府；率成小引，俾
冠简端。[1]

　　成瑞，字辑轩，满洲镶白旗人。道光十一年（1831）五月补授
宜禾县知县，十七年十一月升补迪化直隶州知州[2]，二十五年卸篆返
京。以上两篇序文均作于其知州任内，这也正是"定舫诗社"大致
的活动时间。黄氏昆仲是道光时期乌鲁木齐最负盛名的诗人，其诗
集中涉及诗社之事更屡见不鲜。黄濬《冬日庭州咏怀百韵次杜少陵
秋日夔州咏怀寄郑监李宾客韵，即示江镜庭、姚心斋、玉节亭》诗
中有"虚怀师对竹，清话社攀莲"句，自注谓："与江镜庭、玉节亭、
姚心斋结诗社。"[3] 黄治《庭州杂诗追次杜少陵秦州杂诗二十首韵》其
十九"幸逢天下士，樽酒聚骚坛"句下自注亦云："时红山有定舫

　　1〔清〕成瑞：《薛荔山庄诗文稿》卷五，叶八正—叶八背。
　　2　秦国经等编：《清代官员履历档案全编》第 3 册，上海：华东师范大学出版社，
1997 年，第 471 页。
　　3〔清〕黄濬：《壶舟诗存》卷八，叶五四正。

诗社。"[1] 两首诗均作于道光二十一年，是诗社的兴盛时期。"定舫诗社"这一特殊的风雅群体和诗学创作活动，是文人间砥砺精神、交流思想的途径，昭示了西域文人的生活状态[2]。

三、民俗活动与生活习惯

在不曾到过西域的中原人士眼中，西域是凄风苦雨的流放地，不仅气候干旱、恶劣，而且人烟稀少，但曾几何时，"西出阳关无故人"（王维《送元二使安西》）变成了"戍屯处处聚流人"（《乌鲁木齐杂诗·民俗》其三）[3]，出关孤独已经成为历史，清代有大量的内地移民来到西域，伴随移民的到来，江南盛行的一些民俗活动和生活方式也在西域出现，如庙会、赛龙舟、元宵灯会、踏青、戏曲、饮食习惯、诗文酒会等。

黄濬《六月六日水磨沟乡社之会，于岁中为最盛，地有林泉之美，同人招游，辞不往，因成》云："六月六日凉如秋，同人约我郊原游。笙歌正沸红山嘴，士女如云水磨沟。水磨沟压红山景，水木清华花掩映。衣香鬓影况联翩，塞外风华推绝境。"[4] 诗中所言乡社之会就是在江南地区盛行的庙会。直到1917年，财政部特派员谢彬赴新疆考察，仍然可以看到当时庙会的繁盛，他记载："妇女戴金玉，羞不相及，尚巫鬼，饰寺观。每岁四五月，晴燠多雨，即赛

---

1 〔清〕黄治：《今樵诗存》卷六，载《清代诗文集汇编》第606册，第713页。

2 关于"定舫诗社"的具体情况，参见吴华峰：《道光年间乌鲁木齐"定舫诗社"钩沉》，《西域研究》，2015年第3期，第125—130页。

3 周轩、修仲一编注：《纪晓岚新疆诗文》，乌鲁木齐：新疆大学出版社，2006年，第39页。

4 〔清〕黄濬：《壶舟诗存》卷八，叶三背。

神树下河滨。征歌演剧，男女杂坐，车服炫奢。"[1] 赶庙会是江南水乡居民忙里偷闲、追求娱乐放松的出游形式。这一民俗在遥远边陲仍然能够长盛不衰，背后是经济发展、文化交融使然，也使得边塞世俗生活不再单调贫瘠，给各族居民的生活增添了无穷的乐趣。

在乌鲁木齐汉城内，有江南人聚集的"江南巷"，嘉庆四年（1799）洪亮吉至乌垣，就曾在"汉城西门外江南巷访同乡"[2]。舒其绍组诗《伊江杂咏》有《江南巷》一首，诗云：

> 杏花春雨酒初酣，人影衣香见两三。欲把鞭丝深巷指，断肠依约到江南。[3]

诗前有小注"在北门外，烟花荟萃之区"。将这样的烟花荟萃区称为"江南巷"，一方面在于西域的江南人众多。另一方面因为狎妓风尚本身就盛行于商业繁荣、经济富庶、文人雅士聚集的江南地区。

伴随西域政局的稳定，清政府在西域推行屯垦政策，先进的生产工具和生产技术陆续引入西域。西域地区亦可以种植水稻，如国梁《轮台八景·北湾稻畦》所写：

> 游牧昔善地，水云今江乡。决渠足春雨，招侣莳稻秧。畦明骑影度，预谙饼饵香。鸡豚亦有社，箫鼓可无腔。荷锄归晚

1　谢彬：《新疆游记》，乌鲁木齐：新疆人民出版社，1990年，第40页。

2〔清〕洪亮吉：《遣戍伊犁日记》，载修仲一、周轩编注：《洪亮吉新疆诗文》，第56页。

3〔清〕舒其绍：《听雪集》，载《清代诗文集汇编》第403册，第376页。

唱，知是《豳风》章。[1]

此诗前小序谓："城北二十里卡子湾、九道湾，居民自高台县迁来，颇知务本节用，能蓺稻。乃为购籽种于内地，散给之，俾辟芳塍，引渠水，莳青秧，万针刺波，弥望软翠在浮岚中，居然水乡风味。南人过之，当为唱《江南乐》《忆江南》矣，矧居民哉！"水稻本是源自我国南方的农作物，如此大规模地在西域种植，难怪诗人会用"居然水乡风味"表达自己的惊喜。嘉庆年间来到西域的汪廷楷，看到此景亦有"云屯穑事媲江乡，兵亦能农筑囷场。疏雨一犁春浪暖，晚风千顷稻花香"的描写[2]。在他眼中，边疆水稻种植，已能与江南之地相媲美。

具有江南特点的美酒佳肴，在西域也能够得到。洪亮吉《伊犁纪事诗四十二首》其十五写过："百辈都推食品工，剪蔬饶复有乡风。铜盘炙得花猪好，端正仍如路侍中。"[3]自注云："同里赵上舍炳，先以事戍伊犁，今馆于绥定城。食品最工，烧花猪肉尤美。"在西域地区，饮宴待客依然饶有江南之风。纪晓岚《乌鲁木齐杂诗·物产》有："蒲桃法酒莫重陈，小勺鹅黄一色匀。携得江南风味到，夏家新酿洞庭春。"（其一）[4]注云："贵州夏犂以绍兴法造酒，名曰'仿南'，风味不减。"内地人多认为西域干旱不产鱼，实际上西域地区也有为数不少的河流湖泊，如塔里木河、伊犁河、额尔齐斯河、开都河、罗布泊、伊塞克湖，以及乌鲁木齐周边都有许多产鱼区。纪

1〔清〕国梁：《澄悦堂诗集》，载《清代诗文集汇编》第 342 册，第 112 页。

2〔清〕汪廷楷：《伊江杂咏》，载《西行草》，道光十九年（1839）刊本，叶二四背。

3〔清〕洪亮吉著，刘德权点校：《洪亮吉集》，第 1212 页。

4 周轩、修仲一编注：《纪晓岚新疆诗文》，第 70 页。

昀诗中即写道："昌吉新鱼贯柳条，筹筹入市乱相招。芦芽细点银丝脍，人到松陵十四桥。"(《乌鲁木齐杂诗·物产》其五十九)[1]自注云："秦地少鱼，昌吉河七道湾乃产之。羹以芦芽或蒲笋，颇饶风味。""松陵十四桥"出自南宋姜夔的《过垂虹》诗："曲终过尽松陵路，回首烟波十四桥"，品尝到江南风味的食物，仿佛让诗人置身于苏州垂虹桥畔。

　　江南人喜食的鲈鱼在西域也能够捕捞。朱腹松诗中记载："携竿不羡鲈鱼美，怕引秋风上钓丝。"注语曰："伊江所产，以鲈鱼为最。"[2]庄肇奎描写则更为细致："有馈鲈鱼一尺长，四鳃形状似江乡。秋风莫漫思张翰，且喜烹鲜佐客觞。"(《伊犁纪事二十首效竹枝体》其十九)[3]汪廷楷《伊江杂咏》中的相关描写，可以与庄肇奎诗相互补充："一样锦鳞河上好，四鳃鲈美卖鱼庄。"末句注语谓："伊犁城外大河一道，产鱼甚多。又另有支河一处，专出四鳃鱼。"[4]鲈鱼鳃膜上各有两橙红色的斜条，状似四片外露的鳃叶，古人误认为这是真鳃，故称"四鳃鱼"，这是产于江南的松江鲈鱼的一个明显特点。而上述诗中所言鲈鱼是指生活在伊犁河流域的伊犁鲈，其外形与松江鲈鱼相似，也有"四鳃"，因此庄肇奎有"四鳃形状似江乡"之叹。元代耶律楚材在西域时曾感慨："惆怅天涯沦落客，临风不是忆鲈鱼。"(《西域寄中州禅老》)[5]在西域可以吃到鲈鱼，尤其外形又酷似江南鲈鱼，无疑也消解着文人根深蒂固的乡愁。正如纪昀所言：

1　周轩、修仲一编注：《纪晓岚新疆诗文》，第118页。

2　〔清〕朱腹松：《伊江杂咏十首》其三，载《塞上草》卷一，叶一四正。

3　〔清〕庄肇奎：《胥园诗钞》，载《清代诗文集汇编》第363册，第52页。

4　〔清〕汪廷楷：《西行草》，叶二四背。

5　〔元〕耶律楚材著，谢方点校：《湛然居士文集》，北京：中华书局，1986年，第126页。

"留得吟诗张翰住，鲈鱼忘却忆江东。"（《乌鲁木齐杂诗·民俗》其十一）[1]如果张翰能来到乌鲁木齐，恐怕也会乐不思归。

在清代西域，上至伊犁将军，下至遣戍文人，他们对江南化的生活方式的追求，与乾隆朝平定西域之后政局稳定、经济发展有密切关系。当文人们西行至西域，也会有"千里少人烟"之感，但他们真正抵达乌鲁木齐、伊犁时，都惊叹于这些塞外重镇的人口稠密与市井繁华。清人椿园七十一在《西域闻见录》中对乌鲁木齐赞道："字号店铺，鳞次栉比，市衢宽敞，人民辐辏。茶寮酒肆，优伶歌童，工艺技巧之人，无一不备，繁华富庶，甲于关外。"[2]纪昀在《乌鲁木齐杂诗·民俗》中甚至写道："到处歌楼到处花，塞垣此处擅繁华。"（其十四）[3]嘉道时期的史善长也生动描绘了自己所见的乌鲁木齐景观："初望见汉城，一道烟光紫。嘈嘈市井开，辘辘轮蹄驶。老树但榆柳，槎枒环半里。突兀虎头山，赤壁晴霞起。溪水纵横流，冻处冰齿齿。何处野秀亭，久圮无遗趾。酒肆错茶园，不异中华里。"（《到乌鲁木齐》）[4]此时的乌鲁木齐可谓塞外巨镇。同样在道光年间来到乌鲁木齐的黄濬也说"一鞭指迪化，雄州靖鼓鼙。牧伯方抚民，都帅亦建旗。尘阛与人海，约略如京师"[5]。西域不再是蛮荒苦寒的代名词，这里经济繁荣，人文蔚发，与江南城镇已然没有了曾经的巨大差异。

---

1 周轩、修仲一编注：《纪晓岚新疆诗文》，第45页。

2〔清〕椿园七十一：《西域闻见录》，载《中国西北文献丛书·西北民俗文献》第一卷，兰州：兰州古籍书店，1990年，第167页。

3 周轩、修仲一编注：《纪晓岚新疆诗文》，第70页。

4〔清〕史善长：《味根山房诗钞》，载《清代诗文集汇编》第488册，第629—630页。

5〔清〕黄濬：《由哈密抵乌鲁木齐一千六百里，循前玉门至哈密之例，荟而成诗，盖至乌鲁木齐而西戍之行毕矣，乌鲁木齐今为迪化州》，载《壶舟诗存》卷七，叶四八正。

西域的娱乐生活也异常丰富。史善长《轮台杂记》中记载乌鲁木齐"车马喧阗、衽帷汗雨、戏园酒馆不异中华。达旦笙歌、四时游乐"[1]，纪昀也说此地："玉笛银筝夜不休，城南城北酒家楼。春明门外梨园部，风景依稀忆旧游。"(《乌鲁木齐杂诗·游览》其九)[2]这里的酒楼彻夜不休，每天都是玉笛银筝，和诗人之前在内地所见已经没有什么不同。纪昀又感慨："越曲吴歈出塞多，红牙旧拍未全讹。"(《乌鲁木齐杂诗·游览》其十)[3]乌鲁木齐有梨园表演，甚至有能唱昆曲的，这些吴歌越曲也被带到了西域，而且红牙板的节拍也并未走样。不禁令诗人感慨万分。黄濬有《庭州杂诗二十首》，"庭州"就是指乌鲁木齐，以连章体组诗的形式结撰，仿效杜甫《秦州杂诗》，"寓目辄书"记录风土，其中也写到了乌鲁木齐的娱乐生活，诗云：

　　汉城城外屋，多半曲儿家。舞态鸡登木，弦声蟹落沙。几多栽处柳，争得破时瓜。艳说桐花凤，高桐渐落花。(其十三)

　　胜会花幡扬，先筹未雪天。酒惟上代重，歌以太平传。市果能充饭，熬茶不问泉。南人盛游燕，逐队此穷边。(其十四)[4]

　　诗中自注："每岁神会最多俱在八月以前，恐下雪也，正月灯市最盛，例禁演戏，避其名，谓之太平歌，酒佳者名上代。"从中可

1〔清〕史善长：《轮台杂记》，载《中国稀见地方史料集成》第61册，北京：学苑出版社，2010年，第441页。

2 周轩、修仲一编注：《纪晓岚新疆诗文》，第133页。

3 周轩、修仲一编注：《纪晓岚新疆诗文》，第134页。

4〔清〕黄濬：《壶舟诗存》卷八，叶四一正—四一背。

以看出乌鲁木齐戏曲演出活动的繁盛。

西域的繁华热闹在节日中表现得更加明显，黄濬《红山灯市秧歌行》就是描绘红山脚下元宵佳节盛景，诗云：

琅云委岫琼月波，星衢散焰骄飞蛾。金枝银叶出宝匣，碧萄丹橘垂珊柯。果筵邀客坐官局，踏地彳亍来秧歌。秧歌之会盛闽粤，红山元夜今殊科。成群魑魅逐钲鼓，杂摩登女阿修罗。一人略似卖药叟，毳裘乌伞霜髯皤。领队前行中地立，余似水怪回旋涡。数人于思衣短后，数人涂抹装娇娥。五六七人面朱墨，跳跃觳觫随鸣鼍。唱歌一曲鼓一奏，翻转呈态疑天魔。忽然鼓罢各分散，三人前立形婆娑。花面一奴舞回手，花衣一女摇盘窝。一僮张衣旁踯躅，不惮坐起肩相摩。红巾掷地各争拾，奔驰往复如穿梭。毕竟鸦鬟能夺胜，捉巾在手无人呵。一群乌散复一队，参错火树银花多。我闻古有鞢鞨舞，此种比似知如何。又闻婆罗门最幻，较此奇眩当无过。笑我轮台来荷戈，所见异类多乖讹。今闻此歌阅此舞，何啻四目黄金傩。贵且快意得到眼，奚必乐部工阳阿？尤欣绝徼觏斯事，足验岁稔兼人和。老夫抚掌一大笑，归来取醉衰颜酡。[1]

黄濬用诗的旋律再现了一场令人难忘的秧歌表演盛景。作者不惮繁缛华丽的辞藻，浓墨重彩，大力铺陈塞外边城乌鲁木齐元宵节花灯焰火、锦绣交辉、灯烛通明、游人满路的喜庆景象。秧歌有很强的汉族民俗文化特色，在红山的元宵之夜，却绽放出不一样的光

1〔清〕黄濬：《壶舟诗存》卷八，叶二七正—二七背。

彩，令人大开眼界。这里的秧歌更具有表演性和戏剧性，打破了秧歌通常的双人或三人对舞的程式，队形多变，形象夸张。难怪诗人只能用"乖讹"来形容自己的所见。西域的秧歌，正是吸收了民族歌舞麦西来普的表演特点，同时浸润了传统宗教在鬼神崇拜和巫术活动的仪式特征，呈现出神秘莫测、蔚然大观之气象，展现出西域文化多元一体的特征。

随着西域地区内地移民的增加和经济的发展，汉民族社会许多传统活动逐渐成为大众娱乐的普遍方式。秧歌就是其中之一，它在清代随军队、移民、商人进入西域，并在这里热烈演出。秧歌这种艺术形式，因为它生活气息浓厚，成为当时边城百姓喜爱的大众舞蹈。但有清一代秧歌表演却屡遭禁止，从康熙十年以后，清廷曾多次颁布禁止秧歌游演的法令，如有收留秧歌艺人、演秧歌的，就要受到革职、罚款处分。在内地，秧歌除了迎神赛社之外，均不能在民间演出。尤其女性更不能参与秧歌演出，康熙年间颁布《严禁秧歌妇女及女戏演唱》《康熙十年禁唱秧歌妇女》《康熙四十五年驱逐秧歌妇女》等则例中，都有禁止妇女表演秧歌的旨令。清政府在西域同样三令五申，禁止戏曲演出。但是因为西域远离中原，受到各种清规戒律与传统礼教的束缚较少，从这首诗来看，尽管有禁令存在，秧歌表演依然如故。黄濬《中元后二日晓霁》亦云："笙歌多在南梁上，且逐裙衫作浪游。"句下注："南梁在迪化〔乌鲁木齐汉城〕南门外，地多祠庙，太平歌丛集之所。"[1]他还说过："口外讳言戏，以有厉禁，谓之太平歌。"[2]值得注意的是，这些活动并非民间的自发

---

[1]〔清〕黄濬：《壶舟诗存》卷八，叶八背。方括号内文字为作者所加，下同。

[2]〔清〕黄濬：《红山碎叶》，载《中国西北文献丛书·西北民俗文献》，兰州：兰州古籍书店，1990年，第104页。

性表演，而是在政府所默许之下地方官员与士人共同观演的大型歌舞表演。表演还有不少女性舞者参与，真可谓落笔见奇，展现了西域城市的活力与文化。

从这些表现可以看出，身处西域的士大夫和上层官宦在边疆依然追求精致生活，在边防重地沉浸于升平之乐，某种程度上体现了当时西域地区重享乐的士林风气。但这并不能简单理解为一种消极享乐主义，换一种角度来看，这些现象体现了清代西域经济发展带来的人文水平的提高，相对于汉唐时期一味渲染边塞的寒苦荒凉，清代西域地区的士林风气与生活方式已经发生了巨大变化。这里人文活动丰富，精神世界更加自由，进而影响并拓宽了西域诗的表现领域。

第三节　西域情思的江南化

自唐代以来，西域诗所展现的情思往往集中在两个方面：一是对建功边塞的崇尚，以及对国家一统的强烈使命感。如王昌龄的"黄沙百战穿金甲，不破楼兰终不还"（《从军行》其四），高适的"万里不惜死，一朝得成功，画图麒麟阁，入朝明光宫"（《塞下曲》），岑参的"功名只向马上取，真是英雄一丈夫"（《送李副使赴碛西官军》），等等，这些诗篇都描写了西域戎马倥偬的战斗生活，充斥着骁勇善战的尚武精神，把个人功名同报效国家联系在一起。二是表现战争的残酷和戍卒的辛酸，思妇与士卒的相思离愁。如李颀的"闻道玉门犹被遮，应将性命逐轻车。年年战骨埋荒外，空见蒲桃入汉家"（《古从军行》）。杜甫的"万里流沙道，西征过北门。但添新战骨，不返旧征魂"（《东楼》）等。斯达尔夫人在《论文学》中谈及气候差异以及自然景观的不同会直接影响作品的美学风格。并指出"北方的气候和自然给人带来强烈的忧郁气质，这种气质也带有民族精神的印记"[1]。唐代西域诗更多地体现了自然地理环境造就的独特气质，总体而言，情调或激昂或凄怆，都呈现出历史与现实交汇的沧桑厚重，体现出阳刚之美。

伴随着战事的平定和西域经济的发展，在清代西域诗中，建功立业的抱负与士卒的辛酸都不再是最重要的主题，清代西域诗的题材更加丰富。在多种主题与情感之中，眷恋江南常常被提及，原本刚健尚武的西域精神被江南纤丽柔婉的情思取代。赋予了西域诗一种南方特有的优柔气质，打破了西域诗的惯常印象。

一、乡关之思的表达

江南文化因子已经渗透诗人的头脑，无论故乡是否来自江南，诗人在描绘思乡之情时，很自然地将故乡赋予了江南特征。

庄肇奎在塞外生活了八年之久，还未出嘉峪关时，诗人就悲吟"忽来塞外数邮亭，越鸟哀吟剪弱翎"（《出嘉峪关纪行二十首》）[2]，诗中化用"越鸟巢南枝"（《古诗十九首·行行重行行》），强化思乡之情。他乡为客，挥之不去的漂泊感时时萦绕，在《雪朝约同人晓餐、徐溉馀因病不至，走笔问之》诗中，他写道"永嘉风雨话清宵""何当归弄浙江潮"[3]。怀归之情无时无刻不充溢在他的作品中，乡关之思是这些贬谪文人共同的话题，看到他乡之云，他望云兴叹："如何吟

---

1 [法]斯达尔夫人：《论文学》，北京：人民文学出版社，1986年，第147页。

2 〔清〕庄肇奎：《胥园诗钞》，载《清代诗文集汇编》第363册，第31页。

3 〔清〕庄肇奎：《胥园诗钞》，载《清代诗文集汇编》第363册，第36页。

钓客，不共水云乡。坞曲停舟梦，峰高采药香。"（《闲云二首》其一）[1]
在对江南的眷恋中蕴含着诗人对故土的依恋，而这种情感，主要见
于庄肇奎在西域生活期间。嘉庆二年（1797），他升任广东布政使，
在这一时期的诗作中，对江南的眷恋在他的诗歌中反而弱化稀见了，
可见塞外绝域与江南水乡的强烈地理反差是其"江南情结"的催化
剂。许多诗人恰恰是在西域，有了更浓厚的江南情结。正如庄肇奎
诗友陈庭学所写："试听越吟思，求归颜蠾真。何当返泽国，相趁
笠襄人。"（《次朱端书寄赠五首》其五）[2]也很自然地将"江南"作为
自己怀归的情感寄托。

施补华随西征军进军西北途中，写下了这样的诗作：

> 产马恨有足，造车恨有轮。空将万里路，老我昂藏身。万
> 里来山丹，冰雪封萧晨。气象嗟穷冬，节序惊暮春。江南三月
> 初，东风能醉人。夭桃与稚柳，花叶争鲜新。冉冉绮罗裳，照
> 耀湖之滨。谁家白面郎，细马骄轻尘。明流泻碧玉，软草连芳
> 茵。垫巾一游咏，蜂蝶皆情亲。谁令短后衣，绝塞歌从军。古
> 来英雄士，几辈图麒麟。落日哀笳动，思乡空怆神。（《山丹县》）[3]

每逢节序变化更能引起羁人的思乡愁绪，来自江南的施补华，
将一腔思乡之情，寄予在对江南明艳春色的回忆之中。

这种思乡之情在送别时表现得更加明显，尤其是在送别江南友
人时，如王大枢的《短歌送何木庵入关》：

1〔清〕庄肇奎：《胥园诗钞》，载《清代诗文集汇编》第363册，第37页。

2〔清〕陈庭学：《塞垣吟草》，载《清代诗文集汇编》第395册，第385页。

3〔清〕施补华：《泽雅堂诗二集》，载《清代诗文集汇编》第731册，第476页。

却月观头雕玉蕾，随风飘落蒹葭水。乌头一白十三年，羊角重抟九万里。惜君别，送君归，君归我心与同归。他时再有翔天鹤，知是辽阳老令威。[1]

王大枢于乾隆五十三年（1788）流放伊犁，在此地生活长达十一年之久。杨镰说，对于遣戍文人而言"最大愿望就是'赐环'。而最折磨人的，也正是有家难还。由于自己与生俱来的'流放感'，管理流放犯的官员反倒很容易对犯人产生认同。每有遣犯还乡都是大事，伊犁社会生活中抢眼的亮点首推送别"[2]。客中再逢离别，离愁更兼乡愁。

同一次送别，王大枢诗友徐铁樵则有《送江南何木庵归里》：

玉关锁钥分中外，生入人谁不梦之。丹诏飞霄君此日，青衣呼市我何时。无衣可赆忘年友，有酒聊敲送别诗。翘首茫茫江海阔，暮云春树总相思。[3]

另一诗友蔚问亭又作《送何木庵别》：

九月十九日，芦花风瑟瑟。有客出北门，长揖向我别。我是未归人，也是江南客。短短两鬓丝，年衰过五十。手执一杯酒，送君心反侧。南山一片云，地山一片雪。临行重寄词，涧寒伤马骨。努力入关门，春光自怡悦。岂有贾长沙，而无治安

1〔清〕王大枢：《西征录》，载《古籍珍本游记丛刊》第 13 册，第 7137 页。

2 杨镰：《流放的诗人》，《文学遗产》2000 年第 5 期，第 107 页。

3〔清〕王大枢：《西征录》，载《古籍珍本游记丛刊》第 13 册，第 7276 页。

策。况乃梁江总，还家头上黑。下士争早名，烈士固穷节。君
归胜我归，相期在贤哲。[1]

正可谓"我是未归人，也是江南客"，对于这些遣戍西域的文人，
看到江南友人的离去，也不免重拾自己的"江南记忆"。

塞外的一事一景均有可能成为诗人江南情结的催化剂，如浙江
山阴人史善长，来西域后看到雪景，有诗云："帐撒销金怜塞上，
鞭敲暖玉忆江南。江南此际薰风透，一领蕉衫人影瘦。"（《四月初二
日大雪》）[2]《对雨》诗复云："醉里不知身万里，落花时节在江南。"[3]无
论是雪景还是雨景，都抹不去对江南的眷恋。又如朱腹松塞外听曲，
触动他的江南情思："江南子弟边关老，唱断昆山泪满襟"[4]、"听歌欲
赌双鬟唱，肠断江南旧酒楼"[5]。黄治因为登临有感写下"登临劝我无
穷思，颇忆江南菡萏乡"[6]，洪亮吉则有"同向瞭高台上立，欲从何处
望江城"[7]。邓廷桢乃由林则徐送鱼之事，引发"枨触江南好风味"（《少
穆馈鱼口占志谢》）的回忆[8]，在词作中亦有"为念垂虹鰕菜，正半江
红树，寒水烟笼"（《甘州·食四腮鱼》）之语[9]，表达无限乡关之思。

1〔清〕王大枢：《西征录》，载《古籍珍本游记丛刊》第13册，第7266—7267页，
其中"南山一片云，地山一片雪"一句，原作"地山"，疑抄本误，或当为"北山"。

2〔清〕史善长：《味根山房诗钞》，载《清代诗文集汇编》第488册，第637页。

3〔清〕史善长：《味根山房诗钞》，载《清代诗文集汇编》第488册，第641页。

4〔清〕朱腹松：《伊江杂咏十首》其八，载《塞上草》卷一，叶一四背。

5〔清〕朱腹松：《客中吟十首·客吟》，载《塞上草》卷二，叶一四正。

6〔清〕黄治：《琦统帅琛招同豫榷使塑云观察麟宴集水磨沟》，载潘衍桐编纂：《两
浙輶轩续录》卷二八，第2047页。

7〔清〕洪亮吉：《赠呼图壁巡检沈仁澍》，载刘德权点校：《洪亮吉集》，第1210页。

8〔清〕邓廷桢：《双砚斋诗钞》，载《清代诗文集汇编》第520册，第118页。

9〔清〕邓廷桢：《双砚斋词钞》，载《清代诗文集汇编》第520册，第159页。

诗人们亦从微观角度编织着江南之思。如旅居西域的江南士人，常借"忆梅"抒其思乡之情，来看王大枢《诸人作忆梅诗次和二首》[1]：

莫漫条桑问远杨，玉梅都付返魂香。遥思却月参差影，只在孤山水石旁。笛里江城原自落，陇头春信更谁将。空余一片残风雪，到处相逢惹恨长。

十年幽梦忆清扬，倩写水丝认暗香。记把深杯临屋角，不图好句得溪旁。高枝出手非难折，健步移根悔莫将。一自飘零羌笛引，江南江北路偏长。

从江南的孤山水石旁赏梅，到如今的塞外忆梅，梅串起了诗人身世飘零之感，在遣戍文人中获得了情感的共鸣。

代表江南的名物频繁出现在诗中。如"吴舟"：陈庭学《寒夜有怀》："京华归尚远，遑问返吴舟。"[2] 如"西湖"：陈寅《纳中峰总镇署开并头莲纪瑞》其一："不须六月西湖景，紫塞偏开别样红。"[3] 如"莼鲈"：陈庭学《祀灶日寿胥园四首》"土风可但莼鲈美，沙漠焉知稻蟹肥"[4]。由于张翰"莼鲈之思"之典早已广播天下，莼鲈也成为江南的代指。陈寅《重阳赏菊次来青观察韵》"湖上莼鲈竹里厨"亦有此意[5]。又如"六桥"，诗云"遥忆故乡湖上景，高车相望六桥边"（《暮

1〔清〕王大枢：《西征录》，载《古籍珍本游记丛刊》第13册，第7112—7113页。
2〔清〕陈庭学：《塞垣吟草》，载《清代诗文集汇编》第395册，第407页。
3〔清〕陈寅：《向日堂诗集》，载《清代诗文集汇编》第398册，第694页。
4〔清〕陈庭学：《塞垣吟草》，载《清代诗文集汇编》第395册，第379页。
5〔清〕陈寅：《向日堂诗集》，载《清代诗文集汇编》第398册，第687页。

春陪方来青观察游德氏花园》）[1]，"六桥明月金闺梦，一样清辉两地看"（钟镛《中秋即事》）[2]。陈庭学看到岸边的一艘木筏，能引起他"争似绿蓑烟雨舫，渔童恰可俪樵青"（《枯槎》）的联想[3]。史善长见西域下雪而联系江南之春："南方当此日，风絮扑窗纱。"（《三月二十六日雪》）[4]诸如此类，成为西域诗人们眷恋江南的一种隐性表达。

如前所述，江南情结的表达其实并不限于江南籍文人，一代代出关的文人，无论是否来自江南，总会不约而同地想起江南。以江南情结寄托怀乡之思，成为当时出关文人的共性。江南情结如同心灵的安慰剂，起到连接故土、平复情感的作用。如舒其绍《听雪集》就有很多诗写"江南"：

> 西泠十载阻归骖，水驿山程细细探。今日画图重省识，几回歌枕梦江南。（《题冷香画梅四首》其三）[5]

> 我已十年尘梦觉，无端春恨绕扬州。（《谢舒梦亭冠军赠芍药六首》其一）[6]

> 吴山越水碧毵毵，赌胜双鬟酒半酣。今日歌声听不得，断肠依约在江南。（《月夜听古紫山游戎弹词四首》其二）[7]

1〔清〕陈寅：《向日堂诗集》，载《清代诗文集汇编》第 398 册，第 678 页。

2 星汉：《清代西域诗辑注》，第 455 页。

3〔清〕陈庭学：《塞垣吟草》，载《清代诗文集汇编》第 395 册，第 394 页。

4〔清〕史善长：《昧根山房诗钞》，载《清代诗文集汇编》第 488 册，第 637 页。

5〔清〕舒其绍：《听雪集》，载《清代诗文集汇编》第 403 册，第 321 页。

6〔清〕舒其绍：《听雪集》，载《清代诗文集汇编》第 403 册，第 322 页。

7〔清〕舒其绍：《听雪集》，载《清代诗文集汇编》第 403 册，第 339 页。

山郭水村何处好，小楼春雨忆江南。(《与赵自怡参军绥园看杏花八首》其二)[1]

这些作品都通过对江南典型意象的描摹捕捉，表现出对江南风物的深沉依恋，整体上带有南方文人的优柔气质。

舒其绍是河北任丘人，但他曾任浙江长兴县知县。这是他的诗中频频出现"江南"的重要原因，他在任上因秋审失察而遣戍伊犁，在伊犁生活期间，他的思乡之情不指向故乡任丘，而说"我家水云乡，飞雁鸣晨浦"(《雁来红》)[2]，用江南代指故乡。同样的感触，时人中非常常见，如杨廷理《春怀》诗云："三春花鸟天南梦，八月冰霜塞北愁。"《秋晚书怀借用舒春林明府赏菊韵》[3]又云："旅怀偏易感苍凉，又忆江乡桔柚黄。"[4]《秦斗庵杓访旧来伊，相逢万里气意颇真，分手时出盱眙图索书，即以赠行》中也有"不待西风忆碧鲈"的描写[5]，对于这位生长于广西、长期任职台湾知府的官员来说，其江南情思在诗中的表现也是如此自然。

少数民族作家笔下亦有明显的江南文化特征。如铁保诗中经常流露出对江南的眷恋，他在西域作《四忆诗》，分别怀念江南事物，其四云："我忆江南风景和，春花秋月等闲过。兰桡桂棹摇红雨，蟹舍鱼庄趁绿莎。"[6]《次及门阮中丞寄怀元韵》有："南云回首是他

1〔清〕舒其绍：《听雪集》，载《清代诗文集汇编》第403册，第358页。

2〔清〕舒其绍：《听雪集》，载《清代诗文集汇编》第403册，第326页。

3〔清〕杨廷理：《知还书屋诗钞》，载《清代诗文集汇编》第418册，第545页。

4〔清〕杨廷理：《知还书屋诗钞》，载《清代诗文集汇编》第418册，第559页。

5〔清〕杨廷理：《知还书屋诗钞》，载《清代诗文集汇编》第418册，第563页。

6〔清〕铁保：《惟清斋全集》，载《清代诗文集汇编》第432册，第564页。

乡，身到轮台客梦长。"[1]《春日》云："行到溪山最佳处，杏花时节忆江南。"[2]《车中口占》云："忽听塞垣懊恼曲，晓风残月忆江南。"（其四）[3]懊恼曲为乐府吴声歌曲名，亦作懊侬歌。产生于南朝江南民间，抒写男女爱情受到挫折的苦恼。诗人在这里听到了西域少数民族的情歌，牵动其对江南的遐想。这一情感在其他少数民族作家中亦能见到，舒敏诗《题陈静涵孝廉懿本画枇杷》云："今日箧头惆怅甚，金丸颗颗忆江南。"[4]《梅花六首·忆梅》云："依稀记得江南路，水驿山程到处香。"[5]《端阳四首》其四又有："歌裙舞扇记扬州，彩胜朱符压满头。杏子衫轻风力软，笑携红袖看龙舟。"[6]这些诗用缠绵悱恻的语言刻画了对江南的深情，成为清代西域诗中一道别致的风景。

　　有学者将此种现象归结为"江南认同"，指出："中国历史与文学的文献中可见一种特殊的共同心理嗜尚：喜好江南。长期以来，虚虚实实，或浓或淡，强化着一种超乎一般所谓地域文化的认同，此即可谓'江南认同'。"[7]这并非说明这些他乡为客的游子身在西域，心在江南，对于西域存在文化、情感上的疏离。江南眷恋是清代诗人表达乡关之思的重要途径。清代西域诗人对"江南"的眷恋以及相关情感的抒发，源自以"江南"暗寓乡关之思的表达方式，沿着文学史脉络向上溯源，其源头可以追溯到庾信的《哀江南赋》。虽

1　〔清〕铁保：《惟清斋全集》，载《清代诗文集汇编》第 432 册，第 560 页。

2　〔清〕铁保：《惟清斋全集》，载《清代诗文集汇编》第 432 册，第 567 页。

3　〔清〕铁保：《惟清斋全集》，载《清代诗文集汇编》第 432 册，第 559 页。

4　〔清〕舒敏：《适斋居士集》，载《清代诗文集汇编》第 520 册，第 655 页。

5　〔清〕舒敏：《适斋居士集》，载《清代诗文集汇编》第 520 册，第 664 页。

6　〔清〕舒敏：《适斋居士集》，载《清代诗文集汇编》第 520 册，第 660 页。

7　胡晓明：《"江南"再发现——略论中国历史与文学中的"江南认同"》，《华东师范大学学报》2011 年第 2 期，第 114 页。

然西域诗中"江南情结"的思想表达缺乏《哀江南赋》所开启的政治意味，但是同样深刻。江南因此具有了"精神故乡"的文化承载，常常出现在每一位清代西域诗人的诗作之中。

二、隐逸情怀的向往

相对于唐人渴望在西域建功立业，清代身处西域的士人，身份多为贬谪文人，他们更追求精神上的慰藉。江南是文人逆境中的精神家园。在清代西域诗人笔下，深藏功与名，更多是通过对江南自然山水、林泉风月的遐想获得心灵的宁静与解脱，也是应对现实人生的无奈之举。来看朱腹松《郊外桃花盛开欲往未果，用柳南先生看花诗韵感赋二首》[1]：

廿四番风次第栏，拥裘斗室怯余寒。客愁倍较春前剧，花事都从梦里看。自笑迷途回辙早，空劳待旦着鞭难。笔床茶灶频经理，好把生涯付钓竿。

荣枯转瞬一无真，华发惊看入鬓新。蝶化花间谁是我，鸥飞海上且依人。纵情酒国怀嵇阮，受学诗坛愧白申。请待来年二三月，买舟同泛武林春。

柳南先生名施光辂，字静方，号柳南。乾隆戊子举人，官至叙州知府，为朱腹松在西域的好友。陈庭学曾谓其"旧值枢廷""与余俱授主事衔"[2]。他们作为废员都在西域再次被起用，虽为"弃瑕录

1〔清〕朱腹松：《塞上草》卷四，叶五正—叶五背。
2〔清〕陈庭学：《塞垣吟草》，载《清代诗文集汇编》第395册，第399、416页。

用"，但黯淡的政治前途，职事的琐碎烦冗，都消磨着两人的生命，他们于现实中在西域筑园林，效法嵇、阮放浪形骸，在精神上则期待"好把生涯付钓竿"和"买舟同泛武林春"的归宿，能够在江南的秀丽山水中过上远离尘世喧嚣的生活。诗歌结尾处，通过对江南的向往，表达了二人的隐逸之志。

乾隆四十九年（1784），庄肇奎被伊犁将军伊勒图起用为伊犁抚民同知，身份从废员转变为地方五品官员，他在署中专辟一室栽花，并在此筑屋，暇日小憩，但时间并未冲淡他的"江南情结"，他在《予既于廨西治圃艺花，并筑船室》[1]诗中云：

> 荒畦初辟斩然新，扶杖吟探小圃春。病叟种花天一角，虚航受月影三人。苇篱草长盘空缕，柳沼风低簇细鳞。万斛黄沙都不染，雪山孤洁是吾邻。

> 坐来消受午风凉，一道新渠半亩塘。春水划分花柳界，雨窗采煮豆蔬香。常凭薄醉消羁况，恰倚孤篷看夕阳。便拟浮槎天汉上，凌风直下到江乡。

雪山为邻，花草为伴，庄肇奎在塞外精心营造的一方与世隔绝的天地中，安享自乐，乐而忘忧，寻找精神的安顿和人格的完善。这里"万斛黄沙都不染，雪山孤洁是吾邻"，要以林泉高致固守自己孤洁的情操。此时身份已经由废员变为官员的庄肇奎，依然期待"凌风直下到江乡"，其中"江乡"指江南水乡，"下江乡"的祈盼，

1〔清〕庄肇奎：《胥园诗钞》，载《清代诗文集汇编》第363册，第39页。

不仅仅是思归之情，也代指了作者对于悠闲雅致生活和旷达洒脱人格理想的追求。

对于江南文化的认同，体现了对诗意生活的追求，对精致生活的向往，成就了内心中的隐逸情怀，作为来到西域后环境改变与冲突之下的应激策略，抚慰了文人的内心。江南属于内向型的文化特征，从范蠡游五湖到谢灵运隐居会稽，江南指向隐逸、自省，悠游生息在江南旖旎秀丽的自然风光里，很容易沉浸于山温水软的佳丽之地而忘却功名利禄。而西域则属于外向型文化特征，从建功异域的班超到燕然勒铭的窦宪，指向功业、家国情怀。因此在中国诗歌发展的长河中，身在江南往往如白居易来到江南后的"心适忘是非"，而身在西域则如岑参的豪言："功名只向马上取"，展现出积极进取的精神，毫不掩饰对功名富贵的企盼。这两种截然不同的心理范式，背后实际是仕与隐的矛盾，"江南"与"西域"交互描写，亦是作家本心的展示。士人们都面临着穷与达、跻身朝堂与退隐山林的不同选择，这是中国传统士人出处进退时共有的心路历程。清代许多西域诗人都将西域与江南放在不同的时空经历之中相较，如施补华有："饱看塞上雪，孤负江南花。"（《平番县》）[1] 黄濬有："老来无梦到西湖，却画天山雪猎图。"[2] 其弟黄治有："冰霜漠北新游绪，琴鹤江南旧宦情。"[3] 铁保有："梦依吴越江山外，身到昆仑碣石间。"[4]

1〔清〕施补华：《泽雅堂诗二集》，载《清代诗文集汇编》第731册，第472页。

2〔清〕黄濬：《雪夜小吟追次姜白石雪中六解韵寄今樵三弟兼柬嵩峻亭山明府》，载《壶舟诗存》卷八，叶一七背。

3〔清〕黄治：《家兄喜余来江，作诗见示即次其韵》，自《今樵诗存》，载《清代诗文集汇编》第606册，第675页。

4〔清〕铁保：《书怀二首》，自《惟清斋全集》，载《清代诗文集汇编》第432册，第563页。

得知自己被遣戍西域的裴景福，在狱中作《闻有新疆之役偶赋》云：
"雪山瀚海闲经过，再到江南看杏花。"[1]很明显，这些诗句所指向的
地域环境差异是表层的，深层内蕴则是人生遭遇和阶段不同造成的
出处抉择的不同。

本章小结

文学西域的抒写融入江南元素，并非单纯是"越鸟巢南枝"的
思乡情结，亦非"虽信美而非吾土"的高墙壁垒。因为有清一代，
呈现这种特征的作家人数众多，其中既有汉族作家，也有少数民族
作家，既有江南作家，亦有非江南作家。任何地域文化特质背后都
有人文精神属性。无论是西域还是江南，这些具有强烈地域色彩的
语汇符号并非仅仅为了映射二者特殊的地理环境，其根本目的还是
在于展现诗人真实的生存空间、生活感受与思想情感。西域描写的
江南化，承载了文人对于精致生活的向往，呈现了内心中的隐逸情
怀。同时也是中华文化在历史长河中不断渗透交融的必然产物。江
南文化亦为西域文化注入了新的质素。江南代表着精致讲究的农耕
文明，在西域这种以粗犷豪迈为特征的游牧文化背景之下，成为清
人多民族文化融合的优质媒介，被怀想、被眷恋，无形之中又构建
出前所未有的"文学西域"的形象，南北文化的交融是"文学西域"
新变的根源所在。

1〔清〕裴景福：《河海昆仑录》，北京：中国国际广播出版社，2016年，第14页。

在地域文学研究中，更多是通过比较不同地域之间的文化差异性，突出某一地域文化的特异性。实际上江南与西域虽有距离，但文化内核却存在共通与呼应。清人用身体力行的观察获得了在场性的认知并投入创作实践，重塑了文学西域的形象，亦为今天文学与传媒视野下西域形象的推广提供了先例。

第二章　江南园林文化在西域的
影响及文学表现

　　"园林"这一专有名词是"魏晋南北朝随着士人园的出现而出现的"[1]，但是中国古典园林建筑物质形态的产生与演进却伴随着古代社会发展之始终，构成传统文化的重要组成部分。周维权在《中国古典园林史》中，将古典园林发展分为先秦两汉生成期、两晋南北朝转折期、隋唐全盛期、两宋至清初成熟前期和清中叶以后的成熟后期五个阶段[2]。彭一刚《中国古典园林分析》也指出早在《诗经》中就记述了宫苑园林的营建活动，明清时期园林建造更取得长足发展[3]。园林本身是一种颇富江南情韵的建筑艺术与文化符号，"以江南为代表的文人私园"成为建筑史家定义明清私家园林的共识[4]。在清代，传统园林建筑以及由此衍生出的园林文学，也在西域地区日盛。

　　乾隆二十四年（1759）清朝底定西域，伊犁地区成为朝廷重点经营的边陲重镇和军政中心。内地文化持续不断地输入，使得曾经"乃一空旷之地，并无城垣"的伊犁不仅九城林立[5]，造园之风也日益昌炽，成为中国古典园林成熟期在西陲边塞的生动反映。随着清朝统治在全疆的深入与稳固，南北疆各地在不同时间段内都曾出现过

1　曹林娣：《中国园林文化》，北京：中国建筑工业出版社，2005年，第3页。

2　周维权：《中国古典园林史》，北京：清华大学出版社，1993年，第10—11页。

3　彭一刚：《中国古典园林分析》，北京：中国建筑工业出版社，1986年，第2—4页。

4　中国建筑艺术全集编辑委员会编：《中国美术分类全集·中国建筑艺术全集》第18卷，北京：中国建筑工业出版社，1999年，第22页。

5　《清实录·高宗实录》卷五一〇，《清实录》第15册，北京：中华书局，1986年，第296页。

规模不等的园林建筑，在时人的记载中留下痕迹。作为人们日常居处之地的公私园林，同时充当着孕育文学群体和激发文学创作的物质诱因。所谓"文因景成，景借文传"，这些文学作品客观再现了当日西域地区的园林胜景，更以之多样化的表达构成自然景观之外的丰富情感外延。本章的主要目的，即以清代西域的园林建筑为纲，对其文化内涵以及文学表现的意义与价值加以探讨。

第一节　清代西域园林建筑钩沉

从现有文献记载来看，清代西域园林以伊犁地区数量最多，此外在喀什噶尔、库车、乌什、哈密、乌鲁木齐也有分布。按照功能划分，它们可以分为官邸园林与私家园林两大类。

一、伊犁地区的园林

1. 官邸园林

伊犁地区的园林兴建肇始于乾隆中期，其产生与消亡与清朝西域统治的兴衰成败紧密关联。伊犁将军府园林是清代伊犁规模最大、存在时间最久的官邸园林。乾隆三十年（1765）二月，伊犁满洲驻防城告竣，赐名惠远，伊犁将军府移驻其中。《伊江汇览》中保留着一段有关将军府园林的简单描述："［惠远城］东西南北四街，中为鼓楼，东街系将军衙署一所，南向宏厂，东西辕门内建吹鼓亭二。署中箭道堂皇，厅事悉备，嶵坦之中，树木耸蔚。"[1]勾勒出园林的宏观景象。除此之外，道光年间张广埏《邮程琐录》中的相关文字，

1〔清〕格琫额：《伊江汇览》，载《清代新疆稀见史料汇辑》，第25页。

是迄今可见对伊犁将军府内部细节最为详细的记录：

> 初五日进帅署，入大门，东为功过、粮饷处，西为营务、驼马处，逾二门则印房、折房两旁分列。其中为大堂，入暖阁后，穿夹道晋垂花门，为上房，翼以东西两厢。上房之后，为月堂，东为射圃，又其东为厨房，厨之东为马圈，大可驰数十骑，中建马王庙一圈。之后为菜园，横亘四五亩，东为土地祠，西为关帝庙。……土屋数间，择娴树蓺者居之。又地窖三两处，冬月藏蔬所也。上房之西为亦园，其西为山庄，点缀村落，景象半倾圮。其东为野堂，大帅居之，庭前有"花笑鸟言闲中真趣，水行山止静里明机"联面。莲池中有平桥，桥之南为平台，有"荷静蒲香"额。西度长板桥，折而南，再过板桥，一为澄心亭，有"地静风光含太古，境幽草木抱天真"联。西北为船房，有"小屿潆洄"额，"伊水为池环碧案，天山如阜拱明窗"联。西北行过高板桥，折而南为庆宜楼，有"万里云山供远眺，四时风月荡高怀"联。又东北为"心迹双清"茅亭，东出月门为南院书室。……园西北皆磊土为山，水自菜园放入，经山庄沿土阜至高板桥外，汇为大池，东北注莲沼，又东泄入小沟，分灌各院落。池南穿土山下，折而西，注入南院诸渠，闻夏间卉木茂密，与清流映带，景趣颇佳。园门在东南外，为办事堂，两帅按期上堂，僚属议事及筵宴外夷处。又其西为箭亭，弁兵校技放缺处也。[1]

1〔清〕张广埏:《邮程琐录》，载《万里游草》，道光二十三年（1843）刻本，叶五九正—六〇背。

　　道光九年（1829），玉麟由兵部尚书调任伊犁将军，张广墄以僚属身份随从玉麟出关，"己丑出都，归以辛卯。往还阅二十八月，行程二万里有奇"[1]。在伊犁期间，他就住在将军府内。这段文字以空间为序，次第分明地描写了将军府内所有建筑的布局。描述了将军府园林内的建筑方位、人文景观及匾额楹联等局部内容，具有珍贵的史料价值。比之《伊江汇览》寥寥数语的记载，要更加丰富详尽。

　　张广墄的记述不乏文采，而单从文学层面来说，伊犁将军晋昌的《伊江衙斋杂咏》等诗作才真正构成将军府园林最重要的文学表达形式。晋昌，字戬斋，号红藜，一作红梨，满洲正蓝旗人，于嘉庆十四年（1809）至十八年、嘉庆二十二至二十五年两次出任伊犁将军，《伊江衙斋杂咏》组诗三十首作于其首度任内。他以伊犁将军的独特身份优势，从容观察园林景致，一景一诗，分别吟咏了园中射圃、野堂、亦园、船室、荷沼、澄心亭、芦塘、露台、西楼、憩花吟馆、吃墨听茶山房、听莺闲馆、云林书舍、棕亭、山庄、虹桥、帝君祠、学农圃、绿荫草亭、杏林、新开射圃等三十处景观。其中大部分内容，可从张广墄的记载得到印证。深受晋昌器重的遣戍文人陈寅，也有《和红藜将军衙斋杂咏原韵》的同题和诗，与原作相互补充，共同记录了将军府园林宏大的规模建制。

　　比晋昌和陈寅稍早，乾隆末年至伊犁的朱腹松曾作《野堂池中泛舟作》一诗，题下自注云："野堂为幕府别业，水石花木擅伊江之胜。"[2]据知园中的野堂乃是军府幕僚们的居所。嘉庆四年韦佩金谪戍伊犁后，受聘于时任伊犁将军松筠，也曾作《湘浦将军馆金于署内野堂西之精室，手书亦园二字额其门敬赋志谢》，记载了他为"亦

1〔清〕张广墄：《万里游草》，叶二正。
2〔清〕朱腹松：《塞上草》卷三，叶八背。

园"命名之事。韦佩金的另一首《伊犁将军署内芙蕖盛开，同景庵武卫那彦瞻看花得诗四首，即以留别》所写当为园中荷沼之景，诗歌自注谓荷沼有"东西二池，东池较盛"[1]。这些零散篇章都对将军府园林建构的细节与作用做出了有益补充。

道光年间林则徐遣戍伊犁，尝受伊犁将军布彦泰之邀至将军府，"饭后于其署后亦园、野堂、射圃各处周历一游"[2]。仅仅过了二十余年，将军府园林就毁于同治五年（1866）沙俄占领伊犁期间，直到光绪八年伊犁收复后，清廷才于惠远故城以北十五里另筑新城，并重建将军府。晋昌等人的诗文也成为保存原将军府园林风貌的唯一实录。

绥定城中伊犁总镇都督府署东偏的绥园，是清代伊犁地区最负盛名的官邸园林。乾隆二十五年（1760），清廷"陆续调拨绿营兵三千名驻守伊犁屯田"，四十三年将屯田兵丁改为携眷移驻，设屯镇总兵"一员专理屯田及兵丁操防等事，中营驻绥定城"[3]，绥定城为"总兵居趾"[4]，绥园即其宅邸。

王大枢在其《西征录》中记载，绥园乃"创始于镇台润堂德公，至佑斋皂公接镇，因而扩之，益以巴蜡庙、关庙及射圃，亭台池岛水阁诸胜，每八月十五，游人入玩，管弦灯火，彻夜欢腾"[5]。德公名德光，"乾隆五十七年七月由肃州镇调补到任，五十七年九月进京卸事。……乾隆五十八年五月回任，六十年六月调汉兴镇总兵，

1〔清〕韦佩金：《经遗堂全集》，载《清代诗文集汇编》第 431 册，第 336 页。

2 林则徐全集编辑委员会编：《林则徐全集》第 9 册，第 4702 页。

3《西陲总统事略》，载《中国地方志集成·新疆府县志辑》第 2 册，第 226 页。

4〔清〕永保：《乾隆伊犁事宜》，载《清代新疆稀见史料汇辑》，第 136 页。

5〔清〕王大枢：《西征录》，载《古籍珍本游记丛刊》第 13 册，第 7007—7008 页。

十二月赴任卸事"[1]。皂公名皂君保，"乾隆六十年十二月由汉兴镇调补到任"[2]。乾隆五十九年，王大枢应德光之请为绥园命名。嘉庆元年（1796），又受皂君保之聘馆于园中"听荷书屋"。据王大枢描述，绥园不单是镇台与幕僚的日常居所，兴建伊始也在中秋节等特殊日子充当对外开放的公共园林。

几乎所有在绥定城生活过的文人都对绥园有着深刻记忆。在王大枢之后遣戍伊犁的舒其绍也曾长期坐馆于绥园，并留下《绥园杂咏》组诗，分咏园中蓬莱阁、旷观亭、庆恩楼、莲池、竹节亭、龙沙烟雨馆、静寄山房、宛在亭、板桥、山洞、雨香书屋十一处景点，可见绥园规模实与将军府园林不分伯仲，故方士淦《伊江杂诗》中有"附郭名园盛"之誉[3]。

绥园还有"会芳园"的别称，洪亮吉《伊犁纪事诗四十二首》其三十七中"纳凉须驻会芳园"句下自注云："会芳园在绥定城总兵署后。"[4]其《天山客话》中也记载过："自嘉峪关至伊犁大城，万一千里，所见园亭之胜，以绥定城总兵官廨为第一，荷池至五六处，飞楼杰阁绕之，老树数百株，皆百年外物。蒙古纳总镇乞余题额，为名之曰香远堂，曰众芳园。"[5]林则徐至绥定后，曾谓"其地有园亭之胜，匾曰'绥园'，又曰'会芳园'"[6]。他与邓廷桢还相携至绥园赏

---

1 《西陲总统事略》，载《中国地方志集成·新疆府县志辑》第 2 册，第 254 页。

2 《西陲总统事略》，载《中国地方志集成·新疆府县志辑》第 2 册，第 255 页。

3 〔清〕方士淦：《啖蔗轩诗存》，载《华东师范大学图书馆藏稀见丛书汇刊》第 39 册，北京：北京图书馆出版社，2006 年，第 400 页。此诗自注云："绥定城去大城三十里，长镇总兵驻扎之所。园林绝胜，如苍岩总戎柏常招饮索书。"

4 〔清〕洪亮吉著，刘德权点校：《洪亮吉集》，第 1215 页。

5 修仲一、周轩编注：《洪亮吉新疆诗文》，第 139 页。

6 林则徐全集编辑委员会编：《林则徐全集》第 5 册，第 4690 页。

花，留下《金缕曲·偕少穆同游绥园》和《金缕曲·和巀筠绥定看花》的唱和之词。从王大枢笔下"听荷书屋"到《绥园杂咏》中"雨香书屋"名称的流变，再到洪亮吉、林则徐所记"会芳园"之景，暗示着绥园景观在不同时期一直不断改造完善。绥园最后出现在文人笔下，是在雷以諴《宿绥定镇园亭》诗作中："镇名绥定是严扃，东去依然此处经。水美田肥欢士马，池深木茂好园亭。"[1]此诗作于咸丰九年雷以諴赴陕西按察使任前夕。此后随着国家内忧外患、边塞危机不断深化，绥园之名再未见于记载[2]。

2. 私家园林

惠远城中的"醒园"与"德园"是伊犁私家园林的代表。醒园园主即施光辂，《国朝杭郡诗续集》载其"值北塞用兵，以迟误军饷遣戍伊犁，因于塞外筑醒园"[3]。醒园是他在西域为自己修筑的寓所园林，乾隆五十五年修成。作为私人园林的醒园规模并不太大，却以有限的面积营造出无限空间，布置紧凑精致。柳南曾作《醒园十二咏》组诗，采用由内及外的抒写策略，咏园中的天涯话旧之堂、青春作伴斋、萍泊舫、方庵、半亭、倚楼、啸台、小好洞天、曲池、水来桥、瘗鹤龛、待月廊。兹举咏曲池、水来桥、待月廊三首观之：

池小流偏曲，荷花种几湾。支桥通宛转，缘岸步弯环。巴水前时渡，之江梦里还。潺湲肯相送，生入玉门关。

1〔清〕雷以諴：《雨香书屋诗续钞》，载《清代诗文集汇编》第589册，第785页。

2 吴蔼宸先生曾在《边城蒙难记》（乌鲁木齐：新疆人民出版社，2010年，第127—128页）中记载，他于1933年至伊犁，曾至一会芳园酒馆，该酒馆在伊犁已有20余年历史，规模颇大，雅座中有宋伯鲁联对。会芳园酒馆的命名或许也与伊犁的历史记忆有关。

3〔清〕吴振棫辑：《国朝杭郡诗续集》卷一七，同治甲戌（1874）丁氏刻本，叶三四正。

四月垂杨绿，天山雪渐消。正当盘马地，特筑跨虹桥。有
水来芳沼，无人荡画桡。濠梁今日意，旅恨忽然销。

底事长廊下，清宵独倚栏。只缘明月好，如在故乡看。古
戍烟初散，荒城漏未残。卷帘频伫望，裘敝不知寒。[1]

这一方壶天地中既萃集了江南园林常有的灵动精致的曲水长
廊，又有塞外雄奇壮观的天山雪景。多年后，舒其绍在其《伊江杂
咏》中专门吟咏了醒园的《斗母阁》，诗云："半亩方塘水蔚蓝，绕
廊花木碧毵毵。只今铃铎风能语，斗阁翻经忆柳南。"[2] 勾画了醒园内
半亩方塘和绕廊花木的美景，这里也曾经是文人集会唱和、流连忘
返之地。

乾隆三十年（1765），伊犁"设营务处，派协领佐领等官总理其
事"[3]，共计协领八员。德园系协领德兴私宅，此园不像其他园林那样
格局复杂，独以其花卉名享塞外。舒其绍有诗云："不因六驿传花使，
争识雕栏百宝装。"注语谓"边地无花，主人自内地携来，分植各
园林，香风十里，亦风流名将也"[4]。在主人煞费苦心的经营之下，德
园成为乾嘉年间伊犁文人们赏花集会的最佳去处之一，经常出现在

1〔清〕吴振棫辑：《国朝杭郡诗续集》卷一七，叶三四正—叶三四背。
2〔清〕舒其绍：《听雪集》，载《清代诗文集汇编》第403册，第376—377页。
3《西陲总统事略》，载《中国地方志集成·新疆府县志辑》第2册，第204页。
4〔清〕舒其绍：《听雪集》，载《清代诗文集汇编》第403册，第323页。按：舒其
绍此诗题为《初夏同乌畹湘元戎，黄再梓别驾，王碧山守戎，陈静函孝廉，舒梦亭、厚
山两侍卫暨其令弟石舫、怀堂游亦园看牡丹，兼呈主人协领德兴四首》，之后他又作《德
园看芍药用方观察韵呈沁斋大尹三首》，其二自注云"己未德园看花，舒、陈诸君久去，
乌、王下世，感慨系之。"显指前事而言。故前者将"德园"称作"亦园"或为笔误，或
此园初名亦园，后依园主姓改名德园。

他们笔端。陈寅即曾在《德协领园中林檎花盛开，立夏前一日来青观察邀同人宴赏》诗中赞誉："德氏小庄远尘俗，碧巇千重萦翠烟。清泉一带漱寒玉，就中小圃最幽遐。窈窕芬芳看不足，忽见繁花烂漫开，红云白雪遮楼台。桃花含笑丽姝出，梨花冷艳静女来。别有名葩号月季，可人姿媚堪徘徊。瑶池列遍云霞队，金屋铺成锦绣堆。"[1]

清代伊犁不同时期营建的园林别业数目远不止上述四处。王大枢入住绥园之前，曾坐馆于绥定城游戎刘化行家，刘氏"构还读斋、列岫轩、绮余阁诸处，园池颇胜"[2]。朱腹松《过赵氏别墅用少陵游何将□□□□□〔军山林韵十〕首》[3]，仿少陵《陪郑广文游何将军山林十首》，以七律组诗描写赵氏别墅山林幽美。陈庭学《集赵氏别墅和溉余同年韵》、庄肇奎《同人集赵氏别墅，答次陈纯溰和溉余韵四首》两诗所写当与朱腹松所言同为一地，也是典型的私家园林。

舒敏《成园看芍药四首》《秋日随家兄梦亭、沁香，暨舍弟怀堂，邀同陈静涵与浦谦斋、扣云昆季游绿绮园二首》《春暮同舒春林、王碧山，及家弟怀堂游朴园五首》，记载了"成园""绿绮园"与"朴园"雅游。舒其绍《游张云千守戎园林》与《重游张氏园林》，则描写了一位专理屯政的张姓官员的私人宅邸，由诗中"怒荷穿苇岸，僵柳卧柴门""开凿百子塘"之句[4]，可知此园规模也自不小。

徐松在《西域水道记》中描述过位于伊犁塔勒奇城之南，朱尔赓额"且园"的情形：

1〔清〕陈寅：《向日堂诗集》，载《清代诗文集汇编》第398册，第692页。

2〔清〕王大枢：《西征录》，载《古籍珍本游记丛刊》第13册，第7046页。

3 原诗残缺，六角括号为作者据杜甫诗补充。

4〔清〕舒其绍：《听雪集》，载《清代诗文集汇编》第403册，第370页。

磨河折而西，经塔勒奇城西北，潴水为水磨。又南流，经皇渠西，断坡曲岸，细柳新蒲，小溆潆回，自成幽境。又南三里许，积为小湖，周可里许。临湖西岸，故江南盐巡道朱尔赓额（字白泉，诗人朱孝纯之子）。筑戍馆于此，名曰"且园"。园中有楼，曰"面面山楼"。[1]

朱尔赓额原名友桂，字白泉，汉军正红旗人，嘉庆十七年（1812）遣戍伊犁。徐松还曾经为其面面山楼题写楹联："方宅十余亩，草屋八九间。榆柳两三行，梨桃百余树。"此外，韦佩金《次韵方来青观察咏盆荷三首》其一"坐采莲舟廿载前，阆风堂畔纳凉先"句下自注"城北徐园，堂额曰阆风"[2]，方士淦《丁亥四月初七日，药园主人邀诸友人雅集，即席咏怀》，分别提及"徐园"和"药园"。林则徐记载他在道光二十三年（1843）四月十七日赴绥园赏花之后，由绥定回惠远，"归途经霍氏园林，停车小憩。又绕赴锡氏园，见芍药新丛，抽茎已将满尺"[3]。同年五月间他又与邓廷桢联辔出游锡拉善"锡氏园林"与伊昌阿"愉园"：

早晨大雨两阵，天气变寒。前日庆湘帆辰约余与两儿于今日赴锡云亭园中同赏芍药，亦约嶰翁、毓堂诸人。云亭园林有两处：其一距城三里余，前已游过两度；一则距城十有余里，地名红山嘴，向所未到。是日巳刻，天已开晴。早饭罢，即与嶰翁诸人联辔出城。雨后路无尘块，遂先至红山嘴，其园匾曰

---

1 〔清〕徐松著，朱玉麒整理：《西域水道记（外二种）》，第248页。
2 〔清〕韦佩金：《经遗堂全集》，载《清代诗文集汇编》第431册，第366页。
3 林则徐全集编辑委员会编：《林则徐全集》第9册，第4707页。

"绿云村"，又曰"红杏山房"。座落凡十余处，共有芍药数千本，其他花木亦多。在彼饱观之后，又至伊昌阿之愉园，较此园木差少，遂折而至近城之锡氏药圃。湘帆、云亭俱在此相候，园中芍药盛发，复遍观之。[1]

由文中所载可知，锡氏园林共有两处，林则徐将惠远城附近的锡氏园林称为"药圃"，应当就是方士淦诗中提及的"药园"。

道光九年张广㙈至伊犁时，也曾留下《吉人方伯招游云亭主政锡拉善芍园》诗："驱车出北门，阛阓杂冗猥。去去二三里，芳园寄爽垲。五月春光回，繁英绚霞彩。灿烂数百丛，原野诵每每。"[2]自注称"园内艺芍药甚夥，鳞次栉比，如禾蔬然。"所谓"芍园"，也即指锡氏"药圃"而言。经过十数年的经营，在林则徐和邓廷桢来到伊犁之时，锡云亭又在惠远城东北开辟了一处新的园林，亦以园中芍药花而知名，规模也自不小。一直到雷以諴遣戍伊犁的咸丰七年（1857），还受到主人的款待，留下不少诗作：

> 我来伊水一经秋，重阳重度光如流。望楼已废登高兴，绿野继邀闲园游。居园主人旧太守，殷勤为客置肴酒。人在五色锦屏中，木逾十年树种后。小溪曲径蟠若蛇，徂夏笑围芍药花。老圃残菊悄无语，犹看红叶舞晴霞。（《重阳后三日锡云亭太守招游绿云邨园亭，为长古一首》）

> 远市邨园静，喧嚣耳不闻。层楼深贮月，老树密团云。径

1 林则徐全集编辑委员会编：《林则徐全集》第9册，第4712页。
2 〔清〕张广㙈：《万里游草》，叶二五背。

绕三叉窄，泉从万壑分。莫嫌秋已晚，花国有余熏。(《又五律
六首》其一）

地辟千畦广，游难一日窥。瑶琴风自鼓，檠磨水能推。小
艇匏尊剖，回栏亚字奇。尻轮夸老健，流览且忘疲。（其三）[1]

这些诗作描写了药园的规模，以及园中花木、水榭等景观，在
细节上可以补林则徐等人记载的不足。根据现有材料统计，清代伊
犁地区的园林建筑至少有十六处之多（表1）。

表1 清代伊犁地区园林表

序号	园林名称	修建者	位置	年代	主要文献记载
1	将军府园林	伊犁将军	惠远城中	约乾隆三十年至同治五年	晋昌《戎旃遣兴草》、陈寅《向日堂诗集》、张广埏《邮程琐录》
2	醒园	施光辂	惠远城	乾隆五十五年至乾隆六十年	吴振棫《国朝杭郡诗续集》、朱腹松《出塞吟》、陈庭学《塞垣吟草》
3	德园	德兴	惠远城	乾嘉时期	舒其绍《听雪集》、舒敏《适斋居士集》、陈寅《向日堂诗集》
4	赵氏别墅	不详	惠远城北	乾嘉时期	庄肇奎《胥园诗钞》、陈庭学《塞垣吟草》、朱腹松《出塞吟》
5	成园	不详	惠远城	乾嘉时期	舒敏《适斋居士集》

1〔清〕雷以諴：《雨香书屋诗续钞》，载《清代诗文集汇编》第589册，第783页。

（续表）

序号	园林名称	修建者	位置	年代	主要文献记载
6	绿绮园	不详	惠远城	乾嘉时期	舒敏《适斋居士集》
7	朴园	不详	惠远城	乾嘉时期	舒敏《适斋居士集》
8	张氏园林	张云千	绥定城	乾嘉时期	舒其绍《听雪集》
9	绥园	德光	绥定城总镇都督府署之东	约乾隆五十七年至道光时期	王大枢《西征录》、舒其绍《听雪集》、方士淦《啖蔗轩诗存》、《林则徐日记》、雷以諴《雨香书屋诗续钞》
10	刘氏园林	刘化行	绥定城中	乾嘉时期	王大枢《西征录》
11	且园	朱尔赓额	塔勒奇城西南	嘉庆时期	徐松《西域水道记》
12	徐园	不详	惠远城北	嘉庆时期	韦佩金《经遗堂全集》
13	霍氏园林	不详	惠远城北	道光时期	《林则徐日记》
14	愉园	伊昌阿	惠远城	道光时期	《林则徐日记》
15	锡氏园林一	锡拉善	惠远城北三里	道光、咸丰时期	《林则徐日记》、张广埏《万里游草》
16	锡氏园林二	锡拉善	惠远城东北红山嘴	道光、咸丰时期	《林则徐日记》、雷以諴《雨香书屋诗续钞》

　　除了将军府园林、绥园、醒园等，以上大多数园林的具体情况均无考，但由文献中吉光片羽的记载，可窥见伊犁园林数量之夥，造园游园之风甚至成为边塞地区的风尚。而且从时间上看，伊犁园林建筑出现与发展的鼎盛时期集中在乾嘉时期，并延续至道光朝，与边陲数十年政通人和的政治走向明显一致。（图 1）

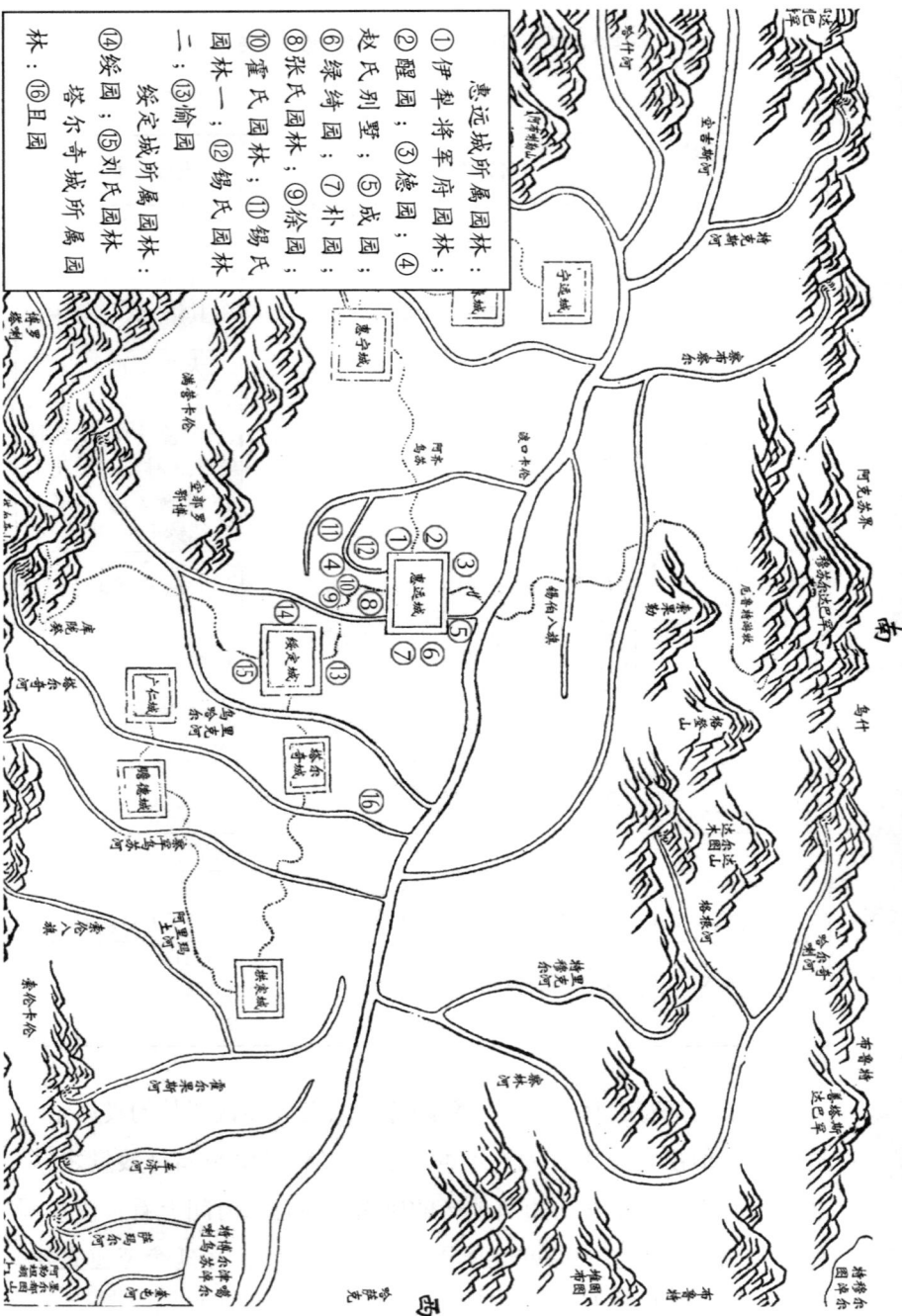

图1 清代伊犁地区园林分布图（据《西陲总统事略》卷二《伊犁图说》附图加标号）

惠远城所属园林：
①伊犁将军府园林；
②醒园；③慇园；④
赵氏别墅；⑤成园；④
绿氏别墅；⑦朴园；
⑧张氏园林；⑨练园；
⑩霍氏园林；⑪徐氏
园林；⑫锡氏园林；⑪

三；⑬绥定城所属园林：
⑭绥定城所属园林；
塔尔奇城所属园
林：⑯旦园

72

二、南疆地区的园林

清代南疆地区的园林大多属于官邸园林，由在任官员们修建。乾隆五十五年（1790），满洲镶黄旗人毓奇迁任喀什噶尔协办大臣。时明亮任总理回疆事务参赞大臣，驻扎喀什噶尔。两人常相过从，毓奇在诗中描写过明亮的"且园"："不日归来且园兮，共醉霞觞"（《登山行寄怀寅斋将军》）[1]"佳会流觞客里违，烟花三月境殊非"（《自铁烈克卡伦至察木伦军台即事感怀四首》其二），自注称将军"且园中有流杯亭"[2]。《且园即景赋呈寅斋将军》亦写道："且园佳景迩来多，我为将军喜作歌。行酒落花飞玉斝，赋诗明月倒金波。"[3]

在他的诗作中，也能看到对园林若干细节的描写，如"治圃饶青韭，移荷待碧莲。静恬方止水，清寂得枯禅"，乃写园中荷花，句下自注云"将军种荷徕宁，二年来开时芬馥"（《暮春途中即事有怀，却寄明寅斋将军，兼示陆友鲁瞻二十八韵》）[4]。《官池春雁即用少陵二绝原韵呈寅斋将军》写园中大雁栖息"欢呼戏春水，涤荡碧溪云""矰缴何堪虑，波澜时共防"[5]也别有意趣。毓奇还有一首《余与寅斋将军同居公署后圃，复与西园相通，朝暮往来，不分主客，因赋自遣一律，兼呈索和》，描写自己与明亮在园中游览的愉悦。全诗为：

> 两家相隔一疏篱，来往无烦预卜期。日色到山吟兴剧，月明如水醉归迟。池边共坐观鱼跃，花下携行悦鸟嬉。从此赏心

1〔清〕毓奇：《静怡轩诗草》，道光五年（1825）刻本，叶三一背。

2〔清〕毓奇：《静怡轩诗草》，叶三二正。

3〔清〕毓奇：《静怡轩诗草》，叶三七正。

4〔清〕毓奇：《静怡轩诗草》，叶三十正。

5〔清〕毓奇：《静怡轩诗草》，叶三四正。

多乐事,芒鞋竹杖愿追随。[1]

这首诗歌的题目也暗示出"且园"作为官署园林的性质。在《暮春望后旋署,小集寅斋将军且园》中,作者则描写了完成公干之后,又赴且园宴饮的所见所感:"心缘行去时悬旆,人复归来夜举觥。不到园林才半月,杏花如雪打啼莺。"[2]末句对园中杏花绚烂的刻绘尤显生动。

毓奇之后来到喀什噶尔的和瑛,曾写下《山房晚照》《澄碧新秋》《百尺垂红》《孤舟钓雪》《小桃源》《望春台》《妙空禅院》《瓜菜园》一系列诗作,和瑛于嘉庆七年(1802)由叶尔羌办事大臣调任喀什噶尔参赞大臣,他在上述诗作中没有明言园林之名,但是从诗中具体描写来看,应当也是官署园林的景致,《山房晚照》题下注:"观音阁西,高及阁之半,名'亦足以山房'。"[3]《澄碧新秋》题下注:"亭在水中央,舟桥俱可达。"[4]诗云:"兀坐湖心里,澄澄一水清。由来绘天影,难得画泉声。"《百尺垂红》题下注:"澄碧亭前,长桥起伏,长十丈,以达岸。"诗云:"平湖倒影朱阑干,蝃蝀没空水椿残。螭腰鲸背跨碧澜,使君屧响游鱼观。"[5]亭台楼阁均囊括于诗中。

道光二年(1822),满洲正蓝旗人秀堃在喀什噶尔参赞大臣任上,创作了《春日与骏亭、竹泉绮园泛舟,春好山房小饮》一诗,从诗歌题目与内容来看,无疑与园林游赏有关:"春色平分咏载阳,万花呈媚好时光。鸟声细碎风和暖,水势潺湲笛短长。""绚烂春光

1〔清〕毓奇:《静怡轩诗草》,叶三四背—叶三五正。

2〔清〕毓奇:《静怡轩诗草》,叶三四正。

3〔清〕和瑛:《易简斋诗钞》,载《清代诗文集汇编》第399册,第753页。

4〔清〕和瑛:《易简斋诗钞》,载《清代诗文集汇编》第399册,第753页。

5〔清〕和瑛:《易简斋诗钞》,载《清代诗文集汇编》第399册,第753页。

到处宜，绮园春好日迟迟。二三知己联云袂，新旧同寅泛玉厄。"[1]"绮园"或为官邸园林之名。

乾隆年间哈密园林名为蔬香园和怡园[2]，由此地协同办事大臣庆玉扩筑。庆玉，章佳氏，字两峰，满洲镶黄旗人。从他笔下可以大致勾勒出园林修建的过程，如"小缀窗前景，经营足匠心。但看山覆箦，不望树成阴（时植杏桃各树）。隙地开芳圃，低垣接远林"（其一），"到门惟绿水，入屋有青山"（其二）[3]。园中池水也是专门引入，周围装点着树木与菜园：

　　……山巅种小松，池畔插新柳。其旁为菜圃，纵横只盈亩。水从春涧来，池深容所受。地势居上游，泉声响屋后。我池既盈科，才入邻家薮。迤西开小渠，木楄为关守。有时一宣泄，满地清泉走。或注之桥南，或引之亭右。或浇初种花，或溉隔年韭。生意渐蓬勃，襟怀绝尘垢。（《池上作》）[4]

庭院完工后，庆玉又添置了园中的建筑，《予于屋东新葺一室，曲池环抱，轩窗洞达，如在舟中，因题斋额曰"天外舫"，并纪以诗》，园中景象更加生机勃勃："斋盈十笏沼东头，小葺经旬境倍幽。……两旁花柳随低岸，三面窗棂俯碧流。"（其一）"小草浅紫春苇细，

<hr>

1〔清〕秀堃：《只自怡悦诗钞》，道光二十二年（1842）刻本。

2 哈密为新疆门户，地理位置属于东疆。清人著述中记载南疆各地情况时，往往因地域文化特点将哈密、吐鲁番归入南疆地区一并叙述，如《西域地理图说》《回疆通志》等，此处从之。

3〔清〕庆玉：《潴池后复以土为山漫成二律》，自《承荫堂诗选》，载《清代诗文集汇编》第391册，第592页。

4〔清〕庆玉：《承荫堂诗选》，载《清代诗文集汇编》第391册，第596页。

绿波轻漾白沙流。漫嫌半亩池塘窄，稳着乾坤浩荡鸥。"（其二）"好鸟鸣春满树头，溪声瀺瀺听偏幽。何来天外孤横影，岂是吾家不系舟。"（其三）[1]新落成的园子即蔬香园，庆玉有诗为记：

> ……偶于屋东得隙地，构造经营间疏凿。有山有池复有亭，有廊有阑兼有彴。青松文杏植山腰，汀草岩花布篱脚。竟如妙笔老画师，随手点染皆邱壑。其旁数亩开菜圃，更学田家种葵藿。不分早韭与晚菘，盈陌连阡犬牙错。含烟一碧色如油，时有幽芬散虚阁。……何如本地写风光，题曰蔬香为最确。（《后园落成自题额曰蔬香，因成七古一首》）[2]

蔬香园落成后，庆玉将之与旧有的怡园打通，在《新葺之蔬香园与怡园只隔一墙，予爱其树木阴翳，池榭幽深，于墙西辟一门，形如圆璧，不日功成。而斯园之胜概已尽攘为己有，因作是诗纪之，并戏呈英甫主人》诗中，作者表达了园林规模扩大之后的喜悦心境：

> 数亩荒园里，更番结构新。泉声来北牖，树色借西邻。桥外孤亭月，花间小径春。桃源容我入，不怕主人嗔。（其一）

> 曲沼青芦岸，居然郭里村。柳阴低覆路，篱影暗遮门。更喜连芳圃，时来饱菜根。天山云意懒，相对自朝昏。（其二）[3]

1〔清〕庆玉：《承荫堂诗选》，载《清代诗文集汇编》第 391 册，第 596—597 页。
2〔清〕庆玉：《承荫堂诗选》，载《清代诗文集汇编》第 391 册，第 598 页。
3〔清〕庆玉：《承荫堂诗选》，载《清代诗文集汇编》第 391 册，第 601 页。

庆玉于乾隆四十九年（1784）被命遣往乌什"协同绰克托办事"[1]，离任后他对哈密园林仍然念念不忘："漫云容膝易为安，两载经营力已殚。引到流泉空绕砌，借来邻翠孰凭栏。好花风外开如笑，生菜畦边秀可餐。手灌山松廿余本，要渠解忆主人难。"[2]

道光十三年（1833）五月，满洲镶黄旗人萨迎阿第二次出任哈密办事大臣，从他笔下可以找到"南园"的蛛丝马迹，《再同雨帆、小坡登南园北楼作》描写了登楼所见："长天远水淡氤氲，秋色双城已十分。海角余霞红贴地，山头积雪白连云。"[3]《常雨帆都护回京惜别志慰诗以赠之》中"满拟南园花共赏，谁期春到即分襟"句下自注称："南园杏花春时极盛。"[4]

也许是受到哈密造园经历的启发，庆玉在乌什也积极营建新的园林居处："官斋余隙地，补葺两三椽。篱北遥通圃，岩西近引泉。爱花原旧癖，种树又新缘。""寒堞疏烟外，风光似野村。已营听雪邬，先办买春园（预于后园编花篱，开蔬圃，并留种树地）。"[5]只可惜具体的园名没有流传下来。

比庆玉略晚，瑞元于道光二十一年（1841）授乌什办事大臣，也在不断精心装点着官邸园林的小天地。《补种后园柳树》云："阴浓可系舟，絮落还浮藻。插之最易生，非比树梨枣。"[6]《家畜孔雀驯

1《清实录·高宗实录》卷一二〇三，《清实录》第24册，第91页。

2〔清〕庆玉：《忆哈密蔬香园》，自《承荫堂诗选》，载《清代诗文集汇编》第391册，第602页。

3〔清〕萨迎阿：《心太平室诗钞》，清道光刻本。

4〔清〕萨迎阿：《心太平室诗钞》。

5〔清〕庆玉：《甲辰冬月乌什衙舍西偏新屋落成，予题额曰山城小筑，因纪诗三首》其一、其三，自《承荫堂诗选》，载《清代诗文集汇编》第391册，第606页。

6〔清〕瑞元：《少梅诗钞》，载《清代诗文集汇编》第585册，第46页。

顺可爱，诗以誉之》写道："园中字畜为家禽，锦绣满身织不出。杨柳绿衬翡翠屏，杏花红绽鸾凤翎。"[1]《畜鱼》诗详述园中养鱼之事："园后有山泉，春夏流活活。导引入芳池，绿净尘襟豁。……锦鳞与赪尾，巨细尽搜括。类多不知名，跳跃齐喷沫。盛之以葫芦，将以代瓦钵。渔者携之归，日日献生活。畜之得万千，可无虞祭獭。戏藻色鲜明，逐月声滑浃。"[2]

在瑞元之后记载乌什园林的是林则徐。道光二十四年（1844）十月，遣戍伊犁的林则徐奉旨前往南疆勘察地亩，兴办水利。次年四月五日至乌什，他记载乌什办事大臣官署后"有小园，多卧柳，璧星泉在此办事时，题曰'醉柳园'"[3]。璧昌，字星泉，蒙古镶黄旗人，谥勤襄。曾任叶尔羌办事大臣、乌什办事大臣、伊犁参赞大臣等职。《咸丰乎化志略》谓此园亦璧昌修整："钦宪大人署后有园一座。东西三亩余，南北亩余。东建通街角门，以便看园人等出入。马门内，人〔大〕树垂户，门一座，前宪璧星泉大人题额，名'醉柳阁〔园〕'，因园内多柳，间有数园，又多敧卧，故名曰'醉柳'。后楣上题'甲午之秋来乎化，见署后清泉一缕，大树千章，权杈于荒芦败叶之问〔间〕，而凄寂阴森，动人心目。适值城工之役与，以为办公之所，于是刈除草莱，通引水道，捎〔稍〕增以亭榭桥舟，略加点缀，居然成趣。后之来者，长昼公余，可作较射之处，欲题是额，必得佳名，即以园中丛柳荫翳畅茂，沃饮甘泉，其枝垂干俯仰卧蜿蜒若醉状，因题曰醉柳园云尔。'"[4]书中还详细记载了园中景象：

1〔清〕瑞元：《少梅诗钞》，载《清代诗文集汇编》第585册，第47页。

2〔清〕瑞元：《少梅诗钞》，载《清代诗文集汇编》第585册，第48页。

3 林则徐全集编辑委员会编：《林则徐全集》第9册，第4740页。

4《咸丰乎化志略》，载《中国地方志集成·新疆府县志辑》第11册，第409—410页。按，乌什城原名永宁，道光八年改称乎化城。六角括号内是作者勘误。

　　其园内庙宇亭台，桥船屋宇皆星泉大人重修点缀，后经历宪护持，各有留题，园内有清溪一道，其泉由韦陀山下而出，岸南建屋三橼，如船形，皆呼为船房。公余后为较射之所，星泉大人于东廊楣上题额云："无所争。"后维荷堂大人题联云："绕来却有山林趣，兴至还思钓射心。"麟梅谷大人于门上楣有《醉柳园咏题》二则："园中醉柳几何年，小有亭台亦洒然。一道清泉寒漱石，百围高树绿参天。地临化日龙亭畔（墙外有黄亭，即拜牌行礼处），窗列晴岚雉堞前。遥忆春归无限好，数枝青到酒旗边。""醉柳丛中杂杏花，短墙近接梵王家（西偏即韦陀山，山下有泉出，上有庙宇）。风来北牖悬高榻，人倚西峰爱晚霞。未许酣眠欹画舫（柳下有船），尚留佳荫拂龙沙。山衔寄此堪游憩，相对依依莫更嗟。"

　　船房北门上题额曰"红杏在林"，两楹联云："且少憩从万里程来，莫久留看一时花去。"西廊楣上敦柳桥大人题额曰："挹爽延晖"。屋内常子澄大人题联云："杨柳春风悠悠自得，蒹葭秋水渺渺予怀。"梅谷大人题额云："受风籁。"后跋云："用元微之'柳偏东面受风多'句以颜其额。"题联云："于此间得少佳趣，亦足以畅叙幽情。"里屋岳崧亭大人题额云："柔丝碎锦。"后跋云："孚化节署后园柳条飏绿，杏蕊吹红，公务余闲，足娱烟景以归去来兮。"联云："园日涉以成起，门虽设而常关。"每于春际，园内杏花盛开，一带清流，浮萍叠翠，两岸野草闲花，真令人心忘在塞外矣。[1]

1《咸丰孚化志略》，载《中国地方志集成·新疆府县志辑》第 11 册，第 411—415 页。

壁昌、维禄、麟魁、敦良、常清、岳良等历任官员的题咏，与绿柳红杏、清泉远山等自然风物相映成趣，使得此园充满了文雅的气息。

库车官邸园林也由来已久，早在庆玉赴乌什途经库车时，就曾写下《游库车官署后园留赠》一诗，对接待他的官员表达谢意，诗云："下马饮君酒，高台接笑言。天边同远戍，塞上独名园。小沼芳莲绽（荷为海抚君手植，新疆罕见），深林野兽蹲（园畜狼、鹿各兽）。斜阳频极目，人在水云村。"[1]可见园内独特新奇之景。

道光十三年（1833），满洲正白旗人庆林任库车办事大臣，十四年正月到任。同年年底他又补授河南粮盐道，离开库车。他曾记载过库车的官邸园林："钦差衙署宽厂，一色土房，上房两卷六间，东西耳房二间，厢房六间，后院厂厅三间，书房三间，二门外倒坐房十余间。西边园子四里许，有树有池，菜圃十余亩，杏树甚多。"[2]并专门作《巩平园记》，全文如下：

> 署西别墅四里许焉，有树、有池、有亭、有台，菜畦数十亩，桃杏百余株，渠水萦洄，闲花满地。西有望东之居，南有杏花深处，柴篱土舍，点缀澹泊。余守此一载，经阅四时，爱斯园宽阔。公余试马习射，兴来垂钓、荡舟，或小酌于望东之居，或玩景于杏花深处，随意消遣，自得趣致。惜地土沙漠，无松柏、焦竹、芍兰、菊梅之佳胜，然槐柳垂阴，草花竞发，亦是

1〔清〕庆玉：《承荫堂诗选》，载《清代诗文集汇编》第391册，第602页。

2〔清〕庆林：《库车路程事宜》，载《傅斯年图书馆藏未刊稿钞本》史部第20册，台北："中央研究院历史语言研究所"发行，2015年，第321页。

天然图画。谁云塞外无乐境，惟在人随遇适然耳。[1]

清代库车城又名巩平城，故庆林将其官邸园林名为"巩平园"。文章要言不烦地概括了园中的屋舍亭台、池水花木。虽然在库车生活不到一年，但巩平园的景象却给他留下了难忘的记忆。林则徐至南疆时也记载过库车的官邸园林，园中盛景让他感到意外：

> 入库车城之南门，回人于山楼上鸣金奏乐。南山谆嘱住其署中，从之。其署有新旧两所，渠之眷属未到，即邀余在新署内宅居停。署有后园，广数里，依西城隅，自署中出西门至园，不必从市上行。园有巨池，池中水榭数楹，曰环碧堂，余与南山乘舟至彼坐谈。柳眉已青，桃苞将花，不意回疆有此风景。又历观亭台数处，皆多时帆（欤）数年前所修葺也。[2]

文中南山名扎拉芬泰，满洲正黄旗人，曾任库车办事大臣、阿克苏办事大臣，咸丰年间任伊犁将军。从林则徐的记述来看，这座园林也经过历任官员的不断修缮，其前身很可能与"巩平园"有关。

三、乌鲁木齐地区的园林

清代乌鲁木齐在西域是地位仅次于伊犁的一方重镇，自然也少不了园林建筑。乾隆年间乌鲁木齐都统明亮修建过一座名为"明慧

---

1 〔清〕庆林：《库车路程事宜》，载《傅斯年图书馆藏未刊稿钞本》史部第20册，第336页。

2 林则徐全集编辑委员会编：《林则徐全集》第9册，第4736页。

园"的园林盛地，台阁林立，广植花木[1]。位于今乌鲁木齐市明园。上章提及的乌鲁木齐人民公园前身鉴湖景观带，也具有园林的性质。

除此之外，乌鲁木齐地区较富盛名的园林，要属清末王树枏记载过的说园。王树枏，字晋卿，号陶庐老人，河北新城人，光绪十二年（1886）进士，授工部主事。光绪三十二年擢新疆布政使。他曾作《说园杂咏十二首》，分咏园中的"不系山房""霞照楼""晴碧轩""戊己亭""望岁亭""梦鱼台""醉月台""一苇亭""福持精舍""花神祠""不周池""万花室"十二处景点。

今人罗绍文先生对说园做过专门研究，他介绍此园时说："座落在迪化东门外的说园，是众多的园林中规模最大、最美丽的一座，时人无不视为新疆的一大名胜，它是夏令游览佳处，是官场宴乐场地，园中所建的楼台亭榭，无不显示出中国式古代建筑的独特风格和中国园林所固有的壮美特点。"[2]对于此园兴建的缘起，罗绍文也做过考察：

> 说园，原本是迪化农林试验场，建场前，该处本是一大片树窝和茂草苇塘，虽然南面紧邻新满城，但却是一个人迹罕到之处。
>
> 全国各省于清末根据清政府"农林工艺要政"的要求，为了发展农林业生产，纷纷筹设农林（农事）试验场，旨在研究试验物产生植、择种、树艺、灌溉等以改良农事。新疆不甘后人，联魁在光绪三十一年（1905）任新疆巡抚后，也急于筹建，

1　刘荫楠：《乌鲁木齐市掌故》（二），第61页。

2　罗绍文：《塞外著名园林——说园》，载罗绍文：《西域钩玄》，兰州：兰州大学出版社，2002年，第434页。

并饬阜康、吐鲁番等地效法。省城则选定东门外一大片地段进行筹建。但此项研究人员却一无着落，如何筹建，联魁亦属茫然。次年，光绪三十二年（1906），王树楠任新疆布政使时，该场于四月间方正式由商部奏准办理。王树楠于此前在朝廷任过工部主事，熟悉园林建筑，可谓内行，所以由他一手主持筹办。王首先拨出公帑七八万两，又从民间得到捐助五万两作为建造经费。这笔经费总合黄金约 2600 两。然后广集能工巧匠，精心设计，着意兴建。在不长的时间里，就建成了一个雅洁可观、间杂以西方气息的塞外中国式古代园林。王树楠并本《易·系辞》"原始反终""穷事之理"，弄清道理谓之"说"的意义命名为"说园"。[1]

由此可见，说园在本质上也是一处官府园林。刘荫楠《乌鲁木齐掌故》中记载说园中的"一苇亭"，还是出入送迎的接官亭：

　　当时有几个接官亭，如水磨沟、老东门等。惟有"一苇"接官亭比较豪华，此亭建在"说园"里面。……左面有"霞照楼"，右面有"晴照轩"相配衬。左院有"梦鱼亭""花神庙"等亭台楼阁，其建筑富丽堂皇，非常壮观。园内整齐雅洁，花香溢人，亭阁可拾阶而登远眺田野。后院有苗圃培植花草，是当时的游览胜地。春秋佳日官场宴会多集于此，当时朝廷要员进出省城，必到"一苇"接官亭。[2]

1 罗绍文：《塞外著名园林——说园》，载《西域钩玄》，第 434—435 页。
2 刘荫楠：《乌鲁木齐市掌故》（二），第 49 页。

说园地当今乌鲁木齐市天山区五星南路，"园内有亭、台、轩、房等园林建筑十余处。盛时群花异木、碧瓜珍果、绿荷游鱼、莺鸣蝶舞、靡不毕具。园门有出自王树楠之手的楹联曰：'萃天山南北异果奇花，重编塞国群芳圃；教绝域人民男耕女织，三复豳风七月诗。'"[1]园中每处景点的命名，也各有来历。如不系山房，取《列子·列御寇》"若不系之舟，虚而遨游者也"意，正门前也有楹联，云："异种千年，苜蓿秋风思汉室；长城万里，桃花流水梦秦人。"一苇亭，取《诗·卫风·河广》"谁谓河广？一苇航之"意。霞照楼，取谢朓《游后园赋》"日栖榆柳，霞照夕阳"意。晴碧轩，取温庭筠《郭处士击瓯歌》"晴碧烟滋重叠山，罗屏半掩桃花月"意。梦鱼台，取《庄子》"汝且梦为鸟，而厉于天，梦为鱼而没于渊"意。望岁亭，取《左传·昭公三十二年》"闵闵焉如农夫之望岁"意。醉月台，取李白《春夜宴桃李园序》"开琼筵以坐花，飞羽觞而醉月"意[2]。对应的诗作大多也围绕着其命名内涵而展开，试举数首如次：

桃源新筑武陵船，流水潺潺昼闭关。曾记仙槎泛天上，偶同机石落人间。白鸥澄海盟心久，苍狗浮云过眼闲。正好卧游消永日，推窗面面见青山。（《不系山房》）

百尺高楼矗杳冥，尽收烟景贮虚棂。晚霞落日千山烂，异果名花四塞馨。红雨深藏都护府，绿阴遥接后王庭。苍茫不尽登临意，一片昆仑向客青。（《霞照楼》）

---

1 罗绍文：《塞外著名园林——说园》，载《西域钩玄》，第 435 页。

2 罗绍文：《塞外著名园林——说园》，载《西域钩玄》，第 436—439 页。

落日黄鸡大野秋，豚蹄处处祝车簧。古称上地千钟利，富
比人生万户侯。乱后荒田忧土满，年来生计病民稠。夜筹本事
安边策，频上孤亭看水流。（《望岁亭》）

杖藜携酒独登临，湛绿葡萄手自斟。潋滟一杯人月影，苍
茫万感去来今。长河皓皓夜如昼，大块萧萧风满林。意绪情丝
缫不得，倚栏时作洛生吟。（《醉月台》）[1]

从清末到民国，说园共存在了二十余年，"民国之初，杨增新
允许人民进园游览，使塞外人民一饱中国古代园林的眼福，就是由
关内来新疆的过客，也无不以一游说园为快。但由连海棠花是什么
颜色也一无所知的实业厅长阎毓善负责经营说园以后，他雇了一些
不善农耕的蒙古牧人住进园内搞'试验'，致使园景逐渐衰败。……
此后的说园，在金树仁时期，曾为乱军驻扎，破坏极大。至盛世才
时期，他的连襟汪鸿藻在任军校教育长时期又长期霸占，自后破坏
殆尽。迄至解放初期，真是沧海桑田，说园变成了一片荒凉野郊"[2]。
从初建时的辉煌，到最终消失在历史变迁的洪流之中，其命运也是
全疆各地园林的缩影。

第二节　清代西域园林建筑与文人聚合

园林与文学的关系很早就进入人们的关注视野。宇文所安认为
中国文学传统中具有一个私人天地，以承载"一系列物、经验以及

1〔清〕王树枏：《陶庐诗续集》卷五，民国六年（1917）刻本，叶四背—叶六正。
2 罗绍文：《塞外著名园林——说园》，载《西域钩玄》，第440—441页。

活动，它们属于一个独立于社会天地的主体"。而这抽象的私人天地需要一个空间，"这个空间，首先就是园林"[1]。其观点主要针对唐诗创作而言，但毫无疑问，清代西域园林同样也为活跃在这里的文人们提供了一个个私人领域空间，成为个人活动生发的重要场域。在这些特定私人领域空间内，游赏与雅集是最为频繁与普遍的集体活动，"兴之所触，托诸咏歌、酒盏、诗筒，殆无虚日"[2]。当此之际，驻镇官员与僚属们可以暂时隐去地位尊卑平等交流，身份相同的文人之间可以畅谈友谊，切磋诗艺。久而久之，每座园林别业几乎都凝聚着一个相对稳定的文人群体。

这在乾嘉时期的伊犁地区表现最为明显。自乾隆中期到嘉庆年间，因各种原因来到这里的文人前后相继，这一时期的伊犁也成为整个清代西域文人数量最多、人员最为密集的阶段。大大小小的园林为他们提供了交游往来的场所。伊犁将军府园林、绥园、醒园三处，是他们常常聚集的地方，我们姑且将相应的创作主体称之为将军府文人群、绥园文人群、醒园文人群。

一、将军府文人群

出于稳定边陲政局的考虑，清廷明令禁止西域驻镇官员学习汉语、倾心文事，不止一次地下令："夫清语乃满洲根本，即不会蒙古语，岂可不会清语，且现在陆续携眷驻扎伊犁者多，尤当以娴习技勇清语为要。……嗣后大员回事接谈之际，务禁止汉话，演习清

---

1 [美] 宇文所安著，陈引驰、陈磊译，田晓菲校：《中国中世纪的终结》，北京：三联书店，2006年，第71—72页。

2〔清〕汪廷楷：《西行草自序》，载《西行草》，叶二正。

语。"[1]"该处［伊犁］人等止宜勤习清语骑射，学汉文何为。"[2]这大概也能解释历任伊犁将军中，为何独有晋昌留下了描写将军府园林的诗作。遇见如晋昌这般喜好吟咏的将军，对于僚属们也幸莫大焉，依托于将军府园林这一私人领域空间，他在公事之余不断组织属下们雅集唱和，一时间在伊犁形成浓厚的文学创作氛围。

晋昌集中今尚存嘉庆十八年（1813）所作《九日登庆宜楼与周听云赵菊人高心兰傅啸山联句》《庆宜楼偕福乐斋及园中诸子饮菊屏下即席偶成二首》诸诗。周听云名锷，曾官苏州知府，有《听云山馆诗钞》，福乐斋名福乐洪阿，时任伊犁索伦营领队大臣，其余诸人应都为军府幕僚。庆宜楼即《伊江衙斋杂咏》中的"西楼"，诗云"庆宜楼近读书斋，几度登临畅客怀"者。陈寅也有《和同人九日登庆宜楼韵》诗："闻道佳辰集胜游，曾陪清宴庾公楼。云流彩笔传三素，风动高歌振九秋。"[3]对将军府园林中的欢宴场景做了生动还原。陈诗还暗示出当时集会登楼者都有唱和之作，遗憾的是这些作品均未见流传。陈寅另有一首《重阳日红蕖将军与诸贤登高联句次韵》诗，其中写道："庾楼高会趁新凉，金菊樽开助九阳。彩笔遥连霞紫赤，锦笺还映树苍黄。纯臣不数龙山宴，雅集偏如曲水觞。……一时同吐胸襟秀，千载犹传齿颊芳。"[4]说明诸如此类的集会举行了不止一次。

有清一代，很少有伊犁将军如晋昌这般与僚属打成一片，躬亲创作。故道光年间方士淦曾记载伊犁将军府"节署园林颇壮。晋公

1《清实录·高宗实录》卷七二七，《清实录》第18册，第10页。

2《清实录·高宗实录》卷七九九，《清实录》第18册，第776页。

3〔清〕陈寅：《向日堂诗集》，载《清代诗文集汇编》第398册，第725—726页。

4〔清〕陈寅：《向日堂诗集》，载《清代诗文集汇编》第398册，第728—729页。

帅昌，嘉庆年间两至此地，风清令肃，公暇题咏甚多，自号红梨主人。当时周春田太守、徐星伯太史皆在幕中，至今传为美谈"[1]，流露出对将军府园林胜景与园中文人诗酒风流的无限追慕。

二、绥园文人群

绥园文人群也有一定的规模。以时间为节点，又可分为前、后两个发展阶段。第一阶段是以王大枢为核心的乾嘉之际。《西征录》中曾两次详细记述绥园文人群的雅集盛况。一次为乾隆六十年（1795）中秋雅集：

> 时维壮月，三五良宵，天山雪霁，玉蟾丽空。公［德光］乃御轻裘，纡缓带，敷藻席，率宾僚相与杯觞啸咏于清池敞阁之上。画船游漾，丝管呕哑，月色灯华，天人朗映，而通城内外军民老幼亦皆乘兴嬉游，酒脯班给，联为一气，殆若家人父子之欢焉。噫，此地本为乌孙故壤，夙为行国。何渠无人，何时无月，然自汉唐以来胜概不传也。吾侪幸享太平，托仁人之帡宇，飞觞进牍，得与斯游，虽永夕常羊，谓非千秋之嘉会欤。叔子岘山之游，醉翁滁阳之集，风岂远欤，昔者兰亭上巳，逸少赋诗，九日洪都，子安作叙，繁会之地，尚罄流连，况龙沙万里之外欤？于是各拈雅韵，弄月酣歌，漏下四鼓，骋怀未已。[2]

字里行间充斥着王大枢对绥园宴集的留恋。据记载，这次参与

1〔清〕方士淦：《啖蔗轩诗存》，载《华东师范大学图书馆藏稀见丛书汇刊》第 39 册，第 401 页。

2〔清〕王大枢：《西征录》，载《古籍珍本游记丛刊》第 14 册，第 7207—7208 页。

集会者有原浙江温处道高树勋晴溪、拱宸城参府董璋、镇军中军游戎刘化行、广仁城左军纳尔松阿、塔城仓曹齐克坦、绥定少尹王兆泰及园主总兵德光。诸人均作诗，传世者有王兆泰《中秋宴集绥园绝句》、德光《中秋夜绥园宴集》。嘉庆元年王大枢坐馆"听荷书屋"之后，绥园文学活动更加兴盛。"听荷书屋"成为彼时绥定文人的集散地：

> 一时交往诸彦，若李公又泉、杨公廷理、纳公中峰、徐公铁樵、陈公峻峰、蔚问亭、朱锦江、陈晓桐等时来访胜，相与磋磨学业，品剑谈诗，春水泛舟，秋宵醉月。主人皆欢忻供具，声溢九城。盖绥园兼九城之胜，书屋又兼绥园之胜。[1]

李又泉名洵，闾阳人，管理绥定城粮务。杨廷理系广西柳州人，原任台湾道。徐铁樵名忠孝，武宁人。陈峻峰名中骐，湘潭人。蔚问亭名楷，盱眙诸生。朱锦江一字梅芬，名梦旭，浙江桐乡诸生。陈晓桐名洪，江阴人。均为彼时绥定城中能文之士，这些文士虽然来自五湖四海，出塞原因也各不相同，但是绥园雅集却将他们维系成一个群体，可谓群贤毕至。杨廷理也有《绥园宴集口占》一首，正可以作为《西征录》中这段文字的注脚与补充："草木春来各自芳，绥园景物足徜徉。水光映日摇金碧，柳线拖烟斗绿黄。高会共陪山简醉，良辰漫学次公狂。兴酣绕遍池边路，一树轻红杏出墙。"[2]诗中既有对绥园景色的细致刻画，也难掩身预其中的愉悦心境。有时候，绥定城驻镇官员们也不时参与到雅集中来，《西征录》中即收录了

1〔清〕王大枢：《西征录》，载《古籍珍本游记丛刊》第13册，第7008页。

2〔清〕杨廷理：《知还书屋诗钞》，载《清代诗文集汇编》第418册，第563页。

皂君保、纳尔松阿、李洵、刘化行的《绥园联句》:"虎头扛酒过红桥(皂),箫鼓同心悦征招(李)。满面春风秋色里(纳),将星天上聚今宵(刘)。"[1]他们躬亲参与的积极态度也有力推动了绥园文学创作的开展。

当王大枢、杨廷理等人陆续赐还东归之后,纳尔松阿继皂君宝于嘉庆四年(1799)至五年八月、嘉庆六年三月至十年十二月两次护理及出任绥定总镇[2]。他很好地延续了绥园雅集的传统,在身边又迅速团结起一批文士,拉开绥园文人群创作第二阶段的序幕。这一阶段的主要文人有舒其绍、陈寅、汪廷楷等。舒其绍《绥园散步,中峰元戎得"倒影楼台水底天"之句,嘱赋四首》,系与纳尔松阿游园所作。陈寅《纳中峰总镇署开并头莲花》与汪廷楷《咏绥园并头莲为纳中峰总镇赋》系咏园中植物,后者诗中有"名花名士本相偕,园内相看分外佳"句[3],言下不无自我标榜之意。舒其绍《同秀田梦兰绥园泛舟》所展现的则是与幕友游园赋诗的雅兴:"楼台天上下,岛屿树东西。妙语莺声闹,遮花雁齿低"(其一),"落日吟逾好,回风荡桨圆。渔吞青浦月,鸦噪绿杨烟"(其三)[4]。这些诗作无不衬托出绥园作为诗人们诗意栖居地的重要性。

"绥园欣聚首"固然令人欢欣[5],同时此园还兼具临别赠行祖饯之地的功用。舒其绍《东归日程记》载其赦还后,纳尔松阿在绥园旷观亭为之设宴送行一事:"时碧荷未尽,紫蓼全舒,与诸君子酒酣

1 〔清〕王大枢:《西征录》,载《古籍珍本游记丛刊》第 14 册,第 7343 页。

2 《西陲总统事略》,载《中国地方志集成·新疆府县志辑》第 2 册,第 255 页。

3 〔清〕汪廷楷:《西行草》,叶十七正。

4 〔清〕舒其绍:《听雪集》,载《清代诗文集汇编》第 403 册,第 360 页。

5 〔清〕杨廷理:《知还书屋诗钞》,载《清代诗文集汇编》第 418 册,第 543 页。

兴剧, 移樽画舫, 任其所之, 不知东方之既白也。"¹他在《和方观察绥园送别原韵》诗中也满怀深情地写下"天下伤心惟别地, 云台兰树不堪论"之句²。自舒其绍东归之后, 绥园文人群体活动逐渐落下帷幕。

三、醒园文人群

醒园规模不比前两者, 常于园中聚集者主要是施光辂和陈庭学、朱腹松等几位遣戍文人。他们多为以废员身份任职伊犁军府的幕僚, 朝夕过从, 交往甚厚。据陈庭学所云, 施光辂初至伊犁时乃"住予旧斋"³。乾隆五十五年（1790）醒园筑成后才移居, 陈庭学为作《施柳南同年新居葺成寄赠八首》庆贺, 他自己也假馆于醒园西偏凡六年之久。陈庭学集中还有《中秋偕朱雪涛集同年施柳南醒园, 拈韵同赋》《试灯日自巴城至柳南寓集饮同赋》《冬至前夕偕邰亭集柳南醒园, 围炉小酌》等作品。雪涛即朱腹松, 他也不止一次描写过于醒园把酒言欢、登楼赏月之举: "雾色当窗画未堪, 林光远挹水虚涵。狂无多饮醒同醉, 病有余闲苦得甘"（《醒园小饮再叠前韵》）⁴、"先生性爱客, 论文设尊酒。争取古人诗, 一一相与剖"（《醒园主人留饮》）⁵、"登台风月好, 载酒主宾兼"（《中秋登醒园平台看月, 席上分赋》）⁶。醒园雅集也成为众人追怀往迹的"原点", 如陈庭学与朱腹松都曾记载施光辂所讲述的杭州清波门酒肆中二叟饮酒的传奇故事,

---

1〔清〕舒其绍:《听雪集》, 载《清代诗文集汇编》第403册, 第422页。
2〔清〕舒其绍:《听雪集》, 载《清代诗文集汇编》第403册, 第359页。
3〔清〕陈庭学:《塞垣吟草》, 载《清代诗文集汇编》第395册, 第416页。
4〔清〕朱腹松:《塞上草》卷四, 叶四正。
5〔清〕朱腹松:《塞上草》卷四, 叶一二正。
6〔清〕朱腹松:《塞上草》卷四, 叶一五背。

将之敷衍成诗。在柳南谪戍伊犁的六年间，醒园不仅是施光辂自己栖居塞外的归宿，也是他们的集会据点和共同的精神家园。

除了以上所述，围绕着园林建筑展开的诸多临时性群体活动赓续不断，穿插点缀在乾隆、嘉庆、道光三朝，构成西域文学进程中的有机组成。例如在嘉庆初年，德园的常客就有舒其绍、觉罗舒敏、黄聘三等人，俱以诗名。尤其是舒敏，系闽浙总督伍拉纳之子，嘉庆元年与父兄并戍伊犁，在伊犁与同人"分韵擘笺，联为诗社"[1]，为一时之盛。稍后陈寅亦屡屡光顾德园，有《暮春陪方来青观察游德氏花园》《德协领园中林檎花盛开，立夏前一日来青观察邀同人宴赏》等诗作流传。诗中所言方受畴字来青，安徽桐城人，原官保定府知府，迁清河道，嘉庆四年（1799）至伊犁，与同时期遣戍者多有诗酒往来。道光年间，与林则徐游园雅集者亦不只邓廷桢一人，前东河总督文冲、伊犁总兵福珠洪阿、参赞大臣庆昌、领队大臣常清、邓廷桢之子邓子期等人都常预其中。

可以说，无论是如伊犁地区诗人的群体雅集，抑或如南北疆各地文人在园林中的个体活动，清代西域文士的日常生活与园林建筑在相当程度上已经水乳交融。客观而言，清代西域园林并不是促使文人群体形成的决定性因素，但作为私人领域空间的园林居处，为他们各类活动提供了赖以生发的优越契机，成为文化群体产生并得以维系的基本单位。文人们依托于园林景观表达着丰富多彩的人生情感，通过彼此的交往与交流加强了群体的凝聚力，并且激扬出源于边塞地缘文化的特别才情，无比真实地展示出清代西域文人的生态群像。这些都在无形中推进了地域文化与文学发展，对提升整个

1〔清〕舒其绍：《适斋居士集序》，载《清代诗文集汇编》第520册，第643页。

清代西域地区的文化品格起到难以估量的作用。

第三节　清代西域园林的文学表现策略及其意义

在清代西域诗史中，"西域园林诗"这一特殊题材由于园林建筑的存在而被促生。秀美的园林景致与诗作相得益彰，无论是描摹园林景观，抑或是赏花饮酒、寄托心志，脱离文学阐发的园林宅邸，只是一个个单调的物质存在，缺乏文化气息的质感与张力。基于园林本身所具有的自然景观属性和精神寄托功能，清代西域园林诗的书写策略可以相应分为静态摹景与托物言志两种类型。

一、静态摹景之作

静态摹景即以"他者"的眼光，正面审视并客观再现园景，使诗作充斥着单纯的审美体验。晋昌的《伊江衙斋杂咏》就是典型，试举数首如次 [1]：

　　花影扶疏树影重，当蹊石路碧苔封。坐来觉到香风远，池上红莲开正浓。（野堂）

　　鸟声寂寂水淙淙，四面云廊四面窗。静一庐中人迹少，阶前红药间兰茳。（亦园）

　　石径萦纡百步余，澄心亭畔锦屏舒。北连曲沼南通路，云

1〔清〕晋昌：《戎旃遣兴草》，载《清代诗文集汇编》第 456 册，第 62—63 页。

水苍茫画不如。（澄心亭）

东轩西榭景非殊，半亩方塘长碧庐。惟爱晚凉新雨后，水
禽沙鸟自相呼。（芦塘）

无论写静态之物如池上红莲、阶前红药，还是叙动态之物如云
水苍茫、水禽沙鸟，都是对将军府园林细致的全景式描述。在中国
诗歌史中，司马光最早以组诗形式表现园林景观，他的《独乐园七
题》对园中读书堂、弄水轩、种竹斋等七景进行了个体描绘，成为
后人模仿的范式。司马光的组诗在描写这些景观外部特征的同时，
也衬托出自己的闲适心境。晋昌之作显然秉承了这种文学传统，尽
管他并未主动刻意地去寓情于景，但在对客观景物的诗意呈现中，
仍然让人领略到一种强烈的自适心境。乾嘉时期是西域政局最为稳
定太平的黄金阶段，晋昌诗中所自然渗透的这种升平境界，正是时
代特征的折射。

陈寅《和红藜将军衙斋杂咏原韵》是对晋昌组诗的步趋，同样
也以摹景为主："芙蓉初日漾朝晖，外直中通妙入微"述荷沼美景，
"伊水潆洄束锦隄，高台一望四山底"写露台眺望所见，"夕阳溪上
双虹影，一叶轻舟泛画桅"绘虹桥泛舟之景，"云树深深叠翠繁，
清溪一曲转东轩"叙云林书舍清幽之境[1]。虽然出于一个文学幕僚的
本能，陈寅组诗中也有对晋昌的溢美之词，但在景物描写与细节呈
现上都能与晋昌诗形成互补。舒其绍《绥园杂咏》中大部分诗作写

---

[1] 〔清〕陈寅：《向日堂诗集》，载《清代诗文集汇编》第398册，第732页。

景亦有此特征[1]：

> 格登峰畔见蓬莱，飞观图云云气开。（蓬莱阁）

> 高堂四壁石厓青，白日沉沉电光紫。（龙沙烟雨馆）

> 蘼芜绿遍垂杨浦，碧琉璃滑泼春乳。（宛在亭）

> 沿溪绿净不可唾，垂虹蜿蜒溪边卧。（板桥）

> 隔帘几阵桃花雨，片片飞红香到土。（雨香书屋）

在这些诗句中，诗人抒情主体的身份隐去不见，只作为外在的独立存在来表现园林景致之美，人与自然高度契合，甚至连情感也完全沉淀在静谧的环境里，带给读者的也是一种单纯而宁静的感受。

王树枏的《说园杂咏十二首》与晋昌、陈寅之作也有异曲同工之处，如"桃李阴阴白昼长，小亭流水自汤汤。路穿芳荫通瓜圃，浪打残花下柳塘。日上亚栏鹦嘴赤，雨添新涨鸭头苍。"（《一苇亭》）[2] "不周山下水东驰，万里分流入小池。曾向仙洲采冰藕，更看翠袖倚风枝。半奁秋鉴涵天大，百孔芳心只独知。故故清香吹不散，好花开遍雁来时。"（《不周池》）[3] 站在旁观者的视角，细腻地刻画园中景物的细节。当然，与司马光一样，晋昌、舒其绍以及王树枏笔

1〔清〕舒其绍：《听雪集》，载《清代诗文集汇编》第 403 册，第 373—374 页。
2〔清〕王树枏：《陶庐诗续集》卷五，叶六正。
3〔清〕王树枏：《陶庐诗续集》卷五，叶六背—叶七正。

下的自然景物描写也不自觉地蕴含着一些言外之意，最明显的例子就是"故园春水十三桥，雨笠烟蓑拨画桡。乞得头衔五湖长，布帆无恙海门潮"（《绥园杂咏·板桥》）[1]，"推轩兀坐心斋久，无赖莺声搅客肠"（《晴碧轩》）[2]。在静态摹景的背后，多少流露出一丝"不说破"的故乡情结。

二、托物言志之作

托物言志之作是西域园林诗的主体。园林景观催生出种类繁复的文学活动与文学作品，创作主体亦主动寓情于景，以之为依托抒发喜怒哀乐的多重情绪。说到底，园林景观既可供欣赏，又是人们的居所，各种文化与文学事件作为边塞生活的组成部分因之自然生发，其中丰富多彩的情感内蕴是颇具动态的。这类作品的抒情内容又可以细化为三个层面。

最常见者，就是抒发与友人园林竞赏的欢愉之情。陈寅《绥园即事》即为一例：

> 不识遐荒境，边屯亦有园。溪中见蓬岛，林外认桃源。杨柳风前舞，芙蓉露下翻。何须金彩饰，雅胜乐游原。

> 一水通溪路，双桥夹镜开。山光穿日月，池影倒楼台。林密禽方聚，花繁蝶自来。清词题胜景，苦忆碧云才。[3]

1〔清〕舒其绍：《听雪集》，载《清代诗文集汇编》第 403 册，第 374 页。

2〔清〕王树枏：《陶庐诗续集》卷五，叶五正。

3〔清〕陈寅：《向日堂诗集》，载《清代诗文集汇编》第 398 册，第 701 页。

前者从宏观上描写绥园景色，所谓蓬岛、桃源都是以虚笔比拟绥园美景，末联直接抒发游园的喜悦心境。后者在对绥园景物细节刻画的基础上，衬托出"人禽两自在"的和谐氛围，诗人的欣喜心情也跃然纸上。舒敏《春日德园小集》情感色彩与之类似，典型地表现出德园集会时宾主相投的默契：

> 茸茸石径草初齐，绿涨前村水一溪。粉蝶寻香随絮舞，玉骢隔岸踏花嘶。山翁聚语东西陌，野鸟无名大小啼。日暮主人投辖意，相邀重步白沙堤。[1]

诗歌一一描述了园中景物，从路边青草、园中小溪写起，逐渐将笔触聚焦在粉蝶、野鸟等细微之景，轻快的心境油然而生，结尾点出主人赏园留饮之意，不言愉悦而乐在其中。同样，陈寅"流连不觉日西倾，倚树清谈花影横。篓尾一樽相劝饮，天涯还见主人情"（《德协领邀同人园中看芍药即次来青观察韵》）[2]、"芳姿何意发龙沙，琼岛分来重作家。晴旭暖消葱岭雪，薰风香动赤城霞"（《孟夏同人德园看牡丹即事》）等作品[3]，均以直接抒情之笔表现冲融愉悦的有我之境。

即使是一人独处园中，满眼赏心悦目之景，依然令诗人兴味不减。这在庆玉的《小园杂咏》中表现得非常明显[4]：

1〔清〕舒敏：《适斋居士集》，载《清代诗文集汇编》第520册，第658页。
2〔清〕陈寅：《向日堂诗集》，载《清代诗文集汇编》第398册，第685页。
3〔清〕陈寅：《向日堂诗集》，载《清代诗文集汇编》第398册，第699页。
4〔清〕庆玉：《承荫堂诗选》，载《清代诗文集汇编》第391册，第598—599页。

萍风柳浪接长堙，篱外花枝拂帽频。更喜斜阳来不到，一丛深翠借西邻。（其一）

竹簟绳床随处宜，忘机鸟疑听敲棋。怪他泼剌惊鳞影，却把垂杨认钓丝。（其二）

沙漠居然烟水丛，披襟面面有清风。虚檐乱拂蒹葭雨，如坐潇湘万竹中。（其三）

一枕华胥便是家，闲吟风月度年华。从今不怕文园渴，饱啖敦煌五色瓜。（其四）

置身于蔬香园，仿佛进入了一个隔绝世间喧嚣的壶中天地，可以将所有公私琐事都暂时搁置一边，随意释放个人情志，去追寻与园林合而为一的佳趣。他在《消夏》诗中也表达过自己的游园之乐："池边野蓼茁新丛，白纻衫轻趁晚风"（其三），"闲游认作旧江乡，手掠菰蒲泛野航。隔岸风来吹酒醒，一声歌入塞云凉"（其四）[1]。这种喜悦之情，无疑是真实而自然的。同样的境界也出现在王树枏《说园漫兴》组诗当中[2]：

藤杖芒鞋日几巡，百忙偷得半闲身。碧瓜朱李能留客，老燕雏莺解唤人。（其一）

1〔清〕庆玉：《承荫堂诗选》，载《清代诗文集汇编》第 391 册，第 591 页。
2〔清〕王树枏：《陶庐诗续集》卷五，叶七正—叶八正。

　　葡萄牵蔓柳发枝，豆花新上竹枪篱。推窗兀坐悄无语，故
故荷风迎面吹。（其二）

　　为制荷衣与芰裳，天河挽水入芳塘。一丸明月波心堕，惊
起银鱼尺半长。（其四）

　　雨后携筇绕郭行，夕阳人影散瓜棚。彩霞万道随云幻，晴
雪千山看月生。（其五）

　　鸟声迎客劝提壶，一醉沉沦万虑枯。连日堆胸尘十斛，的
须解秽召花奴。（其八）

　　说园建成之后，很快成为乌垣官宦们休闲娱乐的主要去处。王
树枬也常至园中游赏，宛如江南水乡般诗画交织的园景，已然让他
暂时忘却宦游塞外的现实。从光绪三十二年到宣统三年（1906—
1911），王树枬任新疆布政使的五年间，他大力改革币制、兴办实业，
在政治、经济、文化发展方面都取得了一定的实绩和影响，清末乌
鲁木齐也呈现出短暂的政通人和的社会局面。从这个角度来说，《说
园漫兴》已非单纯流连光景之作，而被赋予了展示个人治边理想和
政治抱负的深意。

　　其次，通过作品表达一己的出世隐逸之思，构成相关西域园林
诗情感内容的第二个层面。实则这种传统的心理模式乃自中唐白居
易就已开启，可谓渊源有自：

　　　　十亩之宅，五亩之园。有水一池，有竹千竿。勿谓土狭，

勿谓地偏。足以容膝，足以息肩。有堂有庭，有桥有船。有书
有酒，有歌有弦。有叟在中，白须飘然。识分知足，外无求焉。
如鸟择木，姑务巢安。如龟居坎，不知海宽。灵鹤怪石，紫菱
白莲。皆吾所好，尽在我前。时饮一杯，或吟一篇。妻孥熙熙，
鸡犬闲闲。优哉游哉，吾将终老乎其间。[1]

《旧唐书·白居易传》载："居易……于履道里得故散骑常侍杨
凭宅，竹木池馆，有林泉之致。"[2]白居易通过对园中水竹因依、亭台
相映景象的描述，突显出创作主体悠然的心境，塑造了一种自足自
得的中隐观，为后世文人所广泛认可。尤其当明清时期江南私家园
林兴盛之后，这种中隐观与传统园林所营造的"壶天"境界相交融，
正是士人们理想化的生存状态。也有研究者注意到这一点，认为"白
居易的'中隐'观在明清江南士族中化为最简单而便捷的形式，在
这种隐逸形式中，大自然的清嘉景观浓缩在有限的空间中，人们无
须远足便能领略自然风光，享受内心向往的逸趣，同时有效地与世
俗化、畸形化的消费环境相区隔"[3]。"在一定意义上，江南园林是隐
逸文化的产物，是士大夫为求隐居乐趣而构筑的心灵绿洲。"[4]不少西
域园林诗都可以作为这段话的注脚，试以朱腹松笔下的将军府园林
景观为例：

　　碧水漾琉璃，迎凉放小艇。柔橹一声声，摇破楼台影。（其一）

1〔唐〕白居易著，谢思炜校注：《白居易文集校注》，北京：中华书局，2011年，
第1887—1888页。

2《旧唐书》卷一六六，北京：中华书局，1975年，第4354页。

3 罗时进：《地域·家族·文学：清代江南诗文研究》，第106—107页。

4 罗时进：《地域·家族·文学：清代江南诗文研究》，第179页。

遥指前溪路，萧疏烟柳中。长堤遮不尽，微露小桥红。（其二）

蘋叶点清波，波平清见底。赌酒数游鱼，半隐芦滩里。（其七）

细绎诗意，便可以感受到这组诗作与晋昌笔下的将军府有多么不同。晋昌诗乃以写实为主，而朱腹松则以理想化的笔触给园林生活蒙上一层世外桃源般的美感。实际上作为废员革职遣戍伊犁的朱腹松，贬谪生涯并非如此惬意，诗中所构造出柔橹烟柳、赌酒观鱼的景象，很大程度上是其内心理想的折射。陈庭学对醒园景致的刻画亦与此相同："屋窄四窗启，天然不系舟。芦蓬真挂席，凫沼类浮鸥。茶响浪花夕，烟昏渔火秋。乘虚常泊岸，东有面山楼"，"广莫岂无地，一楼高倚天。横岚中断雪，绝岸倒流川。意满东隅表，踪浮西极偏。仲宣赋悲壮，咳唾骇飞仙"。[1]诗中的"芦蓬""浮鸥""渔火"意象，以及"一楼高倚天""咳唾骇飞仙"的夸张之笔，无疑都是陈庭学本人理想化的憧憬。当此之际，"园林作为再创造和提炼过的自然，为隐居者提供了一个保护性的空间"[2]，理想与现实的落差，使得塞外文人在某种程度上具有一种对隐逸生活更加强烈的渴望，并通过诗歌表达出来。

再次，身处园林之中，同于内地的景观很容易激发西域文人的归属感。与此同时，天涯飘零的惆怅悲哀情绪，也会伴随着这些熟悉而又陌生的环境使诗人触景生情，栖身塞外而思乡怀归仍然是西

---

1 〔清〕陈庭学：《塞垣吟草》，载《清代诗文集汇编》第 395 册，上海：上海古籍出版社，2010 年，第 399 页。

2 [美]杨晓山：《私人领域的变形——唐宋诗歌中的园林与玩好》，南京：江苏人民出版社，2009 年，第 72 页。

域园林诗的重要主题，这是传统园林文学中所未曾见的。

施光辂将其园林取名曰"醒园"，知己朱腹松作《题施柳南太守醒园》一诗，专门讲述了醒园的得名，诗云：

> 结屋名醒园，栖身作醉客。是醉即是醒，此意人谁识？予自卜为邻，过从无虚夕。同看醒园花，共拜醒园石。觉岸苦难登，昏昏为形役。一字是余师，三复壁间额。

对于施光辂其人生平我们知之甚少，从他人和自己的零星记录中可以看出他嗜酒、放诞、沉迷道教的一面，如此一醉客，却专门以"醒"字名园，"此意人谁识"？自古以来，园林充满私人生活情趣，是文人自饮自醉之所，因为沉醉是容易的，难的是直面"眼看人尽醉，何忍独为醒"（王绩《过酒家》）的痛苦，迁客远来西极，筑造园林，却无意徜徉于山水园林、寄情于诗酒吟咏的闲居生活，醒园的存在让他们沉醉于一方壶中天地而暂忘现实，却无法疏解抱负落空的悲怀。《国朝杭郡诗续集》记载柳南赐还后"年六十余矣，忧患余生，万念俱死，终日据榻酣睡，不问世上事，未几旋卒"[1]，可见遭遇贬谪之后他的心理落差有多么巨大，故而使诗作中呈现出如此复杂与深沉的情感积淀。在西域尚有醒园雅集以怡情，尚有友人的相互砥砺，真正击倒他的反而是梦寐以求的回乡之时，彻底无望的现实，浇灭了他的全部希望。

施光辂对于醒园别具匠心的命名与布置，都遵循着"严格的主观调控和主观选择的过程"[2]，无不暗示着诗人追怀旧游、思乡望归的

1〔清〕吴振棫辑：《国朝杭郡诗续集》卷一七，叶三四正。
2〔美〕杨晓山：《私人领域的变形——唐宋诗歌中的园林与玩好》，第4页。

主观情思。如咏"天涯话旧之堂"一首:"万里逢亲旧,相与促膝谈。他乡悲喜共,多难别离谙。已往嗟何及,从今啐亦甘。家山归有日,还约结茅庵。"[1]没有一处写到屋中实景,却句句都在抒发着思乡的惆怅。诗人还带有目的性地安排了"多难""家山"等语言要素,暗寓自己久淹塞外的特殊品质性格。有时这种情绪还与隐逸之思纠结在一起[2]:

> 未有藏舟处,浮生任久淹。偏教迁客住,错怪老夫潜。芦战秋宵雨,霞明晚市帘。陆沉人海里,常对雪山尖。(萍泊舫)

> 仿佛维摩室,幽居意颇便。规模存古道,棱角忤时贤。塞水艰行李,山花记岁年。蒲团径三尺,闭户学逃禅。(方庵)

与其说这两首诗是写萍泊舫和方庵之景,不如说是施光辂在抒发一己之人生感受。"塞水""山花""秋芦""雪山"都成为浸染作者独特感受的情语,全诗处处蕴含着因遣谪异域与思乡怀归而引发的孤独失落、愤懑不平和渴望出世之情。

此情此景也感染着与之过从甚密的友人们,如陈庭学《中秋偕朱雪涛集同年施柳南醒园拈韵同赋》即写道:"此夕忆家远,追欢就冷交。诗情蒲海角,楼影柳塘坳。小月仍团饼,孤星尚系匏。飞觞拼共醉,遮莫戍更敲。"[3]中秋之夜本该与家人团聚,而此刻却身处塞外,月下飞觞。面对楼影柳塘,耳闻戍楼更敲,很容易令诗人将

1〔清〕吴振棫辑:《国朝杭郡诗续集》卷一七,叶三四正。

2〔清〕吴振棫辑:《国朝杭郡诗续集》卷一七,叶三四正—叶三四背。

3〔清〕陈庭学:《塞垣吟草》,载《清代诗文集汇编》第395册,第406页。

"吾土和他乡做空间上和情感上的对比"[1]，自然流露出归思难收的惆怅之情。遣戍文人的心态如此，驻镇官员的情感又何尝不是这样？如庆玉《园中晚坐》诗所述：

> 为爱蔬香景物供，流连镇日不辞慵。也知池小难生浪，不道山低却有峰。万里风花开倦眼，百年天地伴孤筇。客中多病疏杯酒，煮茗烟浮晚树浓。[2]

暂别了白日的热闹，夜晚独坐在蔬香园中，看着园中熟悉的景物渐渐隐入夜色，在时间与空间的交错之中，作者也不禁涌起一种百年多病、万里做客的落寞。

总之，无论是单纯摹景抑或是寓情于景，西域园林诗所承载的喜怒哀乐都已经完全融入园林景观的物质基础当中，凝固为一种难以割舍的心理情结。"最是胜游忘不得，德园春尽牡丹开。"（《送静函东归四首》其三）[3]当昔日盛游不在时，诗人们又会流露出不尽的感伤："己未德园看花，舒陈诸君久去，乌王下世，感慨系之。"（《德园看芍药用方观察韵呈沁斋大尹三首》）[4]即使日后脱离了西域园林建筑的物理环境，这些情感与经历仍然会升华为每个亲历斯境者一生的文化记忆。

---

1 〔美〕杨晓山：《私人领域的变形——唐宋诗歌中的园林与玩好》，第20页。

2 〔清〕庆玉：《承荫堂诗选》，载《清代诗文集汇编》第391册，第598页。

3 〔清〕舒其绍：《听雪集》，载《清代诗文集汇编》第403册，第335页。

4 〔清〕舒其绍：《听雪集》，载《清代诗文集汇编》第403册，第360页。

本章小结

彭一刚将中国古典园林的分布归纳为"以西安为中心的关中一带""杭州及钱塘江三角洲""北京、承德以及岭南一带"三大区域[1]。北方园林多是以宫苑为代表的大型皇家园林，而古典园林的精华则多密布在气候温润、人杰地灵的江南水乡，以私家园林为典型。故童寯《江南园林志》谓"吾国凡有富宦大贾文人之地，殆皆私家园林之所荟萃，而其多半精华，实聚于江南一隅"[2]。清代西域地区的私家园林，以及极具私人化色彩的将军府园林、绥园、说园，均可以视为江南文化边塞嗣响的佳例。尽管西域园林在总体规模、内部陈设、自然与人文景观方面与江南名园相比都无法望其项背，但园主们出于对山水之美的认知和欣赏，主动凭借记忆中的江南印象来营造园林景观，精致而细腻。如王大枢《绥园宴集碑记》中所记载德光布置绥园的过程：

> 于府署东偏辟新射圃，傍置亭沼山水，因其自然，工筑成于不日。维扬红药，邺水朱华，郑草陶英，并破荒罗植。若夫长林荫翳，禽鸟嘤鸣，茅舍草桥，居然野趣。[3]

亭台楼阁、水榭山石、植被花草的精心安排，处处追求着一种"虽由人作，宛自天开"的境界，无不展示出江南文化对西域边塞的影响。不仅是整体布局，园林中其他一些微小细节的经营同样表现

1　彭一刚：《中国古典园林分析》，第4页。

2　童寯：《江南园林志》，北京：中国建筑工业出版社，1983年，第3页。

3　〔清〕王大枢：《西征录》，载《古籍珍本游记丛刊》第14册，第7207页。

出这种文化追求，如陈寅曾感慨伊犁地区无竹子："万里流沙草昧开，不知松竹不知梅"（《秋柳》）[1]，而舒其绍《绥园杂咏·竹节亭》"翠色琅玕竹几个，牵藤覆箸团蕉大"句却使用了竹意象。原来，为了达到新颖美观的效果，绥园中"竹以木为之"[2]，由此解决了西域无竹的缺憾。洪亮吉《天山客话》述及伊犁园林中山石材料的来源："伊犁南北山石皆可采以饰池馆，然皆直上无致，似内地石笋之劣者。"[3]虽然此地石料材质、形态不佳，但也能够解决园林装饰的迫切需求。

乾隆二十八年（1763），"钦定乌鲁木齐城曰迪化城"[4]，此后乌鲁木齐迅速发展为"烟户万井，阛阓鳞比，百货骈集"的塞外都会[5]，引起诗人们"衣香鬓影临流处，不减秦淮两岸春"[6]的感慨。《西陲要略》也曾云："伊犁向无城，准噶尔时随畜逐水草移徙，本行国。乾隆二十年平准噶尔，我军之防守于是者，结营而居，二十九年始于伊犁河北岸度地创筑。"[7]短短十数年后，伊犁地区就发生了巨大变化，处处呈现"蘼芜绿遍垂杨浦，碧琉璃滑泼春乳。欸乃一声不见人，人倚栏杆隔烟语"（《绥园杂咏·宛在亭》）[8]、"十丈方壶半亩泉，短桡同泛五湖烟。横槎覆手扪霄汉，倒影楼台水底天"（《绥园散步

1〔清〕陈寅：《向日堂诗集》，载《清代诗文集汇编》第398册，第701页。
2〔清〕舒其绍：《听雪集》，载《清代诗文集汇编》第403册，第374页。
3 修仲一、周轩编注：《洪亮吉新疆诗文》，第256页。
4《清实录·高宗实录》卷六九二，《清实录》第17册，第761页。
5 达林、龙铎：《乌鲁木齐事宜序》，自《乌鲁木齐事宜》，载王希隆：《新疆文献四种辑注考述》，兰州：甘肃文化出版社，1995年，第89页。
6〔清〕成瑞：《薜荔山庄诗文稿》卷一，叶三—背。
7〔清〕祁韵士：《西陲要略》，载《中国地方志集成·新疆府县志辑》第4册，第479页。
8〔清〕舒其绍：《听雪集》，载《清代诗文集汇编》第403册，第374页。

中峰元戎得倒影楼台水底天之句，嘱赋四首》）[1] 的江南水乡风味。这些遍布在南北疆各地的园林建筑，就是江南、内地文化输入的具体承载。

且就园林功用而言，传统江南私家园林除了能够居处、游赏、雅集，还可以教子课读，承传家族文化[2]。西域文人均非世居斯土，故于承传家族文化作用一项相对淡化。此外，与江南园林同出一脉的西域园林建筑，基本秉持着同样的江南文化底蕴，给清代西域带来一种全新的文化风尚，构成中国古代西域经营史上"江南—西域"文化渗透的别致景观。

总而言之，西域园林建筑对于清代西域地域文化的建构、西域文人群体的形成都具有不言而喻的重要意义。栖身于这些私人领域空间的边塞文人，也通过各种情感的抒发，在相对熟悉的环境中获得一种真实的存在感。而在这些园林景观早已繁华殆尽的今天，相关的文学表现又在史志著述的理性记载之外，成为人们在思接百年之后重新领略清代西域社会日常生活史图景、文人精神风貌与诗性存在的重要记忆凭证。

1〔清〕舒其绍：《听雪集》，载《清代诗文集汇编》第 403 册，第 373 页。

2 徐雁平：《清代私家宅园与世家文学》，《西北师范大学学报（社会科学版）》2011年第 4 期，第 44—49 页。

第三章　江南文人在西域的文学创作

伴随着从汉代开始的中央政府对西域的凿空与经营，以及其后中原各朝与西域的交通往来，越来越多的文人躬践西域，至清代发展到顶峰。这其中江南文人的数量尤为庞大。韦佩金诗云："吴侬乡语欲骄人"，自注谓："时伊犁多乡前辈。"[1]嘉庆时期至西域的汪廷楷亦感慨"在戍者江浙人多"[2]，朱腹松甚至说"故园咫尺未相亲，塞上欣逢笑语新"[3]，庄肇奎则有"南国多迁客"之感[4]。史善长在《轮台杂记》中记述南客："天涯欢聚，土音各操，恍在枌榆社时也。"[5]由于所遇山阴同乡较多，甚至让史善长产生身在故乡的感觉。"人口空间的流动，实质上是他们所负载的文化在空间的流动"[6]，如此大量的江南移民，势必造成江南文化与西域文化的融合渗透，西域经历进一步激发出他们文学创作的活力，为其文学作品增添了新鲜的元素。以下分别从文与诗两个方面，对江南文人在西域的文学创作展开考察。

1〔清〕韦佩金：《归映藜方伯景照以缪申浦太守晋中秋雅集自慊斋诗属和次韵二首》其一，自《经遗堂全集》，载《清代诗文集汇编》第 431 册，第 365 页。

2〔清〕汪廷楷：《丙寅新正二日招同人小集》，载《西行草》，叶二七正。

3〔清〕朱腹松：《诸同乡过访感赋》，载《塞上草》卷一，叶四背。

4〔清〕庄肇奎：《次韵莼涘除夕抒怀之作》，自《胥园诗钞》，载《清代诗文集汇编》第 363 册，第 44 页。

5〔清〕史善长：《轮台杂记》，载《中国稀见地方史料集成》第 62 册，第 39 页。

6 葛剑雄：《中国移民史》，福州：福建人民出版社，1997 年，第 162 页。

第一节 西域文专题研究

继王延德《使高昌记》、李志常《长春真人西游记》、陈诚《西域行程记》之后，清代的西域行记创作达到空前规模。作者身份从出使西域的官员，随军出征的幕僚，流放遣戍的废员，乃至寻亲出关的普通文人，无所不包。清代西域行记包含作者们对于西北边地独特的地理认识与心理感知，具有文史相兼的价值。由于出关人数众多，相当一部分江南籍士人参与到西域行记的创作队伍中来，目前已知传世者，有王大枢《西征录》、洪亮吉《遣戍伊犁日记》、唐道《西陲纪游》、张广埏《万里游草》、杨炳堃《西行纪程》、史善长《东还纪略》、吴恮杰《西征日记》《东归日记》、陶保廉《辛卯侍行记》等，此外，道光时期袁洁《出戍诗话》以时间顺序记述行踪，亦可视作行记。吴恮杰行踪只到哈密，史善长《东还纪略》详记入嘉峪关之后事迹，故本节以其余几种著作为中心考察江南文人行记的文献情况和价值。

一、江南文人西域行记文献

1. 江南文人西域行记文献概况

（1）王大枢《西征录》。王大枢（1731—1816），字澹明，号"白沙"，又号"天山渔者""天山老人"，"乾隆辛卯（1771）举人，拣选知县。将铨部会"[1]。王大枢于乾隆五十三年（1788）三月因事获遣伊犁，嘉庆四年（1799）释回[2]。他将自己西行途程及西域生活闻

---

1 〔清〕符兆鹏修，赵继元纂：(同治)《太湖县志》卷二二，同治十一年（1872）刊本。

2 王大枢西域行实与著述，参吴华峰、周燕玲：《"天山渔者"王大枢的遣戍生涯与诗文创作》，《西域研究》2014年第2期，第115—122页。

见著成《西征录》一书。定本《西征录》八卷，首二卷为西行《纪程》，卷三《新疆》，卷四《杂撰》，卷五、卷六《存草》，卷七《跫音》辑录友人诗作，卷八为赐还归程诗作《东旋草》。

（2）洪亮吉《遣戍伊犁日记》。洪亮吉（1746—1809），初名莲，又名礼吉，字君直，一字稚存，号北江，晚号更生居士，乾隆五十五年科举榜眼，授编修，著有《更生斋集》。嘉庆四年因"进呈奏章"触怒嘉庆皇帝遣戍伊犁。《遣戍伊犁日记》记事起自嘉庆四年八月二十日，至次年二月十日。

（3）张广埏《万里游草》。张广埏（1795—1879），《两浙𫐉轩续录》载其："字锡均，号雪君，慈溪人，道光戊子举人。"[1]道光九年（1829）科场失利后，适逢玉麟出任伊犁将军，随其同至惠远，道光十一年东还。光绪《慈溪县志》记载："雪君道光五年拔贡，赴都，以诗古文词受知于王相国鼎，八年中顺天乡试举人。尝从将军玉麟镇伊犁，多所赞画。甫六月，以疾回京。"[2]所著《万里游草》共两卷，上卷为往返伊犁期间的诗集，下卷别名《邮程琐录》，为张广埏的西域行记，记录起自道光九年七月自京城出发，同年十一月抵伊犁的行程经历，两部分的内容互相对应。

（4）杨炳堃《西行纪程》。杨炳堃（1787—1858），字蕉雨，浙江归安人，清嘉庆十八年（1813）拔贡，有《吹芦小草》。咸丰元年（1851），随湖南巡抚冯德馨围剿湖南农民起义不利，发往西域效力。《西行纪程》为遣戍乌鲁木齐往返行程记录，起于咸丰元年二月二十六日由湖南出发，止于咸丰四年九月初抵家。《自序》云"予

1〔清〕潘衍桐编纂：《两浙𫐉轩续录》卷三二，第2404页。

2〔清〕杨泰亨编修：（光绪）《慈溪县志·列传附编》，光绪二十五年（1899）刻本，叶一正。

于咸丰辛亥春自湖南省起程，次年四月始抵乌垣，癸丑夏蒙恩赐环，甲寅秋仲抵里，往返两万余里，阅时四十余月"[1]。

（5）陶保廉《辛卯侍行记》。陶保廉（1862—1938），字拙存，浙江秀水人，新疆巡抚、陕甘总督陶模之子。光绪十七年随父陶模出关，光绪二十二年又由塞外随侍入关，途经陕西、甘肃、宁夏、新疆，作《辛卯侍行记》。

这五部行记内容上各有侧重，《西征录》侧重对沿途所遇地名与物事的考证。《遣戍伊犁日记》多记载与所遇人物的交往。《万里游草》和《西行纪程》记载途程中的经历，两者相较，尤以《西行纪程》为详，对沿途行程、环境乃至旅店情形都详加著录。几部著作中，最为著名者为《辛卯侍行记》，因其成书时间既晚，对西北地区的人口、民族、宗教、交通、土地、矿产、环境、防务、交通道里等都有详细记载，是西域行记的集大成者。

2. 唐道《西陲纪游》与王大枢《西征录》关系考辨

唐道字秋渚，江苏华亭人，生活于乾嘉时期，具体生卒年无考[2]。民国《重辑张堰志》载"《西陲纪游》，国朝唐道著"[3]，《西陲纪游》

1〔清〕杨炳堃：《西行纪程》，载《丝绸之路资料汇钞（清代部分）》，第417页。

2 唐道行实志无载，今人有关他西域经历一鳞半爪的了解，均出自《西陲纪游》的几篇序言及文中所述，但讹误颇多。《中华竹枝词全编》载："唐道，字秋渚。乾隆三十一年（1766）随其师福喜纳谪赴伊犁，居三年，归著《西陲纪游》。"（丘良任、潘超等编：《中华竹枝词全编》第七册，北京：北京出版社，2007年，第365页。）《清代松江府文学世家述考》云："唐道，字秋渚，华亭人。乾隆三十八年，其师福喜纳谪戍伊犁，唐道随行，居新疆三年，著有《西陲纪游》三卷。"（徐侠：《清代松江府文学世家述考》上册，北京：生活·读书·新知三联书店，2013年，第329页。）对其西域时间记载均有误。

3〔清〕范炳垣、姚裕廉纂修：《重辑张堰志》，载《中国地方志集成·乡镇志专辑》第2册，上海：上海书店，1992年，第399页。

是唐道西域之行的路途闻见的记载。是书开篇言：

> 岁丙午，予师福喜纳谪赴伊犁，鲜从往者。谓予曰："子
> 能从我游乎？"予应曰："可。"于三月十一日，自都中出平门，
> 亲朋送者至万明寺而返，予则慷慨登途矣。[1]

可知他于乾隆五十一年（1786）赴伊犁，居三年而返，因著《西
陲纪游》。此书分为上、中、下篇，上篇写自京都至嘉峪关行程，
中篇写出关之后至伊犁的行程，下篇为伊犁杂记。行程记述部分比
较简略，只历数途经之地，杂记部分篇幅短小，以寥寥数言略述伊
犁疆域、名称由来及气候。《纪游》卷首有乾隆五十五年秋朱钧序言、
嘉庆七年（1802）七月唐晟序言及嘉庆十八年胞弟唐集刻印此集题
识，卷末有同乡刘斯裕跋语一通。都对《西陲纪游》之著给予美誉。
然而通过文献比对，发现这部令唐道留名后世的著作却是沿袭引缀
王大枢《西征录》相关内容而来。

《西陲纪游》无论从体例、结构还是内容上均与《西征录》前二
卷《纪程》相似，王大枢乾隆五十三年年底到伊犁时，唐道已至西
域两年，他于乾隆五十四年东归，完全有机会见到王大枢的《纪程》。
之所以断定唐著有抄袭之嫌，是因为书中有几处显而易见的破绽：

第一，《西陲纪游》上篇记述路经华阴县，途中望华山经过，云：
"西岳华山在望矣，巨灵抵掌，玉女差肩，锯齿排云，莲峰映日，
莫可名状。征途回首，一步一盼。因忆池州九华，灊阳天柱，吾邑
司空、香茗诸胜，皆得其一枝节耳。生平搜奇览异之怀，至此一畅，

1〔清〕唐道：《西陲纪游》上篇，嘉庆十八年（1813）刻本，叶一正。

胸臆间非复出固关时矣，于是始有纪录山川，搜罗古迹之意。"[1]《西征录》中的相关内容为："西岳华山在望矣，蠢蠢百十余里，奇秀无敌，如春笋上林，芙蕖之出水，巧目难稽，绘不能悉也，顾此犹为儿孙之罗立。及至抵县城，则万峰攒聚，更有雄杰者出而主之，巨灵抵掌，玉女差肩，日月捍门，明星落户，真所谓白帝金精运元气者矣。因忆池州九华，潜阳天柱，吾邑司空明堂、妙道香茗诸胜，皆得其一支一节耳。生平搜奇览异之怀，至此大畅，非复桐城出小关时矣，于是始有纪录山川、收罗古迹之意。然终促促不能详也。"[2]司空山与香茗山均在安徽太湖境内，唐道称之吾邑，显然不妥。

第二，该著中篇记载过玛纳斯夜饮事，谓："国朝置绥来县，亦两城并建，又一要会，出麸金，出绿玉，是夜严寒，孤吟痛饮，至三更有句云：'郢客悲歌凌白雪，军城严鼓挟清霜'。未几，角声催晓，和衣略睡。"[3]《西征录》所载为："九月初八日至玛纳斯，为绥来县，亦两城并建，又一要会，出碧玉，出麸金。按此处当即轮台县，盖古来州县至轮台而极，今则自此而西，犹拓地千里，然目前州县则亦以绥来为极云。旅舍翁出古画一幅，云是某谪宦所遗，请予题跋，展视乃一垂鬌女子，绿黛青眸，执简坐琐窗前，四面皆图书拥积。予戏为跋曰：'妇人满腹孩儿，此女通身经史。临春阁上，绡金帐里，焉往不滚盘明珠，亦胡为而独乐乎此哉。'是夜严寒，宿巢县人宋景元寓，相与剧饮，谈新疆近事至三更，爰题二律赠之：'穷秋塞露绕天长，永夜寒深刺剑铓。旅客悲歌连白雪，军城严鼓夹青霜。谁家好梦达檽兔，到处春愁王倩娘。近事也堪增慨息，更烧桦

1〔清〕唐道：《西陲纪游》上篇，叶二背。
2〔清〕王大枢：《西征录》，载《古籍珍本游记丛刊》第13册，第6647页。
3〔清〕唐道：《西陲纪游》中篇，叶五背。

烛话维桑。'"[1] 王著中详细刻画了夜宿绥来县的经过与闻见，并赋诗记此事，唐道略去了细节描写，但却抄录了王大枢的两句诗歌。

　　第三，唐著中篇载由乌兰乌素赴盐池海途中"至联泉铺，此名系予所题，因铺有双井，俗呼双井子。主人请署名于予，予因名，遂称为联泉铺云"[2]。《西征录》所载与之相似："至联泉铺，铺新落成，主人敦请嘉锡，予因其地有双井，为署名曰联泉，手书其门额。"[3] 但是在《西征录》卷八《东还草》中，有一首《题联泉铺》诗，系王大枢东归再次途经斯地时所题。注语谓："予昔来时所署名，手书门额。"诗歌正文为："记得联泉铺，曾题道上扉。斯名已四达，而我亦东归。牸鼻更三主，樗身长十围。光阴真过客，感此一增唏。"[4] 唐道只看到了王大枢《纪程》中所载的逸事，而作于嘉庆四年的诗作，他当然无缘过目，因此《西陲纪游》中只留下这则有头无尾的故事。

　　唐道与王大枢至伊犁的首途分别是安徽安庆和京城。但是《西陲纪游》自体例至内容全仿《西征录·纪程》，均按照路途所经之地叙述行程。所不同者，王大枢于行程记载之后，每遇古迹名胜，均要按图索骥，详考其来历传承，并将感慨系以诗句，而《西陲纪游》则无考证与诗文。从内容上看，《西陲纪游》记述自京城至山西一段行程，只是从行文方式与个别语言上模仿《西征录》，而自入陕西之后，两人的行程一致，除了所记具体时间，及在兰州和乌鲁木齐所遇故人不同外，基本全篇沿袭王著。以下再举数例，以明二者渊源（表2）：

1〔清〕王大枢：《西征录》，载《古籍珍本游记丛刊》第 13 册，第 6774—6776 页。

2〔清〕唐道：《西陲纪游》中篇，叶六正。

3〔清〕王大枢：《西征录》，载《古籍珍本游记丛刊》第 13 册，第 6780 页。

4〔清〕王大枢：《西征录》，载《古籍珍本游记丛刊》第 13 册，第 7363—7364 页。

表2 《西陲纪游》与《西征录》内容比较

《西征录·纪程》	《西陲纪游》
至三省台，台东为河南、西为陕西、北为山西，寻丈之地，而三省界焉，故名。俗谚云"鸡叫听三省"，不诬也。（第6643页）	［潼关］之东，有台名三省台，台东为河南、西为陕西、北为山西，寻丈之地，而三省之界分焉。谚云"鸡叫听三省"，不诬也。（上篇，叶二正）
度灞桥，昔郑綮言"诗思在灞桥风雪中，驴子背上"即此处。由是至陕西西安府，新筑城隍极其壮丽，咸宁、长安两县倚其内，终南、太乙峙其南，泾渭灞浐鄠镐潦滈八川，分流而萦带，自文武定都以来，秦都咸阳，汉唐都长安，地皆相近，号为关中京兆府也，左冯翊右扶风，古迹与中州敌。予行促，不能一二数，有遗憾焉。（第6655页）	自是至陕西西安府，城极壮丽，咸宁、长安两县在城内，终南、太乙在其南，昔武王定都丰镐，是其地也。自是渡灞桥，越浐水，则秦汉之故都咸阳始见，所谓关中京兆府是也，左扶风右冯翊，古迹与中州相埒。予行促，不能一二数，有遗憾焉。（上篇，叶三正）
三台有大泽名曰海子，盖古雪海，岑参《轮台歌》四边伐鼓雪海边，又《西征诗》走马川行雪海边。予来时，海间无雪，但见森森泓波，涵天荡地，琉璃万顷中三岛浮烟清霄，云卷风恬，玉蟾丽空，上下朗彻，客子尘氛万斛立刻洒然，然岑寂之气亦殊辣毛发。盖缘四山围绕二百余里，中钟大泽湛若镜圆，较以内地江湖虽不指屈，然当地角风埃之会，忽敞清元，兼以岩壑倒垂，云霞曳漾，木华至此，谅亦怡怀，惟是通体磋砾，藻荇不生，鱼虫亦绝影，且气味乖刺不堪饮注，徒然彻底澄清，终成弃耳。或言晴天亦现海市，若逢阴晦，必隐隐闻鼓乐声，岂亦鸣其不幸耶，抑亦有萧然自得者耶，予至此，为停一日，始循崖倚麓而行，数十里别海登山，回首犹犹绻绻云。（第6788—6789页）	三台有海子，至则一望泓波，涵天荡地，琉璃万顷，中岛屿微茫，为诵秋水长天之句。时则残霞远落，恨无飞鹜为之点缀，少焉云敛晴空，冰轮乍涌，觉上下朗彻，客子尘氛万斛，顿然一洗净尽。盖其四山绕翠，隐若大环，中涵三百余里，汪洋晶森，若镜之圆，而又水晶澄澈，毫无纤翳，真似游广寒宫，毛发俱清，惟觉吾形眇耳。较以内地江湖，曾不一二数，当地角风埃之会，忽睹尔许清光，能不赏心悦目。恨不得偕生平好友，与之一齐吟赏也。惟是磋砾铺底，苔藻不生，鱼虫不蓄，且气味乖劣，不堪酌注，漾而勿食，亦未免为吾心恻耳。予至此，为停车三日，始循崖倚麓而行，走数十里，别海登山，回首犹绻绻云。（中篇，叶六背—叶七正）

（续表）

《西征录·纪程》	《西陲纪游》
伊犁南北皆山，北山屏围，南山案列，皆负雪崔巍，蜿蜒数百里，中开原旷，有大川名伊犁河，绕南山之阴，西流如带，河北九城棋布，九城者，绥定城（初名乌哈尔里克）、塔尔奇、芦草清〔沟〕（广仁）、清水河（瞻德）、霍尔果斯（拱宸），皆在西北。巴燕岱（惠宁）、城盘子（熙春）、古尔札（宁远），皆在东南，每城相距数十里，而大城居中，大城者惠远城也，为总统将军驻扎之所。（第6822页）	伊犁南北皆山，北山皆屏，南山列案，皆负雪崔巍，盛夏冰融互解，山泉倾渥，沟渠满地，中开原旷。东西数百里，连接九城。九城者，芦草沟、清水河、塔尔奇、绥定城、霍尔果斯在西北。巴彦岱、成盘子、金顶寺在东南，每城相距数十里，而大城居中，大城者惠远城也，为总统将军驻镇之所。（下篇，叶一正）
自嘉峪关至伊犁，皆属雍州西北之地。于先天属艮，于后天属乾，于地之十二辰属戌，于天之十二宫属未，于日月所会之次属鹑首，于二十八宿分星分野当准雍州属井鬼。伊犁少迤而北，应属井宿三十一度之首，若据《天官书》昂毕天街，街南为阳，街北为阴。……伊犁处西北之巅，曾经量度，较京师高八百四十里，故夜望星光灿烂如垂，而日晷之长亦当寸许也。（第6826—6827页）	自嘉峪关至伊犁，皆属雍州西北之地。于先天属艮，于后天属乾，于地之十二辰属戌，于天之十二宫属未，于日月所会之次属鹑首，于二十八宿当准雍州属井鬼。伊犁少迤而北，应属井宿三十二度之首，前十度之间，伊犁处西北之巅，曾经用晷测法量度之，较京师高八百里，以是知昼夜节候之有差也。（下篇，叶二正—叶二背）

如表2中所举，可对唐道沿袭王大枢著述的特点窥之一斑，类似的雷同之处，在两著中不胜枚举。大多数情况下，唐道略去了《西征录》中的考证与诗作，仅单纯借用了对行程闻见的记述，《西陲纪游》完全就是一部缩减版的《西征录·纪程》。特别需要指出的是《西陲纪游》下篇的内容，分别引自《西征录》卷三《新疆》中的《伊犁考》《伊犁九城》《伊犁星野》诸单篇杂文。据王大枢所说，他来到伊犁的次年三月，即"呈《伊犁星野述》"，奉时任伊犁将军

保宁命，"入志局修《伊犁志》"[1]。所以至少在乾隆五十四年（1789）三月前，王大枢就已经撰写了不少有关伊犁史地的文字，唐道在还乡之前能够得以寓目。这也大概能够解释为何《西陲纪游》下篇的内容尤其单薄，给人以戛然而止的突兀感，这是因为在唐道离开伊犁时，王大枢其他可供其"借鉴"的文章还没有著成。

在转相抄袭的过程中，《西陲纪游》也出现了一些讹误。如上篇所云："出甘州，渡黑河，水颇迅激，即禹贡黑水是也，或曰丽水。据黑水，乃九州之极西，既渡此，且转而东矣。"[2]而《西征录》原文为："弱水处有张掖河，一名黑河，即黑水也。湍驶泛滥，广四五里，自黄河以来兹为大川。故禹贡以为中国极西之界，曾不料渡而更西，回首转而为东界。"[3]唐道忽略了原著中"回首"这两个关键字眼，因而连自己赴伊犁行进的方向也完全搞反了，殊为可笑。

唐道与王大枢至伊犁的时间稍有偏差，但是两人出发与抵达目的地的日期，路途的经历都颇为相似，因此《西征录》恰好为《西陲纪游》提供了可资借鉴的范本，不得不说也是一个巧合。王大枢在乾嘉之际的伊犁流人群中，以其才名享有"博雅群推王白沙"的赞誉[4]，他的鸿篇巨制《天山赋》就曾被欧阳镒所据有并付梓刊刻[5]，后来王大枢赐还东归过兰州，还曾与欧阳镒见面。但他怎么也不会想到，还有一部以《西征录》为底本的《西陲纪游》亦并世流传。

1〔清〕王大枢：《谒别总统将军少保义烈公》注，自《西征录》，载《古籍珍本游记丛刊》第13册，第7147页。

2〔清〕唐道：《西陲纪游》上篇，叶六背。

3〔清〕王大枢：《西征录》，载《古籍珍本游记丛刊》第13册，第6684页。

4〔清〕舒其绍：《听雪集》，载《清代诗文集汇编》第403册，第384页。

5 参见史国强：《〈天山赋〉著者考辨》，《中国典籍与文化》2013年第4期，第56—59页；吴华峰、周燕玲：《"天山渔者"王大枢的遣戍生涯与诗文创作》，《西域研究》。

这桩西域文学创作史的公案，也从侧面反映出了《西征录》作为西域行记的名篇，在当时流行一时，为人所熟知并广泛接受。

二、西域行记的史料价值

梁启超认为洪亮吉《伊犁日记》《天山客话》等书"实为言新疆事之嚆矢"，贾建飞认为这些书"虽非系统的著述，但间接起到了唤起研究的作用，而且它们也为晚清西北史地学提供了必要的信息积累与支持"[1]，这可视为对西域行记的整体评价。西域行记的史料价值表现在多方面，综其要者而言，可以分为记载旅途闻见、历述途中交游、描述沿途西域城市风貌、记载西北交通地理和西域杂记等几个方面。这些内容大多为正史或官书所不载，构成最为直接与真实的社会史料。

1. 西行旅途闻见

西域行记按日编排，记录每日途中所见所闻。行记的作者们都是因为偶然的契机首次出关，旅程虽然漫长寂寥，对他们而言却都是独一无二的人生经历，旅途中有充足的时间将旅途闻见摄入笔端。

星星峡是进入西域的必经之途，王大枢在《西征录》中描述了星星峡"蠢起如门，峭崿可喜"的形貌特征。他还重点记载了星星峡的修路碑铭：

> 道旁有馈饷修路碣，其词曰：皇威震叠，底定西酋，整厥虎旅，驻于伊州，启拓疆宇，腾声遐陬，辐轳飞挽，驾马服牛，地灵助顺，荒碛泉流，惟山磊砢，轮蹄是忧，聿来善民，攘剔

---

1 贾建飞：《论松筠与晚清西北史地学的兴起》，《中国边疆史地研究》2004 年第 1 期，第 98 页。

平修，王道坦荡，振古长留。时雍正十有三年春三月，监运使者为善人杨可禄立石于星星峡。[1]

有关清人在此地修路树碑之事，首见于乾隆二年（1737）成书的《重修肃州新志·西陲纪略》。嘉庆年间和瑛所修《三州辑略》中又据《西陲纪略》记载此碑，时间比王大枢所记晚近二十年。只是王大枢其名不显，未能引起后人注意。《西征录》所记沿途台站所见也很独特：

> 至苦水泛至格子墩，凡两台相距其间必有腰站，惟苦水泛至格子墩独无，道遥乃有一百四十里，晨起急趋道，渴逢卖浆者，至碗水百钱。

> 由是至长流水，道傍有山，山上有关庙，庙右有泉涌出南流。古云伊吾有黑水，此其是耶，然源小而流不长，未可凭也。关庙在山顶上，五十余级始达，亦旷观也。[2]

前者描述格子烟墩腰站缺水，卖水者奇货可居高价售水。后者所述哈密长流水站路旁山上临泉而建的关帝庙，也未见于其他记载。

自清朝一统西域以来，施行移民实边政策，鼓励内地民人移居西域。此外，大量商贾也涌入西域。在官方记载之外，民间人口的流动与迁移规模庞大，杨炳堃《西行纪程》中对此就有生动反映：

---

1 〔清〕王大枢：《西征录》，载《古籍珍本游记丛刊》第13册，第6720页。

2 〔清〕王大枢：《西征录》，载《古籍珍本游记丛刊》第13册，第6722页。

出嘉峪关以来，徒行相随者不绝于道，苦水一带，旅店偏房，往往多为占住。数千里长途裹粮而行，风餐露宿，其惫已甚，倩人访询，知该民人等前往吐鲁番、玛纳斯一带，于五月间为人收罂粟花浆，每日佣趁可得口食钱二百文，每日偷浆可赚银两许，塞外每两折钱八百文，此上半年生计也。迨至七八月间，收割麦禾，每日佣趁可得钱二百文，如此积攒，终岁之间，可得内地数年。利之所在，宜其趋之若鹜也。[1]

他描写了近边百姓每岁至吐鲁番、玛纳斯等地做佣工求生计之事，由记载可见，这些民人基本上已经习惯了这种候鸟式的迁徙生活。文字的背后，也展现出彼时西域地区物产丰饶，嘉峪关外路途坦荡，热闹非凡。

2. 西行途中交游

在行记之中，保留了不少沿途官员和遣戍者的信息。洪亮吉和杨炳堃对交游之事记述尤多，以《遣戍伊犁日记》所载为例：

［嘉庆四年十二月］二十二日，五鼓行七十里抵长流水，日乍中。有乌鲁木齐释回知县陈君世章来访，谈半日，乃去。陈君，江西万载人，癸丑进士，官湖北保康知县，以邪教案，发新疆三年。期满，减徒入关者也。[2]

二十三日，三鼓行一百四十里抵哈密西关，哈密通判王君湖遣人相迎，并为供帐乾泰店。将晚，王君来访，王君汉军正红旗人，由中书历官知府，降调通判，又调至此。二十四日，

1〔清〕杨炳堃：《西行纪程》，载《丝绸之路资料汇钞（清代部分）》，第449页。

2 修仲一、周轩编注：《洪亮吉新疆诗文》，第51页。

印房主事塔宁阿来访。塔，满洲驻防古城人。[1]

［嘉庆五年元月］十二日，雪，辰刻行五十里，雪霁。又四十里抵吉木萨城，日乍昃。县丞长洲蒋君锦成来谒，谈至上灯乃去，并馈春饼、牢丸及南菜数种。[2]

车至满城都统兴奎处挂号，因便访同年江都徐午，江西首县，缘事发此，今已纳赎，不日南回矣。又访迪化满洲那灵阿，亦甲午同年也。[3]

洪亮吉久历官场，又曾任翰林院编修，是遣戍者中名气较大的一位，沿途每至一地，均有故旧或闻名求见者。这些为宦西域或遣戍废员其名多湮没不闻，西域行记中的相关描写保留了他们的不少资料。

除了与官员或废员的交往，行记中对于定居新疆各地平民的记载也有不少。如前文所述王大枢在玛纳斯所遇旅舍翁与同乡宋景元都是典型。

张广埏《邮程琐录》中也写道：

［格子烟墩］峡东四十五里一村落，有闫敬义者，甘人也，寄家塞外垂数十年，豢一驴，远驮清泉以供行旅。颇耽文墨，茅屋两间，壁上黏题赠诗，字殆遍。[4]

---

1 修仲一、周轩编注：《洪亮吉新疆诗文》，第51—52页。

2 修仲一、周轩编注：《洪亮吉新疆诗文》，第56页。

3 修仲一、周轩编注：《洪亮吉新疆诗文》，第56页。

4〔清〕张广埏：《邮程琐录》，载《万里游草》，叶三四正—叶三四背。

由于过往官员文人较多，沿途居民常向他们讨要文墨。这些记述呈现出的是普通平民的文化生活，真实而别致。

3. 西域城市风貌

西域行记中对所经西域城市景观多有描述，随笔而记的形式比之志书的刻板记载更为生动。如杨炳堃《西行纪程》中的巴里坤，作者注意到此地商业发展情况：

> 巴里坤有满城有汉城，贸易市厘均在汉城，铺面民居甚为稠密，唯来往商旅均走小南路，北处买卖顿为减色。[1]

从哈密至西域腹地有三道，其中小南路系捷径且不收税，故商旅多由此处经行，虽政府一度明令封路，而屡禁不止，商旅绕道小南路也给巴里坤经济造成了损失。《西行纪程》所载木垒也颇有特色：

> 有大店五六家，修整宽大，街西南有大河一道，雪水、泉水汇为一处，滔滔不绝，名木垒河，地以水得名，阛阓相望，民户约千家，屠沽酒肆，兼多蔬菜，俨然一大聚落。……十七日晴，自三个泉至木垒河休憩一日，适庙会，市演戏酬神，信步至会，周游一过。[2]

临河而建的木垒城，为清代天山北路的商业重镇，随着移民的不断经营，许多内地风俗也出现在此地。《西行纪程》中亦写道乌鲁木齐："乌垣规制一切仿照京师，具体而微，广狭异势，各街道起有

---

1 〔清〕杨炳堃：《西行纪程》，载《丝绸之路资料汇钞（清代部分）》，第453页。
2 〔清〕杨炳堃：《西行纪程》，载《丝绸之路资料汇钞（清代部分）》，第454页。

中路，有旁路，为车马来往所经。又有沟道，乃出水之口，两边市厘环列，皆山陕人所开设者。"张广埏笔下的乌鲁木齐则更为繁华：

> 住乌鲁木齐巩宁城内。行一百三十里近城，数十里山川秀润，卉木繁茂，过小村落，繁花夹道，掩映浅水间，潇洒有致，比视南中，仅少渔讴菱唱而已。巩宁城为迪化州治，都统领队镇迪道同驻一城，地为关外省会，文报四达，商贾辐辏，气象富庶，俨然中华一大郡，骎骎有"小苏州"之称矣。[1]

字里行间，可以看出张广埏对乌鲁木齐这座塞外边城的认同感。如第一章中所揭，从乾隆中期开始，经过数十年的经营，乌鲁木齐已经成为重要的塞外都会，从纪晓岚的《乌鲁木齐杂诗》到史善长的《轮台杂记》，清人对乌鲁木齐的记载总是充满赞叹之情，此处将乌鲁木齐视为"小苏州"，反映了这一时期乌鲁木齐城市经济繁荣的状况。

4. 记述西北交通道里

几部行记对于西北交通道里均有记述，其中尤以《辛卯侍行记》最为详细，以下略举一段，即可窥之一斑：

> 晦日，出辟展西门，向北折西。五里过水，二里有村墅杂木，上坡。二里降，二里又升。戈壁平旷无人烟，无草木，北山巉崿，积雪如银，道左沙阜逶迤如锯齿。二里下斜坡，九里下小坡。十里右有高阜，挖一穴以憩行人（东北有村曰汉墩）。六里过小

1〔清〕张广埏：《邮程琐录》，载《万里游草》，叶四四背—叶四五正。

河，道北数里外有村落。九里逾沟三道，有流水，左右有回村。六里二工（西南通雅图库，讹作丫头沟）。十里连木齐驿，吐鲁番，《西域图志》作连木齐木（旧音勒木津，《新疆识略》作连木沁）。有行馆面北（光绪四年，精善马队营官王某建，有老榆，大二抱），计行六十三里（车店三，汉人及回商各二十余家。缠回九十户。温泉数处，汇成小河，西南流七十里至色尔启布，歧为三：北渠西北流四十余里至鲁克沁城北，其南渠西流至鲁克沁南，其东渠向南六三十里至东湖，均溉田无余。纂修《西域图志》诸官以连木齐为汉车师后城长国。保廉按：《汉书》后城长在郁立师国之东，郁立师北与匈奴接，则后城长亦北接匈奴。今连木齐之北为车师后庭，是后城长不在此也）。[1]

这段文字记载由鄯善出发赴乌鲁木齐沿途情形。陶保廉精于史事考证，每至一地，详考历史沿革，兼记相关史事。他还参酌古今诸书，亲自询访，对比排查，最后指出前人记载的讹误，提出一家之言，这使得他对西域道路交通情况的记载尤为重要。论者评此书谓："这些资料，有的采自地方志和其他史书，有的得自地方官员的册报，有的是当地官员亲自探寻道路的记录，有的是'询之老兵，得诸蒙回及回鹘猎者'。这些史书不载，由作者调查得来的资料是十分珍贵的。在《侍行记》之后，凡是研究丝绸之路的学者，无不重视《侍行记》的有关记载。"[2]

1〔清〕陶保廉著，刘满点校：《辛卯侍行记》，兰州：甘肃人民出版社，2002年，第391—392页。

2〔清〕陶保廉著，刘满点校：《辛卯侍行记》，"前言"第4页。

5. 西域杂记

除了以上较有共性的内容之外，行记当中有关西域社会的各类杂记也颇有意义。如杨炳堃对于乌鲁木齐书院的记载：

> 十八日出东门，至轮台书院送孟大臣（巴里坤孟保）。书院本名虎峰，前任迪化州独立营造，为教育八旗子弟而设，经都护奏明奉谕，旗人子弟当以骑射为根本，一涉文学，驯至流为怯弱，禁止创设，此处遂作为送迎暂憩之所[1]。

轮台书院的前身为"虎峰书院"，创建于乾隆年间，与纪昀同时谪戍的湖南湘阴人徐世佐曾于此处任教习，之后书院情况就鲜有记载。《西行纪程》提供了这座书院的线索：咸丰年间书院虽然还在，只是早已名存实亡。

清代乌鲁木齐城内有不少宴会佳处，智珠山是最负盛名者之一，《西行纪程》对之也有记载：

> 十七日和习之招游蜘蛛山，今名智珠山。……地当红山嘴，西距城约五里许，上有文昌庙，八蜡祠，面山临水，云树绵延，极目空阔，一洗尘嚣之习，成果亭格任都护时，题为来青阁，旁有联云："一水护田将绿绕，四山排闼送青来。"殊为切当。厅壁西面粘有徐斗垣午山山水画一大幅。[2]

清人描写智珠山宴游的诗作颇多，但多注重写欢宴场景。杨炳

1〔清〕杨炳堃：《西行纪程》，载《丝绸之路资料汇钞（清代部分）》，第463页。

2〔清〕杨炳堃：《西行纪程》，载《丝绸之路资料汇钞（清代部分）》，第461页。

堑首次由远及近地描述了智珠山的全景，展示出其优雅的人文气息。

三、西域行记的文学价值

五部行记的作者均系能文之士，这些行记虽然不是单纯的文学作品，但也展现出浓厚的文学意味，在某种程度上可以视为记行文学。

如王大枢《西征录》中所述在哈密梧桐窝的经历，颇有传奇色彩，兹引录如下：

哈密至乌鲁木齐有二道，北道由巴里坤，南道由土鲁番。北道行雪山中，即天山，极寒。予时走南道。由头铺、三铺、沙枣泉、梯子泉至瞭墩，山顶有古台可望远。至梧桐窝，梧桐盖胡桐之讹，即唐《本草》胡桐泪树，此间始有。逆旅老人同吾姓字宗英者，长安人也，吹笛娱客，予因有感于昔者，尝纂《律吕辑略》一书，颇费稽考，乃仓皇散失，不能忘怀，率成一律，即以赠老人云："八十四声六十调，数起黄钟迄变宫。截竹苟能谐鸳鸯，扣盘行且试钟筒。相生古法曾经手，对语新巢已扫空，此日但闻羌笛引，断肠清泪滴胡桐。"老人得诗喜，乃出所藏唐睿宗御书《景龙观钟铭》帖本见酬，隶楷朱篆，古藻耀目，且嘱曰"此去有怪风，得此可辟"。予感其意而未信其言也。
……至三间房，时八月十五夜，边秋旷远，沙月亦自来照人，奈独店缺沽，正海怀殷渴，忽有辽阳勇弁往和阗驻防者呵驺而至。才交语若故欢，即指其途间射得所谓黄羊者欲煮，出大皮葫芦倾烧酒，就土炕上传杯剧饮。老杜诗所云"黄羊饫不膻，芦酒多还醉"恰有此趣，既醉，勇弁脱剑作公孙大娘舞，同事刘就壁间捻琵琶作昭君出塞声，予亦高唱长苏公大江东去词，勤儿亦从旁击缶以和之，相与喧阗攘袂，不觉达晓。比晓而勇弁径去，惜哉竟未询其姓字也。[1]

勇弁既去，予等亦启行，天渐晓路渐分，但见平沙悄悄，白骨盈途，遥天远岫，仅余一发。俄而黄雾沉空，阴霾飒面，驼马之属，皆跑地鸣吼，而身上虮虱亦嚼嚼出领袖间，忽羊角陡起，惊沙坐振，轮掀马踬，咫尺迷离，但闻雷霆格斗，江海翻腾之声，曾不自知身之为腾为掷为帆翔为鹘退为蓬转也，簸荡至午夜，始达十三间房，撖尘坐定而心犹摇摇，始信吾宗老人之言不予欺也。[1]

文中先写给老人赠诗获酬钟铭帖本，再穿插入与辽阳勇弁在夜月纵歌豪饮，复又挽结到在十三间房遇大风回想老人之言作结，整个故事情节跌宕起伏，炫人心目。

有时行记作者们还将沿途所见所感系之于诗，这更为行记增添了浓厚的文学色彩。王大枢《西征录》最为典型，入西域境内首次看到天山之后，诗人喜不自胜作《戏次昌黎〈陆浑山火〉原韵并拟其体赋〈天山雪〉一首》，诗云：

行到天山不见山，山头积雪极天顽。寒云只惯摩金翅，春色何因度玉关。笛里梅花空削色，樽前竹叶漫开颜。惟应消作东流水，收拾银盂逐马还。[2]

1〔清〕王大枢：《西征录》，载《古籍珍本游记丛刊》第13册，第6734—6738页。
2〔清〕王大枢：《西征录》，载《古籍珍本游记丛刊》第13册，第6730—6731页。

该诗摹写雪山高峻、雪花漫舞的雄奇景象。行进至达坂城过夜与旅人吴启元萍水相逢，也有诗作相赠。《西征录》记载："达阪之北划然开豁，有城曰达阪城，询其地名曰喀喇巴尔噶逊，方言殊异始见于此。过此有盐池一望晶然，予疑为雪也，至土墩，忽夜积雪寸许。晓起，亦一望晶然予又疑为盐池也。土墩有迁客吴启元，字愧山，泉州人，原任游击，萍水之余乃樽酒饮洽敦楼为礼，甚难忘乎其人也，予得句因题其壁云。"所作亦较为工整：

> 流水变鸣琴，高风响急砧。天山一夜雪，羁客五湖心。桃叶春江远，梅花庾岭深。相逢舞剑器，都作《白头吟》。[1]

虽与吴启元并不相识，但于逆旅之中一见如故，在畅饮之余，也让作者顿起万里漂泊之慨。

西域行记的另一个重要价值，是记录他人诗作，这不仅是行记文学性的表现，也具有保存文献之功。在《西征录》中，王大枢多次记载前人的题壁诗：

> 红柳园壁间有句云："万里白云常作雪，一林红柳不留春。"店翁云："此马尔泰诗也。"[2]

> 梧桐窝粉壁题句特多，大都迁客之词。中有《晦日》一首，署厄〔辰〕州题而不著名氏。……录其诗曰："传柑饯腊客途中，处处春符映户红。广莫谁言无瑞应，翔天一凤下梧桐。"又有盱

1〔清〕王大枢：《西征录》，载《古籍珍本游记丛刊》第13册，第6755—6756页。
2〔清〕王大枢：《西征录》，载《古籍珍本游记丛刊》第13册，第6719页。

晗蔚问亭诗二首，摘录其句云："马行日暮蹄尤疾，人到天涯眼更空。绝域昼寒惟雪片，故园春暖正桃花。"又有句云："残雪压檐疑月上，长风刮地讶潮来。"意皆清俊，不独翔天一凤也。[1]

由十三间房至苦水有题壁句云："苦水亦有名，闻者口先噤。道旁苦心人，还作甘露饮。"[2]

及出关〔胜金关〕口，旅壁间见江右黄闲云句云："奔流吼地空浮白，怪石连天却吐青。"则又慨乎其言也。[3]

后来王大枢至伊犁，蔚问亭恰好在戍，两人得以相识，并结下了友谊。杨炳堃《西征纪程》当中也记载于逆旅所见题壁诗一首："接得家书喜莫殚，先于函面见平安。无多几句家常话，不厌翻来泪玄看。"[4]抒发旅途之中难以释怀的思乡情结。这些诗歌作者大都无考，但是他们的作品赖由行记保留，成为还原西域诗创作现场的宝贵材料。

总体来看，西域行记多采用日记体的体裁，形式大多自由灵活，可以随时记录感慨、抒发情感、资以考证等等，篇幅长短随意。这五部行记的成书时间从乾隆末年一直延续到光绪末年，几乎与清朝经营西域的时间相始终，在不同的时间段，西域地区社会风貌、人文图景都情景各异，它们不仅是作者本人精神面貌和个人心态的展

1〔清〕王大枢：《西征录》，载《古籍珍本游记丛刊》第 13 册，第 6736 页。

2〔清〕王大枢：《西征录》，载《古籍珍本游记丛刊》第 13 册，第 6740 页。

3〔清〕王大枢：《西征录》，载《古籍珍本游记丛刊》第 13 册，第 6741 页。

4〔清〕杨炳堃：《西行纪程》，载《丝绸之路资料汇钞（清代部分）》，第 456 页。

露，也构成一幅长达百年的历史风情画卷。

第二节　西域诗专题研究

关于清代西域诗，星汉先生《清代西域诗研究》一书已有全面系统的研究，本节从作品和诗人两个角度，择取几个为人忽视的角度，力图以点窥面，展示江南籍西域诗人的创作，以期对清代西域诗史略做补充。

一、清代江南文人的"伊犁杂咏"

作为清代西域的政治文化中心，伊犁地区是西域文人聚集最为密集的地方，甚至在乾嘉时期一度形成盛极一时的"伊犁诗坛"。以"杂咏"的组诗形式展现地域风貌在清代伊犁蔚然成风，其始作俑者为庄肇奎的《伊犁纪事二十首效竹枝体》。其后，陆续出现了朱腹松《伊江杂咏十首》、陈中骐《伊江百咏》[1]、舒其绍《伊江杂咏》《消夏吟》、陈寅《次舒春林伊江杂咏二十首》、洪亮吉《伊犁纪事诗四十二首》、汪廷楷《伊江杂咏》、唐道《伊犁纪事诗三十八首》、张广埏《伊江竹枝词》、方士淦《伊江杂诗十六首》、志锐《伊犁杂咏》等。这些诗人，除陈中骐为湘潭人，方士淦为安徽人，末任伊犁将军志锐为满人，舒其绍是河北任丘人，其余均系江南籍文人。

"伊犁杂咏"重视展现西域风土人情，属于广义的竹枝词范畴。题材涵盖面广阔，几乎包括了清代伊犁自然与人文状况的各个方面，标志着清代伊犁地区形成以展现地域风貌为核心的诗歌创作风尚。

---

1 名为百咏，实存诗五十四首。

综其要者而言，其所涉及的内容主要包括以下四个层面：

1. 民俗风情

反映伊犁地区的民俗风情是这些组诗的重要内容之一，伊犁城是各民族共建的结果，不同民族共同栖居于此，构成伊犁多元文化共存的状态，这一特点通过诗歌折射出来。

庄肇奎《伊犁纪事二十首效竹枝体》中写到少数民族的游牧习俗："家室频移几幕毡，屯耕游牧两生全。"（其十四）[1] 由于生活逐渐稳定，在游牧的同时他们也开始从事耕种。又写服饰、饮食的习惯："一双乌喇跪阶苔，库库携将马湩来。"（其十六）作者在自注中解释："以皮为靴，名乌喇，底皆软。""以马乳为酒，置之皮筒，其筒为库库。"[2] 马乳酒即马奶酒，在清代西域除了葡萄酒之外，马乳酒也深受人们的喜爱，直到今天仍然是风靡全疆的饮品。这在汪廷楷的诗中也有描写："中外车书文轨同，韦韝毳幕亦醇风。羌人供馔惟膻肉，黑子娱宾尚马酮。"注语谓："夷人取马乳酿酒，名为马酮，夷语谓之阿拉战。"[3] 展现出西域地区居民喜欢肉食，尚饮酒的生活习俗。

清代伊犁主要民族有汉族、满族、蒙古族、维吾尔族等，组诗中对各民族的习俗都有展现。清代伊犁生活的蒙古族系厄鲁特部，经过战乱之后，人口集聚复多，清廷将伊犁蒙古部众组成厄鲁特营。乾隆三十六年（1771）土尔扈特部回归，初被安置伊犁，故此地也有部分土尔扈特部民众。舒其绍《鄂博》《跳布札》二作，系描写

1〔清〕庄肇奎：《伊犁纪事二十首效竹枝体》，自《胥园诗钞》，载《清代诗文集汇编》第 363 册，第 52 页。

2〔清〕庄肇奎：《伊犁纪事二十首效竹枝体》，自《胥园诗钞》，载《清代诗文集汇编》第 363 册，第 52 页。

3〔清〕汪廷楷：《伊江杂咏》其七，载《西行草》，叶二五背。

蒙古族习俗：

> 鄂博高高石作堆，云旗风马集灵台。番儿较猎阴山下，日把金钱掷几回。(《伊江杂咏·鄂博》)[1]

> 茜衫黄帽语啾嘈，法鼓冬冬驾六鳌。匝地戎羌齐下拜，这回堪卜诵声高。(《伊江杂咏·跳布扎》)[2]

前一首自注云："山头垒石插标，奉为神明，额鲁特、土尔扈特等过之，刑牲以祭。""鄂博"即"敖包"，本系路标，后成为祭神的场所，鄂博上有禄马风旗。过往路人投石其上以祈祷平安。"番儿较猎阴山下"说明祭祀活动中也有田猎等体育竞赛，《新疆礼俗志》的记载可与此互参："每年四月，官民贞吉祀鄂博。祀毕，年壮子弟相与掼跤驰马，以角胜负。"[3]后者注语云："普化寺喇嘛装扮神鬼，寺前跳舞，堪卜张盖高作诵佛经祓除不祥，即古傩礼也。""跳布札"系藏传佛教习俗，在宗教节日里喇嘛装扮成神佛魔鬼等，诵经跳舞以驱邪。除了蒙古族之外，满族、锡伯族、达斡尔族都信仰藏传佛教。陈康祺《郎潜纪闻》中就曾记载"〔喇嘛〕其演法则有跳布札、放乌卜藏诸技"[4]。这一藏传佛教习俗在西域也广为流行。

伊犁地区的满族居民多系由内地迁移而来的携眷官兵，汉族居

1〔清〕舒其绍：《听雪集》，载《清代诗文集汇编》第403册，第376页。

2〔清〕舒其绍：《听雪集》，载《清代诗文集汇编》第403册，第383页。

3〔清〕王树枏撰：《新疆礼俗志》，载《中国方志丛书》，台北：成文出版社，1968年，第7页。

4〔清〕陈康祺：《清代史料笔记丛刊·郎潜纪闻初笔》，北京：中华书局，1984年，第7页。

民既有在此处驻防的绿营眷兵，还有商户、流人等。仅乾隆末年种地遣犯就达到千余名。这些满汉军民也将本民族的风俗带入伊犁。舒其绍《菩萨庙》诗中描绘：

> 慈云片片覆山隈，座上莲华并蒂开。镇日香风吹不散，两行红粉对歌台。[1]

注语谓此庙"流人公建，规模壮丽，二、六、九月大会，士女如云，秉兰赠药之风，同于溱洧"。所写当为庙会场景。其《看春灯》写元旦灯节之景：

> 元宵结伴踏春灯，屃赑鳌山十二层。金缕鞋高香印窄，防他石磴滑于冰。[2]

注云："元宵，关圣庙灯火甚盛，妇女成群，遗钿拾翠，具见太平景象。"据此可知元宵灯会是在关帝庙举行。张广埏也在《伊江竹枝词》中写道：

> 瑶街冰骨峙嵯峨，灯夕声铿红绣靴。好趁一轮明月色，鼓楼西畔听农歌。（其一）[3]

---

1 〔清〕舒其绍：《伊江杂咏》，自《听雪集》，载《清代诗文集汇编》第 403 册，第 376 页。

2 〔清〕舒其绍：《听雪集》，载《清代诗文集汇编》第 403 册，第 383 页。

3 〔清〕张广埏：《万里游草》，叶三七背。

注云："屯地兵民于元宵扮演诸戏，唱秧歌，与内地相似。"描写了元宵节灯会唱秧歌演戏的场景。

多民族在共同地域内的生活，也启发各民族之间相互借鉴生活智慧，形成一些有地域共性的习俗。比如舒其绍《高脚车》记载西域地区载货时一般用高脚车："车盖高高车轴长，任他推挽过山梁。可怜骐骥传天马，一例盐车困太行。"[1]注语谓："车箱如常式，惟轴长八尺，轮高五尺，千斤重载率以一马曳之。"又如《爬犁》："轻于划舫小于槎，匝地冰霜骑影斜。何似故园买春牸，长杨风里短辕车。"[2]注语谓："似车无辕轮，冬日冰雪以马曳之如飞。"冬日伊犁雪大，且路面易结冰，出行载物习惯用"爬犁"，这些描写都颇具地方特色。

2. 社会生活

清朝设伊犁将军后，相当长的一段时间内，西域都保持着稳定发展的局面。方士淦道光初年至伊犁，曾在诗歌中感慨："承平五十载，耕凿六千家。回纥常栖寺，汾阳此建牙。独将苛政去，尤沐圣恩加。"[3]社会生活的安定繁华，在组诗中的表现也是广泛而多元的。

（1）广为屯田

为配合西域用兵，自康熙年间，在西北地区屯田成为清朝的战略方针。乾隆朝平定西域后，全疆范围内的屯田成为巩固统治、稳定边防的重要举措。伊犁地区为全疆政治经济核心，也是北路重点

---

[1]〔清〕舒其绍：《伊江杂咏》，自《听雪集》，载《清代诗文集汇编》第403册，第383页。

[2]〔清〕舒其绍：《伊江杂咏》，自《听雪集》，载《清代诗文集汇编》第403册，第383页。

[3]〔清〕方士淦：《啖蔗轩诗存》，《华东师范大学图书馆藏稀见丛书汇刊》第39册，第399页。

屯田区域。从乾隆二十五年（1760）始，伊犁地区的屯田逐年展开，形式有回屯、兵屯、犯屯、民屯、旗屯。长期屯田不仅解决了伊犁人口的生计，也切实带动了区域农业经济的发展。汪廷楷《伊江杂咏》其三中有对屯田景象的描写："云屯穑事媲江乡，兵亦能农筑圃场。"句下自注云："将军念八旗兵丁生齿日繁，钱粮限于定额，奏请开垦屯田，兵食藉以充裕。"[1]亦兵亦农，是绿营兵屯的特点。诗歌连同注语指出了屯田的目的以及成效，稻田千顷的景象堪比江南。

庄肇奎《伊犁纪事二十首效竹枝体》组诗中对于屯田的描写也比较集中，他说伊犁"土膏肥沃雪泉香，尽有瓜蔬独少姜"（其二）。句下注云："惟姜携来率干枯不可种。"[2]除了个别蔬菜（如生姜之类）不宜种植外，其他瓜蔬品种繁多。"春水穿沙到麦田，野花初试草连阡。沿渠抽满新蒲笋，带得长镵不用钱。"（其六）诗下自注："伊犁不产笋，惟蒲根颇鲜嫩可食，名曰蒲笋。"[3]写在引水屯田的同时，还能收获其他野菜。再如："面白于霜米粒长，千钱一石价嫌昂。鸡豚蔬果家家有，肉贱无如牛与羊。"（其十七）诗下自注云："米面皆论斤，每百斤市钱八百，值银一两，较之一石数差少，故以千钱约计也。"[4]写伊犁地区米面质量较好，但价钱较贵，其余农副产品均供应充足。在这些诗作当中，比较有特点的是写固尔扎城回屯之作：

车载粮多未易行，六千回户岁收成。造舟运入仓箱满，大

1〔清〕汪廷楷：《伊江杂咏》，载《西行草》，叶二四背。
2〔清〕庄肇奎：《胥园诗钞》，载《清代诗文集汇编》第363册，第51页。
3〔清〕庄肇奎：《胥园诗钞》，载《清代诗文集汇编》第363册，第51页。
4〔清〕庄肇奎：《胥园诗钞》，载《清代诗文集汇编》第363册，第52页。

漠初闻欸乃声。（其十八）[1]

诗歌自注云：“每岁回户纳粮，自古尔扎至惠远城大仓，车费甚巨，因造舟由伊犁江载运。”乾隆二十五年二月，清廷从阿克苏等地迁移三百名维吾尔人至伊犁屯田，开启伊犁回屯的前奏。次年年初，复迁移五百户维吾尔人至伊犁，到了乾隆三十三年，规模已经达到了六七千户。清政府为此专门在伊犁九城之一的宁远城内设立阿奇木伯克衙署、伊什罕伯克衙署，总理回屯事务。“伊犁回屯上交的屯粮用于支放当地驻防八旗官兵的口粮”[2]，每年收成后要运往惠远大城，为了节省成本，伊犁河上专门开展了漕运，此诗就是对这种情况的真实写照。

（2）商业贸易

乾隆二十五年（1760），清朝根据形势变化，决定将伊犁开放为与哈萨克、布鲁特等归附部族的贸易点，施行以货易货的商贸政策，主要输出绸缎、棉布、茶叶等生活用品，换购哈萨克、布鲁特的马、羊、牛、驼等牲畜。《清实录·高宗实录》三十一年五月条载“现与哈萨克交易马匹，著多换驹、骡。于乌什地方择水草佳处，多置牧厂，加意畜养，以广孳生”[3]。三十二年九月条亦载：“伊犁换获哈萨克马匹，近年为数渐多。……除将盈余解送甘省内地外，即由近及远，递次充补陕西、山西、河南、山东等省缺额。”[4] 杂咏组诗中对于与边境贸易之事表现颇多，如庄肇奎云“许令哈萨克通商，十万

1　〔清〕庄肇奎：《胥园诗钞》，载《清代诗文集汇编》第363册，第52页。

2　王希隆：《清代西北屯田研究》，乌鲁木齐：新疆人民出版社，2012年，第197页。

3　《清实录·高宗实录》卷七六一，《清实录》第18册，第371页。

4　《清实录·高宗实录》卷七九五，《清实录》第18册，第736—737页。

驱来大尾羊。在昔空劳无远略，我朝宛马岁输将"（《伊犁纪事二十
首效竹枝体》其十三）[1]，洪亮吉诗云"谁跨明驼天半回，传呼布鲁
特人来。牛羊十万鞭驱至，三日城西路不开"（《伊犁纪事诗四十二
首》其六）[2]，自注谓："布鲁特每年驱牛羊及哈拉明镜等物至惠远城
互市。"这首诗反映了布鲁特人前来贸易的景象，所谓互市，就是
以实物进行贸易的形式。

为了贸易往来正常有序地开展，惠远城西门外还专门设置了
贸易亭。《伊江集载》谓："伊犁向例止准哈萨克、布鲁特、安集延
三部落在本地通商，易换羊、布。在惠远城西门外设立贸易亭，为
其卖货之所，历年已久，颇属相安。"[3]伊犁杂咏对此也有很多描写，
如朱腹松诗云："山寺风摇殿角铃，铃声远隔数峰青。牛羊满地无
人牧，古树斜阳贸易亭。"（《伊江杂咏十首》其三）其中对贸易亭
自注称："与哈斯哈克通商处。"[4]舒其绍诗中也写到了贸易亭："四
塞冰消草色侵，牛羊包裹列亭阴。天家百宝如山积，柔远宁羌一片
心。"（《伊江杂咏·贸易亭》）[5]设立贸易亭，商民们可以在其中自行
换买，也是政府进一步加强贸易管理的措施之一。

（3）物产丰饶

伊犁地区物产丰饶。舒其绍在《伊江杂咏》中就专门介绍了煤
资源，《炭煤》诗云：

南北诸山产煤极旺，色黝黑，非石非木非土，价廉而用普，

1〔清〕庄肇奎：《胥园诗钞》，载《清代诗文集汇编》第363册，第52页。
2 洪亮吉著，刘德权点校：《洪亮吉集》，第1211页。
3《伊江集载》，载《清代新疆稀见史料汇辑》，第122页。
4〔清〕朱腹松：《塞上草》卷一，叶一四背。
5〔清〕舒其绍：《听雪集》，载《清代诗文集汇编》第403册，第377页。

余在滇南见所产煤与此相类，惟色黄耳。

　　木石深山没草莱，万家烟火斫云隈。竺兰去后东方少，谁向昆明辨劫灰。[1]

朱腹松、唐道诗中也有类似描绘：

　　老树垂阴覆短檐，编萝为障草为帘。昼长人静炉烟冷，自起敲煤作炭添。（《伊江杂咏十首》其四）[2]

　　山煤土产不寻常，无毒偏宜有毒伤。但得青消烟一缕，鸭炉正好爇都梁。（《伊犁纪事诗三十八首》其十六）[3]

　　朱腹松诗歌后的注语，尤其夸赞道："伊犁煤甲西北，焚香煮茗俱用之。"可以看出伊犁煤质量上乘，颇受欢迎。伊犁地区于乾隆三十一年（1766）立铅厂，三十八年立铁厂，四十一年立铜厂，四十七年立煤窑[4]。《伊江汇览》中最早记载了伊犁地区煤矿开发的情况：

　　惠远城北之空鄂罗俄博产烧煤焉。自我兵移驻以来，开窑采取，凡坚而无烟者，灰尽色白，易燃耐久，经夜不熄，见风而醉者为佳。其有铜星之种，燃灰色红，而有琉璜烟气者次之。窑距城仅十余里，往返最为近便，迩年商民开之数十窑，日可

1〔清〕舒其绍：《听雪集》，载《清代诗文集汇编》第 403 册，第 377 页。

2〔清〕朱腹松：《塞上草》卷一，叶一四背。

3〔清〕唐道：《西陲纪游》附，叶二背一叶三正。

4《钦定新疆识略》，载《中国地方志集成·新疆府县志辑》第 1 册，第 249—250 页。

出煤数千车。其窑之深，不过一二丈，即可得煤。或随道仄磴，旁启深通，或巨緪辘轳，系取引上。计一窑所得工作，亦止七八人，第侧入幽邃，昼则燃灯，负至洞口，恒以为苦。其八旗官兵，以车赴山拉载者，每车山价银三钱七分五厘，是为官价。而民人购买，则每车价值五钱。四城军民炊爨皆仰给焉。他如惠宁城之东北辟里沁、莫和图、阿里木图三处山沟，俱有煤炭，且距惠宁城亦只十余里。近皆无人赴彼开窑者，若将来采挖有人，诚伊江之利薮也。[1]

伊犁煤矿坐落在惠远城北部的空鄂罗山中，此地煤炭的产量、质量都比较高，官私均可购买，足以供应惠远城居民使用，大大改善了百姓的生活。

伴随着移民的到来，西域的采矿业得到了快速发展。庄肇奎诗中描写了伊犁产铜铁："铜铁金从山上产，屯耕需铁采将来。宝伊钱局需铜铸，惟有金沙禁不开。"[2]当地有丰富的铜铁金矿产，除了金矿因为清政府禁令没有开采，铜矿、铁矿皆用于铸造钱币和生产工具之中。

伊犁水资源丰富，渔业发达，是西域重要的产鱼区，庄肇奎诗记载："伊犁江上泮冰初，雪圃才消未有蔬。齐向鼓楼南市里，一时争买大头鱼。"[3]句下自注云："伊犁大头鱼颇肥美，每岁二月中，河泮可得。"刻画出伊犁初春时节蔬菜稀少，却盛产野生鱼，人们

1《伊江汇览》，载《清代新疆稀见史料汇辑》第2册，第9页。

2〔清〕庄肇奎：《伊犁纪事二十首效竹枝体》其二十，自《胥园诗钞》，载《清代诗文集汇编》第363册，第52页。

3〔清〕庄肇奎：《伊犁纪事二十首效竹枝体》其五，自《胥园诗钞》，载《清代诗文集汇编》第363册，第51页。

纷纷购买河鱼的场景。洪亮吉亦云："结客城南缓步回，水云宽处浪如雷。昨宵一雨浑河长，十万鱼皆拥甲来。"[1]自注谓："伊犁河鱼极多，皆无鳞，而皮厚如甲。"[1]张广𡐣诗中亦写道："沙河水涨雪消初，枯木湾头集晓渔。不解风波江上恶，愿郎网得大头鱼。"[2]注语云："伊犁河鱼，巨首皴皮，类鲟鳇，俗呼大头鱼。"据这些诗歌中的描述，这种无鳞的"大头鱼"似为裸腹鲟，又名青黄鱼，是一种大型肉食性鱼类。它和汪廷楷、庄肇奎诗中提到过的四鳃鲈，都是伊犁地区的特产。

伊犁的瓜果向来受人欢迎，洪亮吉诗中对此有所描述："山沟六月晓霞蒸，百果皆从筬上升。买得塔园瓜五色，温都斯坦玉盘承。"[3]注语谓"果子沟至六月百果方熟。伊犁北郭外满洲驻防塔章京园内有五色瓜。温都〔斯〕坦制玉盘盂等极精，伊犁亦时有之"[4]以来自异域的玉盘盛色彩鲜艳的瓜果，可谓别具风情。

伊犁野生动物种类很多，洪亮吉诗写伊犁地区的蛇："芒种才过雪不霏，伊犁河外草初肥。生驹步步行难稳，恐有蛇从鼻观飞。"[5]自注云："伊犁南山下有异蛇一种，遇骡马即直立如梃，或入马鼻中啖脑髓，马遇之无不立死。"他还曾写到伊犁将军每年秋季围猎所得："将军昨日射黄羊，亲为番王进一汤。百手尽从空里举，更

1〔清〕洪亮吉：《伊犁纪事诗四十二首》其三十九，载刘德权点校：《洪亮吉集》，第1215页。

2〔清〕张广𡐣：《伊江竹枝词》其五，《万里游草》，叶三八正。

3〔清〕洪亮吉：《伊犁纪事诗四十二首》其三十四，载刘德权点校：《洪亮吉集》，第1214页。

4 方括号内为原著缺字，作者补。

5〔清〕洪亮吉：《伊犁纪事诗四十二首》其二十二，载刘德权点校：《洪亮吉集》，第1213页。

凭通事贡真香。"[1] 唐道诗亦载:"出巡游牧届端阳,部落恭迎进酪浆。到得打围秋正半,兽肥草浅角弓强。"[2] 自注云:"将军每岁端阳前出巡阅马,中秋后行围。"每逢围猎之际,各部落均参与其中,可见其盛况。

3. 自然景观与人文景观

迤逦西来,伊犁地区卓绝特异的自然风光,都会给诗人们留下特别的审美感受。在他们的诗作中,既有对自然胜景的宏观描绘,如"雪岭高高天半分,雪蚕雪鷇冷斜曛。青山底事头争白,我欲携壶问塞云"[3]"荡云沃日不通潮,水是琼浆海是瑶。战罢玉龙三百万,败鳞残甲未全销"[4],也有局部性的细节描写,如写赛里木湖:"赛里谟边海不波,片鳞织芥净于罗。西泠别后潺暖水,比似春愁何处多。"诗小序云:"淖尔,译言海子。在三台界,森森泓波,涵天荡地,荇藻不生,鱼虾绝影,间投一物,顷刻浮岸,土人称为净海。"[5] 此诗为舒其绍所作,在这位曾于江南任官的诗人眼中,赛里木湖的胜景堪与西湖相媲美。

过了赛里木湖就进入塔尔奇岭的天地壮观。塔尔奇岭即果子沟,舒其绍诗写道:"海上三山信有无,却从塞外见蓬壶。岩花结子殷

1〔清〕洪亮吉:《伊犁纪事诗四十二首》其二十一,载刘德权点校:《洪亮吉集》,第 1213 页。

2〔清〕唐道:《伊犁纪事诗三十八首》其二十三,《西陲纪游》附,叶三背。

3〔清〕舒其绍:《伊江杂咏·雪山》,自《听雪集》,载《清代诗文集汇编》第 403 册,第 375 页。

4〔清〕舒其绍:《伊江杂咏·雪海》,自《听雪集》,载《清代诗文集汇编》第 403 册,第 376 页。

5〔清〕舒其绍:《伊江杂咏·赛里谟淖尔》,自《听雪集》,载《清代诗文集汇编》第 403 册,第 375—376 页。

红色，知是蟠桃第几株。"[1] 序中亦充满惊异之情："奇峰插天，怪崖倾日，万松排翠，积雪连云，奇葩硕果，点缀青红，不可名状。欧阳文忠诗'可怜胜境当穷塞，翻使流人恋此邦'，殆为是咏叹。"

进入伊犁后，他更加惊叹这里雪山与江水相伴的美景，诗云："雪涨春山第一流，伊江西去夕阳收。"[2] 伊犁地区因有贯穿而过的伊犁河而灵气倍增，构成了这里特有的胜景。

伊犁杂咏也比较集中展现了伊犁地区的城市生活。除了歌颂这座边塞重镇的繁华富庶之外，许多诗人还关注到了当地的民生问题。如洪亮吉就记录了当地水利设施的修建："五月天山雪水来，城门桥下响如雷。南衢北巷零星甚，却倩河流界画开。"[3] 诗歌自注谓："四月以后，即引水入城，街巷皆满，人家间作曲池以蓄之，至八九月始涸。"这些诗作，为保留惠远城市史风貌提供了最原始的材料。庄肇奎诗歌亦透露了伊犁城中饮水来源：

> 戈壁滩头已驻兵，城中无水欲迁城。忽传军令齐开井，处处源泉万斛清。(《伊犁纪事二十首效竹枝体》其四)[4]

其诗后自注写道："城中乏水，故另倚河筑满城，为迁徙计。将军伊伯传令四处掘井，既得泉，遂不徙。"点明挖井举措最初是为

1〔清〕舒其绍：《伊江杂咏·果子沟》，自《听雪集》，载《清代诗文集汇编》第403册，第375页。

2〔清〕舒其绍：《伊江杂咏·伊江》，自《听雪集》，载《清代诗文集汇编》第403册，第375页。

3〔清〕洪亮吉：《伊犁纪事诗四十二首》其三十六，载刘德权点校：《洪亮吉集》，第1214页。

4〔清〕庄肇奎：《胥园诗钞》，载《清代诗文集汇编》第363册，第52页。

解决惠远城饮水问题。

伊犁杂咏系列组诗中多有对于伊犁地区的人文景观的描写，舒其绍的《消夏吟》及陈寅《次舒春林伊江杂咏二十首》较有特点[1]，略举数首如次：

> 大野雪漫漫，孤城草际看。黄云痴不落，白日瘦生寒。鸡犬通秦语，貔貅列汉官。太平无一事，堠火报长安。(《芦草沟城》)[2]

> 大野望茫茫，奔流下夕阳。鸿声两岸雪，驼背一天霜。韦瓠蜻蜓并，奸兰虎豹藏。辅输军府重，瀚海见帆樯。(《古尔札渡口》)[3]

> 天堑环城郭，熊罴大合围。拔山开壁垒，背水簇旌旗。雪冷长蛟蛰，秋高万马肥。论功谁第一，定远老戎衣。(《冼伯营》)[4]

陈寅的和诗中有特色者为：

> 数里瞻城郭，行经饮马桥。玉关春度柳，星海远来潮。玩月人难遇，升仙路孔遥。百花开放处，离恨暂时销。(《广济桥》)[5]

---

1 按，陈寅所和乃舒其绍《消夏吟》二十首。
2 〔清〕舒其绍：《听雪集》，载《清代诗文集汇编》第 403 册，第 345 页。
3 〔清〕舒其绍：《听雪集》，载《清代诗文集汇编》第 403 册，第 346 页。
4 〔清〕舒其绍：《听雪集》，载《清代诗文集汇编》第 403 册，第 347 页。
5 〔清〕陈寅：《向日堂诗集》，载《清代诗文集汇编》第 398 册，第 685 页。

　　崇城高巇嶪，遥望五云东。关月无边白，车尘不断红。色
西文锦集，岱北马牛通。借问张骞使，何如尽向风。(《巴彦岱》)[1]

　　圣世恩垂物，当秋猎一围。云开森虎帐，风急卷星旗。葱
岭山林茂，伊江水草肥。营中劳帝念，远塞赐寒衣。(《洗伯营》)[2]

　　在这些组诗中，既有对广仁城、巴彦岱城的整体刻绘，也有对
城市中具体人文景观如广济桥、古尔札渡口的细节描写。两诗还均
写到锡伯营的驻防与生活情况，在清代西域诗中颇为少见。

　　伊犁杂咏所涉及的范围并非仅限于伊犁地区，诗人也将视野投
注到远方。伊犁河以南过穆素尔岭，可通乌什、阿克苏，是清代沟
通天山南北路的捷径和重要交通线。这条路线上的穆素尔岭俗称冰
岭，今称木扎尔特达坂、木扎尔特冰川。充满了神秘的色彩，屡屡
进入诗人的描写范围，如舒其绍所写："冰山蠹蠹曙光寒，万壑千
岩着脚难。百二斧斤齐得手，兽蹄争做指南看。"[3] 题下自注云："译
言冰山也。在伊犁、乌什之间，相距一百二十里。无土沙草木，玉
岫银峰，峻峭峭崿，有时崩裂，震若雷霆。下视窈黑，水声澎湃，
不见其底。陡绝处凿有冰梯。官设回民一百二十户主之。其冰长落
无常，时或突起，则高三五百丈，时或沉陷，则下数百丈，路更无准。
有兽，非狼非狐，每晨视其迹，践而循之，必无差谬。"舒其绍并
未去过穆素尔岭，但却用惟妙惟肖的诗笔勾勒出"想象的真实"。

1〔清〕陈寅：《向日堂诗集》，载《清代诗文集汇编》第 398 册，第 685 页。
2〔清〕陈寅：《向日堂诗集》，载《清代诗文集汇编》第 398 册，第 686 页。
3〔清〕舒其绍：《伊江杂咏·穆肃尔达坂》，自《听雪集》，载《清代诗文集汇编，
第 403 册，第 375 页。

4. 伊犁杂咏组诗其他方面的内容

伊犁杂咏组诗兼备竹枝词的体裁和特色，内容广泛，形式灵活，除了以上几个主要特点之外，组诗还涉及以下几个方面内容：

第一，记载伊犁地区的气候特点。如庄肇奎《伊犁纪事二十首效竹枝体》写道过伊犁夏季昼夜的温差："午余苦热更斜阳，偏较中原昼景长。茇茇草帘风细细，青蝇也怕北窗凉。"（其十）[1] 张广蜓之作与之相似："三庚晓起总如秋，亭午何曾薄汗流。翻是炎威斜日里，凉风不到望河楼。"[2] 诗后自注云："伏日午后酷热不减内地，二更以后可袭棉衣。"形象地道出了昼夜温差之大。"树头黄叶晚萧萧，未到中秋雪已飘。待得高楼玩圆月，御寒为上鬈边貂"一首，则又描写了边陲冬季来临较早，未至中秋节早雪即到来，确实符合边地气候的实际。

洪亮吉诗中也屡屡涉及伊犁多样的气候与自然风光，如描写伊犁的风雨："毕竟谁驱涧底龙，高低行雨忽无踪。危崖飞起千年石，压倒南山合抱松。"[3] 注语谓："伊犁大风每至，飞石拔木。"常常出现在西域诗作中的著名风区为十三间房、三个泉及达坂城，写伊犁大风雨的诗作尚不多见。从"危崖飞起千年石，压倒南山合抱松"可见作为江南人的洪亮吉，来到西域所受到的震撼。但是西域既有令人惊奇的风雨，亦有迷人的自然风光，再看其诗："古庙东西辟广场，雪消齐露粉红墙。风光谷雨尤奇丽，苹果花开雀舌香。"[4] 此诗展现了

1〔清〕庄肇奎：《胥园诗钞》，载《清代诗文集汇编》第 363 册，第 51 页。

2〔清〕张广蜓：《伊江竹枝词》其六，载《万里游草》，叶三八正。

3〔清〕洪亮吉：《伊犁纪事诗四十二首》其八，载刘德权点校：《洪亮吉集》，第 1212 页。

4〔清〕洪亮吉：《伊犁纪事诗四十二首》其十二，载刘德权点校：《洪亮吉集》，第 1212 页。

伊犁谷雨时节绚丽的风光，伊犁多苹果树，谷雨时节又正值花季，真可谓美不胜收。

第二，对伊犁地区官员及废员生活与心境的展现。庄肇奎诗云："丝线红缨不缀冠，但将品级顶加盘。一枝雀羽双貂尾，听鼓随班谒上官。"[1]自注谓："协领以下皆不戴红缨，但孔雀翎，夹以双貂尾为饰。"记录了官员的帽饰。洪亮吉诗中有一部分内容是涉及军府内部制度，如："橐笔频年上玉墀，虎贲三百笑舒迟。书生亦有伸眉日，独跨长刀万里驰。"[2]自注"废员见将军，例佩刀长跽"记录了遣戍的官员第一次见伊犁将军的礼数，要按规定穿短后衣，佩长刀，行跪拜之礼。洪亮吉经过政治打击而仕途跌落之后来到西域，天涯浪迹，俯仰依人，带有"时时语僮仆，恐不待朝景"的惶恐[3]，身份地位如同囚徒，但仍然壮心不已，祈盼能够效力边疆，有一番作为。

第三，在描写伊犁风物的同时，诗人们有时也不忘记抒发个人的情感。比如朱腹松"空庭草满碧无情，铁马频嘶入梦惊。明月楼头吹玉笛，隔墙并作断肠声"[4]，"听曲东邻月半沉，阳春何处觅知音。江南子弟边关老，唱断昆山泪满襟"[5]。面对边关景物，顿起思乡之情。再如陈寅的《赛里木海子》："横源何处起，泛滥据遐陬。迤逦山如抱，潆洄水不流。波中无一物，天外有三洲。过此堪凭眺，

1〔清〕庄肇奎：《伊犁纪事二十首效竹枝体》其十五，自《胥园诗钞》，载《清代诗文集汇编》第363册，第52页。

2〔清〕洪亮吉：《伊犁纪事诗四十二首》其二，载刘德权点校：《洪亮吉集》，第1211页。

3〔清〕洪亮吉：《二十日抵乌鲁木齐，那灵阿州守、顾揆、熊言孔、徐午三大令频日致饿，即席赋赠三十韵》，载刘德权点校：《洪亮吉集》，第1231页。

4〔清〕朱腹松：《伊江杂咏》其二，载《塞上草》卷一，叶一三背。

5〔清〕朱腹松：《伊江杂咏》其八，载《塞上草》卷一，叶一四背。

能消万斛愁。"[1] 在登高望远之际，流露出一种澹泊心境。可以看出，风土组诗并不局限于风土人情、民俗风情、自然景观等内容，并非仅仅关注于描摹客观事物营造无我之境，在自然山水的白描中也渗透着诗人的情感。

5. 伊犁杂诗其他文献问题考辨

唐道的《伊犁纪事诗三十八首》及《归自伊犁，喜述四十五韵》长篇五古附于《西陲纪游》之后。这些诗作与他的《西陲纪游》存在同样的问题：从内容上看，基本与庄肇奎《伊犁纪事二十首效竹枝体》《伊犁纪事》相同[2]。

以下首先按照两人组诗的顺序，对诗作内容加以对比（表3）：

表3 《伊犁纪事诗三十八首》与《伊犁纪事二十首效竹枝体》内容比较[3]

庄肇奎《伊犁纪事二十首效竹枝体》	唐道《伊犁纪事诗三十八首》
新辟龙沙版宇收，今皇威德古无俦。我曾穷极天南路，又到西方最尽头（伊犁在极西）。	远辟龙沙版宇收，今皇威德古无俦。我曾穷极天南路，又到西方最尽头。
	无雷无雨亘黄沙，龙漠荒荒那有涯。今日春霆震原隰，阴膏时亦沛田家。
	狂飙狌猎昔曾闻，卷起牛羊入乱云。今作催花春习习，时开北牖纳南熏。
	十丈深深雪不开，绝无人迹遍皑皑。只今滕六皆仁爱，兆瑞丰年应候来。

1〔清〕陈寅:《向日堂诗集》，载《清代诗文集汇编》第398册，第686页。

2《中华竹枝词全编》也意识到这一问题，并说唐道这组诗"与庄肇奎《伊犁纪事效竹枝体》有七首近似雷同"。通过逐一对比，情况确实如此。第365页。

3 表中括号内为原诗自注。

（续表）

庄肇奎《伊犁纪事二十首效竹枝体》	唐道《伊犁纪事诗三十八首》
土膏肥沃雪泉香，尽有瓜蔬独少姜（惟姜携来率干枯不可种）。最是早秋霜打后，菜根甘美胜吾乡。	土膏肥沃雪泉香，尽有瓜蔬只少姜（惟姜携来率干枯不可种）。最是早秋霜打后，菜根甘美胜他乡。
新疆形势地居巅，量度曾经初辟年。高过京师八百里（得伊犁后量地，约有此数），去天尺五古碑传（伊犁城西有汉张骞碑，有人摹得四句云：去鸿钧以尺五，远华西以八千，南通火藏，北接大宛）。	伊犁地势踞高边，晷测曾量初辟年。高过京师八百里（得伊后，曾以洋法晷影测地，其高约有此数），去天尺五古碑传（张骞碑云：去鸿钧以尺五，远华西以八千，南通火藏，北接大宛）。
伊犁江上泮冰初，雪圃才消未有蔬。齐向鼓楼南市里，一时争买大头鱼（伊犁大头鱼颇肥美，每岁二月中河泮可得）。	伊江縠皱泮冰初，雪圃才消未有蔬。人集鼓楼南市里，一时争买大头鱼（伊犁大头鱼颇肥美，每岁二月中可得）。
春水穿沙到麦田，野花初试草连阡。沿渠抽满新蒲笋，带得长镵不用钱（伊犁不产笋，惟蒲根颇鲜嫩可食，名曰蒲笋）。	春水穿沙到麦田，野花初试草连阡。沿渠抽满新蒲笋，带得长欓不用钱（伊犁不产笋，惟蒲根颇鲜嫩可食，名曰蒲笋）。
	先是缠头辟草莱，边储又复广屯开。深耕不用祈阴雨，万斛春山雪水来（伊犁少雨，亦不需雨，北山积雪，下消以灌春耕）。
家家院落有深沟，一道山泉到处流。罂粟大于红芍药，好花笑被舫亭收（余于署之西偏辟荒芜以莳花，甚茂，筑屋如舫，暇时每小憩焉）。	家家院落有深沟，一道山泉到处流。莺粟大于红芍药，好花咲被舫亭收（抚民庄丞，于署之西偏辟荒芜以莳花，甚茂，筑屋如舫，暇时每小憩焉）。
	异草移来挂屋楹，凌风放叶碎花明。怜渠独向虚空住，不肯拖泥带水生（有草生于石间者，凌风自生，著水即死，携悬屋楹，苗芽放葩，土人名曰湿死干活）。

（续表）

庄肇奎《伊犁纪事二十首效竹枝体》	唐道《伊犁纪事诗三十八首》
	花袍锦帽看秧哥（秧哥，回妇也）。手捧金樽媚眼波。舞罢更怜歌婉转，翻教唤起旅愁多（缠头回长台吉延予饮，有女回歌舞侑酒，亦有音节，殊不解耳）。
	花亦能娇草亦馨，最怜人尽是浮萍。雪山好比侬头发，一白从来不再青（天山积雪盛夏不消）。
寻巢双燕语呢喃，嫩柳夭桃三月三。如许风光殊不恶，梦魂长似在江南。	寻巢双燕语呢喃，嫩柳夭桃三月三。对景几忘家万里，偏教人说似江南。
果子花开春雨凉，垂丝斜弹嫩条长。一枝折赠江南客，错认嫣红是海棠（花嫩红色，枝条甚柔，名曰果子花）。	果子花开春雨凉，垂丝斜弹嫩条长。一枝折赠江南客，错认嫣红是海棠（果子花嫩红色，枝条甚柔，绝似海棠）。
	山煤土产不寻常，无毒偏宜有毒伤（有为煤毒所中，甚者死，轻者亦病）。但得青消烟一缕，鸭炉正好爇都梁（较炭更佳）。
午余苦热更斜阳（到晚尤热，想夕阳西沉为更近耳），偏较中原昼景长（自寅至戌，日长八时有余）。茇茇草帘风细细，青蝇也怕北窗凉（有绿草细长可作帘，名曰茇茇草）。	炎威最逼是斜阳（到晚尤热，以夕阳西沉为更近耳），晷较中原影更长（自寅至戌，日长八时有余）。茇茇草帘风细细，清宵苦短且乘凉。
	直到春深始见春，恶风偏妒杏桃新。赖他异卉称红柳，一种丰姿亦媚人（每遇花时辄被风害，惟红柳独繁茂）。
虞美人开遍小园，千层五色彩云屯。佛茄偏向黄昏放，别种幽香欲断魂（虞美人花萼高三寸，色浓艳，中原所不及。佛茄花香独幽烈）。	艳色丰肌虞美人，西来姿态一番新。佛茄花向黄昏发，差许熏香列下陈（虞美人花几高三寸，色称艳，中原所不及，佛茄花香独幽烈）。

（续表）

庄肇奎《伊犁纪事二十首效竹枝体》	唐道《伊犁纪事诗三十八首》
六月争求节署瓜（哈密瓜惟将军署中后圃所产最佳，移之他处种即变），剖开如蜜味堪夸。白居第一青居次，下品为黄论不差（瓜以白瓤者最佳）。	将军署圃产甘瓜（哈密瓜惟将军署中后圃所产最佳，移之他处种即变），火枣交梨珍有加。第一白佳青便次，黄斯下矣论无差。
许令哈萨克通商，十万驱来大尾羊。在昔空劳无远略，我朝宛马岁输将。	许令哈萨克通商，十万驱来大尾羊。自是怀柔恩德远，成群宛马岁输将。
家室频移几幕毡，屯耕游牧两生全。纷纷荒外诸蕃部，每岁轮班入觐天（哈萨克、布鲁克、厄尔古特、缠头回子等部，或汗、或比、或台吉，皆就其所称封之，皆请入觐。上许之，令按岁轮班）。	家室频移几幕氊，屯耕游牧各欢然。纷纷蕃部遝荒外，每岁输班入觐天（哈萨克、布鲁特、厄尔古特、缠头回子等部，或比或汗，或台吉，皆就其所称封之。以及额鲁特、洗泊、索伦、察罕尔等，又皆内蕃也）。
	出巡游牧届端阳，部落恭迎进酪浆。到得打围秋正半，兽肥草浅角弓强（将军每岁端阳前出巡阅马，中秋后行围）。
	天山野兽搏来新，手割薪燔味亦真。鹿尾下将马乳酒，老饕时复醉逡巡。
	三千罪属聚成群，总唤乡亲类各分。尽有居心成猾贼，也多满面是斯文（伊将军因伊犁发遣太多，嘱予草奏稿乞止发。计累年积匪猾贼多至三千人。上允所请，得少减）。
丝线红缨不缀冠，但将品级顶加盘。一枝雀羽双貂尾，听鼓随班谒上官（协领以下皆不戴红缨，但孔雀翎夹以双貂尾为饰）。	绛纬思披协领难，但将品级顶加冠，一翎孔雀双貂尾，听鼓随班谒上官（协领以下俱不戴红缨，但孔雀翎夹以双貂尾为饰）。
	上公下令遍传呼，榆柳新栽十万株。他日将军留树在，甘棠蔽芾荫边隅（将军保公命各部落暨军、商皆种树）。

151

（续表）

庄肇奎《伊犁纪事二十首效竹枝体》	唐道《伊犁纪事诗三十八首》
一双乌喇跪阶苔（以皮为靴，名乌喇，底皆软），库库携将马湩来（以马乳为酒，置之皮筒，其筒为库库）。好饮更须烧一过，胜他戴酒出新醅（伊犁人以戴酒为最佳）。	一双乌喇跪阶苔（以皮为靴，名乌喇，底皆软），库库携将马湩来（以马乳为酒，置之皮筒，其筒名库库）。好饮更须烧一过，胜他戴酒出新醅（伊犁人以戴酒为最佳）。
戈壁滩头已驻兵（戈壁，即瀚海），城中无水欲迁城。试传军令齐开井，掘处皆泉万斛清（筑城驻满兵后，城中无水，惟所恃河水入城，计欲迁徙，将军伊伯传令昼夜掘井，遂得泉，城乃不迁）。	戈壁滩头已驻兵（戈壁，即瀚海），城中无水欲迁城。忽传军令齐开井，处处源泉万斛清（城中乏水，故另倚河筑满城，为迁徙计。将军伊伯传令四处掘井，既得泉，遂不徙）。
面白于霜米粒长，千钱一石价嫌昂。鸡豚蔬果家家有，肉贱无如牛与羊（米面皆论斤，每百斤市钱八百，值银一两，较之一石数差少，故以千钱约计也）。	麦面如霜米粒长，论斤不斛价微昂。鸡豚蔬果家家有，肉贱无如牛与羊（米面皆论斤，每百斤，市钱八百，值银一两）。
	载得生煤车满街，烧材作炭亦非佳。黄沙四野无青草，出得盘根琐琐柴（琐琐柴生戈壁，叶如柳而小，根枝虬实无秽气，如烧作炭，则触人甚于煤）。
	狍鹿貒豜狐兔狼，大头羚角与黄羊。看他不狩庭悬满，只此堪夸宦味强（各署中皆有诸部落所馈野兽）。
车载粮多未易行，六千回户岁收成。造舟运入仓箱满，大漠初闻欸乃声（每岁回户纳粮，自古尔扎至惠远城，大仓车费甚钜，因造舟由伊犁江载运）。	古尔车来惠远城，纳粮回户岁艰行。造舟今入伊江泛，大漠初闻欸乃声（每岁回户纳粮自古尔札至惠远城大仓，车费甚钜，因造舟由伊犁江载运）。
	伊伯城南特创楼（伊将军即世，上悯之，锡伯爵，荫其子），题名鉴远俯江流（塞外无楼，此特创也，题额曰鉴远）。轻舟斜舣垂杨下，买得鱼来佐酒瓯。

（续表）

庄肇奎《伊犁纪事二十首效竹枝体》	唐道《伊犁纪事诗三十八首》
铜铁金从山上产，屯耕需铁采将来。宝伊铁局需铜铸，惟有金沙禁不开。	采铁屯耕任作具，产铜钱局亦长开。西方自是金全旺，却禁批沙拣得来。
	迁客劳劳不绝来，上公嘘拂每怜才（将军保公莅伊一载，举废者不胜枚举）。春温兼济秋霜肃，法不姑容迅若雷。
	原隰哀然触目伤，收将骼胔此埋藏，兼兴神宇游魂靖，泽骨仁怀司马长（伊犁从无义冢，商民等遗骸暴露。庄司马悯之，为设义冢，悉收埋之，并于其旁置东岳庙，以靖游魂）。
有馈鲈鱼一尺长，四鳃形状似江乡。秋风莫漫思张翰，且喜烹鲜佐客觞。	馈我鲈鱼一尺长，细鳞巨口似家乡。凭他张翰秋风思，许事谁知且食将。

从表3可以看出，两组诗作内容上的特点有三：第一，内容完全相同。第二，诗歌部分字句相同。第三，也是仅有的一例，唐道诗作的第三十三首与庄肇奎组诗第十九首文字不同，诗歌主题与意思却一致。如果考虑到在《西陲纪游》中，唐道也曾如此改造过王大枢的诗作，两者之间的差异也就不足为奇了。这三种类型中，尤其以第二类最为普遍，唐道诗有的改动了胥园诗正文文字，有的唯改动诗歌自注，如在第十首中他将庄肇奎原注中的"余"改为"抚民庄丞"，即指庄肇奎本人。庄肇奎于乾隆四十九年（1784），补授伊犁抚民同知，故唐道有此说。经过四个字的改动，唐道之作便达到点化无痕，如从己出的效果。总之，通过对比可见，唐道组诗共计三十八首，其中有二十首都与《伊犁纪事二十首效竹枝体》全同或相似。

除了《伊犁纪事诗》组诗，《西陲纪游》所附的最后一首压卷之作《归自伊犁，喜述四十五韵》，也系抄袭化用庄肇奎《伊犁纪事》而来。兹亦将两诗对比如下（表4）：

表4 《归自伊犁喜述四十五韵》与《伊犁纪事》内容比较

庄肇奎《伊犁纪事》	唐道《归自伊犁喜述四十五韵》
乾隆庚子春，滇狱问远徙。出关走西荒，莽莽伊何底。直穷天尽头，始令仆马止。将军建大牙，独坐帷幄里。官僚列门墙，商贾辏成市。诸蕃纷趋跄，名未登前史。重重译语言，种种异冠履。亘古不知降，稽颡莫敢视。争欲观天颜，伏地呼不起。将军宣纶音，分年班次第。欢声动若雷，出门各色喜。龙漠隔万重，天威仅尺咫。伊犁俨大都，风物中原似。秋天原隰繁，清洌井泉美。纷纷移室家，岁岁丰鱼米。瓜果委巷衢，蓄畬渥雪水。军糈满溢仓，屯耕习举趾。菜根甘如饴，羊皮贱于纸。边气转太和，苦寒减倍蓰。载猰逐雄狐，张弓殪鹿豕。刁斗益森严，烽燧久宁敉。新土成乐郊，大荒臻上理。我皇超羲轩，巍巍不可拟。乘龙拓八方，西域有蠢尔。睿谟发迅雷，一麾二万里。天山效嵩呼，瀚海尽衣被。于阗玉跄跄，大宛马济济。职方隶版图，边汗供驱使。一令下幕庭，奔走疾如驶。人生如井蛙，游迹谁到此。前年缅甸酉，叩关附南鄙。贡象称下臣，不烦遗一矢。聊此备近闻，他事难屈指。众水赴海归，万里因风靡。帝曰柔远人，来者绥之耳。圣寿届八旬，天禄申方始。小臣荷生还，六旬有三矣。明年千叟宴，幸附群僚尾。归与里老谈，三日犹未已。（《胥园诗钞》，《清代诗文集汇编》第363册，第52—53页）	忆自丙午春，送客问远徙。出关走西荒，经涉难具拟。地穷天且极，马息人始止。将军建大牙，独坐帷幄里。官僚列门阶，商贾辏城市。诸蕃纷趋跄，名未登前史。重重译语言，种种异冠履。亘古不知降，自今顿嗓始。愿以一个男，执鞭捧盘匜。争请觐天颜，伏地呼不起。将军宣纶音，分年班次第。欢声动若雷，出门各色喜。龙漠隔万里，天威俨尺咫。伊犁大都会，风物中原似。秋天原隰繁，清洌井泉美。纷纷移室家，岁岁丰鱼米。果蔬委巷衢，蓄畬渥雪水。军糈满溢仓，屯耕习举趾。菜根甘如饴，羊皮贱于纸。畦树郁烟云，园花灿罗绮。鼓乐神祠喧，渔舟柳渚舣。雷惊荡春原，雨喜润芸几。边气转太和，苦寒减倍蓰。载猰逐雄兔，张弓殪鹿豕。刁斗故森严，烽燧久宁敉。新土成乐郊，鸿荒臻上理。我皇超羲轩，巍巍旦莫比。乘龙拓八方，西陲尚蠢尔。睿谟发迅雷，一麾二万里。覆之如青天，怀之如赤子。祁连效嵩呼，瀚海作江涘。大宛马成云，于阗玉可玺。职方隶版图，边汗供驱使。一令下幕庭，奔走若驶。人生如井蛙，游迹谁到此。吾久感圣德，目击诚如是。愧弗百事详，宁有一言侈。前年缅甸酉，叩关附南鄙。贡象称下臣，不烦遗一矢。聊此备近闻，他事难屈指。众水朝宗归，万草向风靡。帝曰柔远人，来者绥之耳。圣寿届八旬，共祝无疆祉。小臣去复还，寒暑四更矣。归与里老谈，三日犹未已。

　　庄肇奎原诗三十九韵，与之相比，唐道此诗篇幅稍长一些，但主体部分的谋篇布局还是明显能够看出《伊犁纪事》的影子。

　　断定唐道之诗因袭庄肇奎之作的因素也有二。第一，《伊犁纪事诗》第二十五首"三千罪属聚成群，总唤乡亲类各分。仅有居心成猾贼，也多满面是斯文"注语谓："伊将军因伊犁发遣太多，嘱予草奏稿乞止发。计累年积匪猾贼多至三千人。上允所请，得少减。"所云"伊将军"为伊勒图，伊勒图于乾隆五十年（1785）卒于伊犁将军任上。唐道在伊犁生活的三年期间系奎林与保宁先后主政军政事务，已故的伊将军不可能给唐道分配任务。而庄肇奎补抚民同知即系伊勒图提拔，《胥园诗钞》中有奉和伊勒图之作，伊勒图病殁，庄肇奎还作《哭伊显亭将军》长篇古体悼之，此诗注语语气更像是胥园所为。第二，庄肇奎在乾隆末期的伊犁颇有文名，他与伊犁将军奎林关系密切，保宁又爱提拔奖掖文士，若唐道名闻当时或在将军府幕僚中共事，两人不会没有交集，一定会在作品中展现出蛛丝马迹。且庄肇奎作诗甚多，几乎与同时期遣戍之能文者均有诗歌唱和，但是遍查其集及同时期其他有文集传世者，均未提及唐道姓名字号。

　　唐晟《西陲纪游序》谓唐道："才本不羁，鞭丝指一万二千余里，归仍作客，萍迹又十有三年。……天涯兄弟忆相逢，在燕市酒楼，风景河山，出示一编于阳平客舍。展小说于虞初，驰大观于域外，斯游壮矣。相对惨然。"题辞其二亦云："对床风雨不成眠，话到乡关路二千。兄已华颠亲白发，如何流浪自年年。"[1]可见，唐道也是一个漂泊一生而无所遇的落魄文人，所谓"文章不朽之盛事"，他之

1〔清〕唐晟：《西陲纪游序》，载《西陲纪游》叶三背一叶四正、叶五正。

所以抄袭改编他人作品，也是想借此留下自己伊犁之行经历的永久记忆，并换得一时之名。

为何唐道的《伊犁纪事诗》要比庄肇奎的组诗多出将近一倍，且出现文字上的不同呢？我们尚未发现唐道组诗借以改编的其他作品，但是一般而言，西域诗人的诗集多在入关之后付梓，可以推测，也许唐道当时所看到的庄肇奎组诗数量原本也有三十八首甚至更多，后来作者本人曾对包括《伊犁纪事二十首效竹枝体》在内的西域诗作进行过删改，顾曾《胥园诗钞序》中即说："庄胥园先生出其生平所作诗若干首命余编校，为淘汰其十之四，排纂整齐，分为四集，共得十卷，末附诗余一卷。先生自号胥园，而总名之曰《胥园诗钞》云。"[1] 此序作于嘉庆二年（1797）十一月。至嘉庆十七年诗集最终刻印，收录的也是组诗二十首。如果庄肇奎《伊犁纪事》组诗最初版本不止二十首，那么唐道的《伊犁纪事诗》反而成为保存胥园佚诗之功臣。从这个角度来说，唐道的做法虽然不可取，但也并非全无是处。

6. 余论

以上所论均为亲至西域者所创作的"伊犁杂咏"组诗，实际上，江南文人所作杂咏并不仅限于伊犁，如王曾翼《回疆杂咏》、黄濬《庭州杂诗二十首次杜少陵秦州杂诗韵》、黄治《庭州杂诗追次杜少陵秦州杂诗二十首韵》、金德荣《巴里坤杂咏》、蒋业晋《北庭杂咏》等亦属此类题材，涉及乌鲁木齐、巴里坤及南疆各地。这些亲历西域诗人所创作的风土杂咏组诗，虽然也参考过《西域闻见录》等史志，但大多来自作者的实际闻见，展现了当地的社会生活画卷，细腻生

---

1 顾曾：《胥园诗钞序》，自《胥园诗钞》，载《清代诗文集汇编》第 363 册，第 1 页。

动地记载了西域地区的物产民俗、社会人文、流寓人物等情况，具有一定的史料价值。对于时人认识西域，了解西域起到了很大的作用。更重要的是，用组诗的形式描绘西域风土的创作形式也被许多未至西域的士人所学习和模仿，成为时人关注西域的重要表现之一。

二、许乃穀西域经历与诗歌创作

浙江仁和人许乃穀（1785—1835）是西域文人中声誉斐然者，但鲜有研究。许乃穀，字玉年，号玉子，又号南涧山人，道光元年（1821）举人，历官至甘肃环县、皋兰、山丹、抚彝、敦煌知县。其生平简历，主要见载于萨迎阿《署安西牧敦煌令许君传》。许氏乃杭郡著名的文化望族，许乃穀之父许学范是乾隆三十七年（1772）进士。许乃穀兄弟八人中，兄长许乃济系嘉庆十四年（1809）进士，为翰林院编修。弟许乃普是嘉庆二十五年一甲二名进士，曾任江西学政、吏部尚书等职。弟许乃钊道光十五年中进士，授编修，历任广东学政、江苏巡抚。乃穀与另外三人中举，故享有"七子登科，海内所未有"之誉[1]。

许乃穀颇具家学渊源，又受到浙省浓厚文化氛围的熏陶，工诗善画。早年与名士陈文述、汪远孙等人日相过从，"益以书画擅名吴越。山水宗董华亭，苍秀而腴，兼长梅竹杂卉，著有《二十四画品》"[2]，高丽诗人金秋坪曾求其画作。有《瑞芍轩诗钞》传世，与林则徐也有过唱和。他虽才华横溢，而命运蹭蹬。许乃钊在《瑞芍轩诗钞序》

1〔清〕杨文杰：《东城记余》，载《丛书集成续编》史部第 52 册，第 1003 页。

2〔清〕蒋宝龄撰，程青岳批注，李保民校点：《墨林今话》，上海：上海古籍出版社，2015 年，第 355 页。许乃穀是近代著名出版家张元济先生的外舅祖，许乃穀之妻徐珴也是词人、画家。

中，谓其兄"少耽吟咏，旁及绘事，而不屑屑于制举文字，嘉庆丙子（1816），先京兆府君弃养，兄郁郁不自得。乃游齐鲁，登泰岱，历京国"，至"中年始登一第"[1]。随即谒选知县，赴西北任职。从杭州的湖光山色走进边塞的大漠孤烟，对许乃毂的生活及创作产生了巨大的冲击，他此期的诗歌在艺术风格上与早年判然有别，且有意为之的纪实态度，也成为他个人经历与相关史事的实录。

在西北任职期间，许乃毂曾有两次西域之行，成为他为宦西北经历中的一段插曲。第一次为道光十年（1830）八月，浩罕国夹持张格尔之兄玉素普入寇南疆，陕甘总督杨遇春调提督杨芳进援喀什噶尔[2]。同年九月，杨芳"挑带官兵三千名，于本月初九日起程"[3]。许乃毂在抚彝通判任上被征调，作为随军参谋赴喀什噶尔军营。道光十一年秋，还至安西。他的第二次西域之行在道光十四年，系受哈密办事大臣萨迎阿之邀出游塞外。道光九年许乃毂调皋兰令，与甘肃按察使萨迎阿在公事之余"结翰墨缘"[4]。此后萨迎阿调任乌什办事大臣，道光十二年又出任哈密办事大臣。其《署安西牧敦煌令许君传》记载："玉年君与余聚处于西塞最久。盖自余官兰州，以至辗转于喀喇沙尔、乌什、哈密诸镇之地，玉年适治剧县，从军旅驰驱往来，常得相见。忆前岁在哈密时，玉年自敦煌来，止居谈宴七八日，约同游天山。遇大风雨，不得上，遂握手别。嗣是余入关，而

1〔清〕许乃钊：《瑞芍轩诗钞序》，自《瑞芍轩诗钞》，载《清代诗文集汇编》第548册，第1页。

2 参吕一燃：《浩罕与张格尔玉素普之乱》，《新疆大学学报（哲学社会科学版）》1983年第2期，第100—106页。

3《清实录·宣宗实录》卷一七四，《清实录》第35册，中华书局，1986年，第707页。

4〔清〕萨迎阿：《署安西牧敦煌令许君传》，自《瑞芍轩诗钞》，载《清代诗文集汇编》第548册，第3页。

玉年遽以次年春初下世。"[1]许乃毂的第二次西域之行时间较短,故极少有人注意。

他现存的西域诗作,均作于首次入疆期间,其中有两点值得关注。第一,记述平乱战争中的相关人事。第二,摹写西域风土人情。

道光十年秋,喀什噶尔、英吉沙尔陷落,叛军复围叶尔羌,办事大臣壁昌督军守城,坚守八十余日城未陷。道光帝以长龄为扬威将军,"先檄令军务参赞杨哈二通侯,率固原提督胡超,乌鲁木齐提督哈丰阿,带关内外满汉官兵二万,刻日进剿。贼闻大兵将至,驮载所掳财帛子女牛马,仍窜出卡"[2]。许乃毂出关之际,叶尔羌战事已平,南疆政局渐趋恢复。他与壁昌就在这种背景下开始了交往,并写下《辽东健儿歌为壁星泉参赞纪纲戴存义作》,全诗如下:

> 金风惨淡边城秋,西南杀气来山阰。薄疏勒虏四万余,一枝别部吞莎车。莎车使者壁都护,虎队前驱扫云雾。居然诸葛守阳平,兵单且大开四城。蠢贼逡巡不败入,以少击众辄逐北。贼势虽挫贼愈众,援兵不至贼将纵。缄书欲突重围出,帐下千人都惴慄。辽东健儿好身手,慷慨分身单骑走。秦廷恸哭如不闻,睢阳空归南霁云。去来温宿三千道,出入天蓬数万军(由叶尔羌至阿克苏取道树窝,经大小天蓬等处)。声言援至贼胆慑,去若寒风扫木叶,健儿之功高雉堞。[3]

1〔清〕萨迎阿:《署安西牧敦煌令许君传》,自《瑞芍轩诗钞》,载《清代诗文集汇编》第 548 册,第 3 页。

2〔清〕壁昌:《叶尔羌守城纪略》,载《守边辑要》,清道光刻本,叶十正。

3〔清〕许乃毂:《瑞芍轩诗钞》,载《清代诗文集汇编》第 548 册,第 70 页。

诗中"莎车"为叶尔羌之旧称。全诗描写叶尔羌围城之后，壁昌仆人戴崇义临危受命，单骑突围求援之事。壁昌在战事结束后著《叶尔羌守城纪略》，其中也记载了此事：叶尔羌城被围之际，伊犁参赞容安带兵七千往援，于阿克苏观望不前。为催促援军，壁昌"即悬赏蓝翎一枝，银五百两，有能穿贼路前往者与之。其满汉官无一应者，惟旧仆戴崇义，愤急挺身愿往，祈将马浑名飞过海者赐骑，裹带干饼，单骑穿贼营，驰两昼夜，夜行十八站直达阿克苏。时容参赞因粮运未齐，留阿克苏不进。该仆面述叶城有粮，台路贼少可以速进。……容参赞犹豫不决，该仆知进兵无期，遂单骑复回叶城，愿同死生"[1]。此处记载当即诗歌所本，许乃毂大概是在叶尔羌听壁昌说过戴崇义的故事，于是在第一时间将之敷衍成诗。

许乃毂诗歌全采用纪实笔法，甚至连相关细节也都采撷入诗，如《叶尔羌守城纪略》中还载贼众数万"由树窝子捷径直薄叶尔羌"，壁昌乃"南北门浮闭，留东门不关"[2]，调动全城力量严阵以待。这些情节也都被许乃毂引入诗中。两相对比之下，可见许诗又不单纯照搬史事，而是充分调动诗歌的艺术手法，首先渲染敌军围城前的战斗，紧接着描写无人愿意接受突围重任，为戴崇义的出场做足铺垫，最后对戴崇义的义举大加赞扬。值得一提的是，许乃毂在诗歌中还将戴氏比作唐朝名将南霁云，实际暗中影射了伊犁参赞容安在阿克苏按兵不动，对叶尔羌坐视不救一事。全诗有张有弛，使得一场惊心动魄的围城战与突围救援之事得到全面的诗性展示，而戴崇义的事迹，也随着诗歌特有的传播优势，被更多的人所了解。

《瑞芍轩诗钞》中还有《题壁参帅诗稿》《壁参赞画担秋图题诗

1〔清〕壁昌：《叶尔羌守城纪略》，载《守边辑要》，叶五正—叶五背。

2〔清〕壁昌：《叶尔羌守城纪略》，载《守边辑要》，叶二正。

见贻，次韵奉酬》诗，反映出他与壁昌的文学交往。壁昌（1795—1854），字东垣，蒙古镶黄旗人，和瑛季子。道光六年（1826）张格尔之乱平定后，朝廷差那彦成前往办理南疆善后事宜，时任大名府知府壁昌奉旨随往委用，"八年，善后事竣，即留为叶尔羌办事大臣"[1]。许乃毂的两首诗，前者赞壁昌"诗惟写性情""语皆有真意"[2]。后者末附壁昌原作，在壁昌诗集今已不传之际，保存了他的完整诗作，颇为难得。同时这两首诗作也从侧面刻画出壁昌能诗善画、文武双全的儒将风流。

摹写西域风物是许乃毂西域诗作的另一重要题材。这类题材内容本是清代身历西域的诗人们诗歌创作的共同关注点。许乃毂的相关诗作数量不多，却能发现他人很少注意的事物，新人耳目。如《哈密回城九龙树行》一诗，是许乃毂进入西域境内的第一首作品，全诗如下：

> 伊吾城，礼拜寺，红柳千年谁位置？火龙得气欲拏云，金蛇作势先蟠地。孤根劈破剩苍皮，皮开迸出轮囷枝。枝分四兮干分九，忽伏忽起争离奇。枝枝珊瑚撑，叶叶翡翠垂。扪之鳞甲赤，雪后全身白。一生梦不到楼台，百弓地只邻阡陌。可有少妇红泪弹，那得文人青眼看。竟使奇才沙碛老，殊方苍莽悲穹昊。岂知杰士成大功，半在龙沙绝域中。卫霍奇勋书竹帛，韩范高功争华嵩。历尽冰霜神骨清，不经忧患何由生。柳乎龙乎吾语尔，莫因坎壈鸣不平。会须腾掷天上行，洒雨

1〔清〕壁昌：《叶尔羌守城纪略》，载《守边辑要》，叶一正。

2〔清〕许乃毂：《瑞芍轩诗钞》，载《清代诗文集汇编》第548册，第70页。

润泽千夫耕。[1]

　　九龙树是哈密的标志性景观，可是在许乃穀之前，却没有西域诗作专咏此树。直至光绪年间，湖南益阳人萧雄作为西征幕僚出关，才在《听园西疆杂述诗·九龙树》中曾记载此名胜："九龙树，在哈密回城中，系古柳一株，围可八九尺，枝叶甚疏，卧地而蟠，起伏之状，极其夭矫，高或若门，低至入地，参差九叠，绕地周三千余丈，首尾相联。命名之义，纪数而象形也。中置亭，即为玛杂尔亭，后有池，清泉涌出。"[2]许乃穀此诗前半部分状写九龙树的位置与形态，可与萧雄所记参照，唯笔势更加飞腾灵动。后半部分全系感慨之词，借九龙树盛景无人欣赏暗指文人的怀才不遇。末尾"历尽冰霜神骨清，不经忧患何由生""会须腾掷天上行，洒雨润泽千夫耕"句，似又暗含着诗人为宦边塞，随军入疆时渴望有所作为的踌躇满志之情。

　　许乃穀由哈密走天山南路赴叶尔羌途经喀什噶尔（今喀什）时，为喀什民间青年裁缝高超的手艺所吸引，遂作诗二首。诗歌题目长达百余字，完整记载了他的见闻：《喀什噶尔回童，夷语曰"巴郎子"。有工针黹者，如内地之拉锁子。以绢素绷架上，亦如内地；惟其针尾镶以木，如锥；针尖有倒锋似钩，与内地殊。右手下针，针斜落，其钩乘隙而上。左手绕线于钩，随指起落，捷若风雨。授以人物、花鸟、篆隶真行，顷刻而就。女红两月，渠一二日可成。真绝技也，纪之以诗》[3]。诗歌如下：

　　1〔清〕许乃穀：《瑞芍轩诗钞》，载《清代诗文集汇编》第548册，第67页。

　　2〔清〕萧雄：《听园西疆杂述诗》，载《灵鹣阁丛书》，光绪二十三年（1897）刻本，叶五〇背—叶五一正。

　　3〔清〕许乃穀：《瑞芍轩诗钞》，载《清代诗文集汇编》第548册，第69—70页。

忽讶春蚕食叶声，花门花下试神针。愧侬诗滞邱迟锦，因尔催成击钵吟。

织锦天孙力不胜，也应输与尔争能。风酸月黑机丝急，寒煞孤孀午夜灯。

在诗歌中许乃榖也毫不掩饰对工匠技艺的赞扬，甚至夸张地说，神仙织女与之相比都稍逊一筹。在诗歌的结尾处，诗人不忘曲终奏雅，对工匠们夜以继日的辛勤劳作给予了揭示与同情，提升了诗歌的内涵。许乃榖将创作视野投注到南疆少数民族手工技艺方面，在清代西域诗创作中尚属首次。

许乃榖比较有特点的西域诗作还有竹枝体《西域咏物诗二十首》，诗人自述作诗经过云："庚寅秋回疆再扰，余奉檄从戎。西历万里，偶有所见，辄纪以短句，聊志物产，非敢言诗也。"[1] 在许乃榖之前，亲历西域的诗人，多有以竹枝体形式咏西域风物者，如祁韵士《西陲竹枝词》、福庆《异域竹枝词》等，均系多达百首的鸿篇巨制。与前贤相比，许乃榖的组诗也有独创之处。如写"土雨"："非雾非烟一望中，欣欣草木荡春风。"注语谓："西域无大雨，或竟终年不雨。草木萌动，率验之以风。风有时挟土，浮澄如雾，物更茂。谓之土雨。"写"白杨"："大漠荒滩特立时，更无曲干与横枝。"自注云："中干直上如立竹，旁枝无横出者。"形象地突出西域气候与物产的特殊性。又如"树窝"一首云："杈丫万木影婆娑，碧翳青天绿结窝。遮莫豺狼作帷幕，谁言安乐此中多。"自注谓："红水河

1〔清〕许乃榖：《瑞芍轩诗钞》，载《清代诗文集汇编》第548册，第71页。

西、喀什噶尔千余里，有地皆树，旷与天连，翳不见日。"徐珂《闻见日抄》即引用此诗："今人皆知东三省多森林，而不知新疆亦有之，谓之树窝。……见许乃毅《瑞芍轩诗钞》。"[1] 可见，许乃毅的诗作因为强烈的纪实性，也为后世无缘亲历西域者提供了一个认知异域风物的有益途径。

许乃毅的西域诗数量虽然不多，但无论记述实事、历叙交游、描摹风物，都有所创获。这些诗篇作于回疆战乱初定的特殊历史时段，也从侧面反映出西域地区虽经动荡却波澜不惊的社会风貌，因而具有独特的价值。

三、棠棣之华的西域流芳：黄濬、黄治兄弟的西域诗

黄濬、黄治兄弟活跃在道光时期的乌鲁木齐诗坛，影响和带动了乌鲁木齐诗坛的创作风气。黄濬《壶舟文存》卷首王棻跋语谓："新城王阮亭尚书以诗名天下，实为本朝第一，而其文亦倜傥不群。太平黄壶舟先生终生好吟咏，其诗当为吾台本朝第一。"[2] 足见时人对其诗歌的推崇。他们诗歌相互影响，风格相近。无论是数量，还是质量均属上呈。

黄濬、黄治为浙江太平（今温岭）人。出身书香门第。父亲黄际明，乾隆四十二年（1777）拔贡生，通经史，能诗，为当地颇有影响力的乡绅。黄濬（1779—1866），字睿人，号壶舟，又号古樵道人，四素老人，道光二年（1822）进士。历任江西萍乡、临川、赣县、彭泽等地知县。道光十一年，彭泽客舟遭风失银，有人诬以

1〔清〕徐珂：《闻见日抄》，载《康居笔记汇函》第2册，太原：山西古籍出版社，1997年，第121页。

2〔清〕黄濬：《壶舟文存》，宣统三年（1911）刻本。

民间行劫，被议落职。于道光十八年，谪戍乌鲁木齐。黄治（1800—1850），一名福林，字台人，号琴曹，又号今樵、今樵道人、今樵居士。嘉庆年间廪贡生。平生不得志，长期以坐馆教书谋生，其兄蒙难之时，他立即辞馆，随侍长兄共同前往戍所。兄弟二人从此奔赴西域，辛苦同之。

对于流放西域边地的废员，清廷有"如有起解新疆官犯，遵照前奉谕旨，一概不准携带眷属，如误行携带起解在途者，亦即照例截留，递回本籍"的规定[1]。但在具体实施过程中，却由于种种原因而并未严格执行。如《庸闲斋笔记》中所载："质庵叔祖容礼，以父英德令沁斋公谪戍伊犁，遂弃妻子，随侍以往，跬步不离者十余载。尝密请于将军松文清公，愿以身代，俾父得生入玉门。公怜其诚，据情入奏，虽亦未奉谕旨，而孝子名布于域外矣。"[2]容礼陪父出塞，用实际行动彰显了孝悌义行。在清代史不绝书的流放名单当中，黄濬和黄治兄弟以文名并称一时，是相当引人注目的，他们用浓浓的手足情，消解漫长贬谪路的孤寂，被传为佳话。

黄治之所以选择陪同遣戍，是由于他早年是在黄濬的抚育之下长大成人，所以兄弟三人之中长兄和幼弟的关系尤为密切。另一方面，黄治个性重情念旧，他身在塞外，还尝作《岁暮怀人诗二十八首》怀念过去的友人，对朋友尚且有如此情谊，更遑论自己的兄长。

当闻听黄濬遣戍西域的消息时，黄治正在京城教书，他在诗中说：

> 乌台坐困大苏时，千里单车往讯之。天地有情还历劫，江

1　高健、李芳主编：《清三通与续通考新疆资料辑录》（下），乌鲁木齐：新疆大学出版社，2007年，第691页。

2　〔清〕陈其元：《庸闲斋笔记》卷一，北京：中华书局，1989年，第9页。

湖无恙且寻诗。残宵余雪寒凄紧，古驿荒灯梦别离。已是劳薪休再计，冰花霜影弄须眉。(《都城早发》)[1]

诗歌自注云："时十一月十二日大兄坐事江右，将有新疆之行，亟往省之。"黄治将兄长的获罪比作乌台诗案，坚信兄长是无辜的，于是千里闻讯后，几乎是毫不犹豫选择陪兄出塞。他在《皇村途中口占》一诗中表明志向："男儿万里快长征，何惮崎岖有此行。雪天冰地吾乐土，尻轮神马此浮生。客中洒泪辞知己，塞外冲寒伴老兄。"[2]陪同遣戍，意味着要放弃自己的安稳生活，一起面对必然艰辛的旅程和未卜的命运。正月，见到黄治后，黄濬大喜，作诗云："世路尚留真骨肉，沙场同挟旧琴书"(《三弟今樵自都南来，将伴余西戍》)一扫贬谪之阴霾。黄治亦云："束发相依已半生，吾师吾友又吾兄。冰霜漠北新游绪，琴鹤江南旧宦情。"(《家兄喜余来江作诗见示即次其韵》)[3]黄濬于他已经超乎一般的兄长，是朋友也是师长。

黄治将此后自己从兄出关，并途中所作的近百首诗词编为一卷，命名曰《孔怀录》，"孔怀"者，取自《诗经·小雅·棠棣》"死丧之威，兄弟孔怀"之意，棠棣花开，每两三朵彼此相依而生，自古以此比喻兄弟情谊。

他在《孔怀录·自序》中道出了当时的心态：

> 丁酉十一月初八日，于京邸得兄壶舟南昌狱中书，知坐事被录，将有新疆之行。兄行年且六十矣，两鬓萧然，荷戈万里，

1〔清〕黄治:《今樵诗存》，载《清代诗文集汇编》第606册，第666页。
2〔清〕黄治:《今樵诗存》，载《清代诗文集汇编》第606册，第666页。
3〔清〕黄治:《今樵诗存》，载《清代诗文集汇编》第606册，第675页。

文人末路，乃至此耶？伤哉！余立即束装，马首南指。于时坚冰载途，朔风砭骨。玄云四起，则枥马长鸣；清泪一挥，则目眦尽裂。此时此景，殆有过于犴狴中者。古人灸艾分痛，余复奚恤哉。自是凡邮程之辗辘，人事之琐屑，与夫吟咏尺牍，皆于是录焉。[1]

对于从未来过西域的人来说，前往西域可谓"文人末路"的畏途，尤其是习惯了江南生活的黄氏兄弟，听到"入秋见雪，未冬已冰"不可能没有畏惧，然而黄治首先想到的不是自己，而是年迈的兄长黄濬，他能够"立即束装，马首南指"，历经"坚冰载途，朔风砭骨"而不后悔，支撑他的正是兄弟的拳拳情谊。

黄治的陪伴给了黄濬极大的支持，《两浙輶轩续录》载：

> 福林之兄壶舟，因事谪戍乌鲁木齐，其地入秋见雪，未冬已冰。福林不避艰险，偕抵戍所，素工文辞，且精医理，为达官延入记室，以所入俸馈佐兄资斧，时林文忠公亦戍乌垣，闻其行谊尤器重之，壶舟生还后尝语人曰："微吾弟谁其活我耶！"[2]

可以看出，被贬谪到西域，黄濬所面对的不仅是肉体之苦与抱负之悲，还有实实在在的生存危机。黄治陪同黄濬抵达遣戍之地后，马上就"为达官延入记室，以所入俸馈佐兄资斧"，黄濬的《三

1〔清〕陈汝霖修，王棻等撰：《光绪太平续志·艺文志》卷十一，光绪二十二年（1896）刻本。

2〔清〕潘衍桐编纂：《两浙輶轩续录》卷二八，第2047页。

弟今樵传》亦记载："长兄之西征也，遇胜地必留题，今樵辄和之，抵戍所乌鲁木齐，已裒然成集。时昌吉、绥来两邑宰，济木萨丞闻其名，先后聘司幕，务刑钱书记。"[1] 黄治的行为令林则徐都敬佩不已，一直念念不忘，他日后致信黄治曰："识鸰原之谊笃，怀鹗荐以心惭。比惟今樵先生研席清佳，履祺绥吉。常华名屋，仍金玉之联吟；文杏成林，更刀圭之却疾。伫见双环连珏，并辔东归，不禁延首云山，遥为心祝也。"[2] 为兄弟二人厚笃情谊而感慨，期待他们能早日并辔东归。

黄濬、黄治此后再次聚少离多，只有用诗歌抒写彼此的思念。如黄濬《今樵应昌吉嵩明府山之聘以十月十八日行感成》诗云：

> 红山联屋息征尘，雁影西飞又向晨。相送一程黄草路，独留万里白头人。地垆呼酒凄深夜，月牖谈诗待早春。不是食轮愁易转，何须禅榻隔天亲。[3]

兄弟团聚相守之乐消解了贬谪之苦，然而为了生存，二人也不得已面对分离，即便是短暂的离别也充满了伤感。黄治走后，黄濬又作《雪夜小吟追次姜白石雪中六解韵寄今樵三弟兼柬嵩峻亭山明府》：

> 看君裘佩上征鞍，百里犹嫌路渺漫。昨夜红山一天雪，独身偎火地炉寒。（其一）

1〔清〕黄濬：《壶舟文存》。

2 林则徐全集编辑委员会：《林则徐全集》第7册，第3646页。

3〔清〕黄濬：《壶舟诗存》卷八，叶一七正。

莲花幕里听更时，可信持杯逸兴飞。想见玉门关里月，辽天应有雁南归。（其二）[1]

塞外大雪的壮美与独身煨火的寂寞，营造出伤感、思念的绵邈意境。黄治也有此类作品，如《癸巳春与家兄壶舟小住武林……今虽同在一隅，相隔尚数百里，相别动辄经年，其为眷怀，又将如何耶？寄感寄思，诗仍前韵》所述：

云散风流百念空，谁凭雁影问西东。荒城鼓角悲歌里，故园山川旅梦中。五夜霜前愁短鬓，一身天外任旋蓬。所嗟岁月堂堂去，筋骨须眉渐不同。[2]

黄治在这首诗中，一反其洒脱与乐观，而嗟叹时间的流逝、人事的变迁，流露出垂老塞外、无法掌控自身命运的无力感。在西域二人以诗代笺，写出了对手足团聚的渴念与向往，也写出了不为人道的细微情绪。

在诗歌创作上二人也声同气应。黄濬、黄治兄弟钟爱苏轼。黄濬云："吾弟与吾有同嗜，惜公一字真一珠。"（《腊月十九日坡翁生辰设供于侧身怀古之庐，即次翁生日王郎以诗见庆，翁依答原韵》其二）苏轼是兄弟二人共同尊奉的楷模，他们从各个方面仿效苏轼诗风，二人都喜欢步韵苏诗。黄濬说"余有次坡公韵诗数百首，所居额曰'步苏诗室'"[3]。

1〔清〕黄濬：《壶舟诗存》卷八，叶一七背。
2〔清〕黄治：《今樵诗存》，载《清代诗文集汇编》第606册，第715页。
3〔清〕黄濬：《壶舟诗存》卷九，叶四六背。

在诗歌创作方法上，他们对苏轼也多有瓣香，林则徐为黄濬《壶舟诗存》作序，曰："（黄濬）为诗若文，能深涵万有，不主故常，汪洋恣睢。惟复所适，窥其意境，若长江之放乎渤澥，竹木舟扁舻，不遗巨细，而无乎不达。"[1]"不主故常""汪洋恣睢"正是东坡变化多端和挥洒自如风格的绝佳呈现。黄濬、黄治对苏轼诗歌风格的继承，时人早有评价："壶舟之诗，才气横溢，全学子瞻。尤多和韵之作。今樵则出入于苏、陆之间，埙篪迭奏，工力悉敌，拟诸子由者，当不稍让。"[2]

与杨廷理、林则徐等人一样，黄濬、黄治亦曾在西域为苏轼过寿，在塞外传播苏轼旷达的精神。早在道光十四年（1834）前后未至西域时，黄濬就受到严长明的启发首次作寿苏诗《腊月十九日为苏文忠公生日，在常山寓邸阅国朝诗见严东有长明侍读苏公寿宴长句，感次其韵》。在遣戍乌鲁木齐期间，他也开始为东坡过生日：道光二十年，黄濬在乌垣租住一院，命名为"常华书屋"，年底在此倡寿苏集会，作《十二月十九日坡翁生日，设供常华书屋，次翁寿乐泉先生生日韵》。道光二十一年东坡生辰，他有《腊月十九日坡翁生日设供于侧身怀古之庐，即次翁生日王郎以诗见庆翁依答原韵二首》。道光二十二年又作《坡翁生日设供仍步翁生日次王郎韵二首》。

林则徐来疆期间，与黄濬、黄治兄弟多有往来，并将他在伊犁所作寿苏诗寄与黄濬。黄濬修书作答，他在《红山碎叶》中记载了与林则徐通信的内容，即以不得预伊江之会为恨："此间居大不易，

1 林则徐全集编辑委员会编：《林则徐全集》第 5 册，第 2700 页。
2 〔清〕王咏霓：《今樵诗存序》，载《中华大典·文学典·明清文学分典》，南京：凤凰出版社，2005 年，第 389 页。

交谁有功，俗不可医，人与俱化，即如坡翁生日，先生雅集尚有十许人，而某三度陈觞，未来一客。"[1]并且又作《灯节前后林少穆制军则徐以为东坡作生日长句寄余，以除夕书怀四律寄高樨庵，余既录余庚子、辛丑、壬寅三度为东坡作生日诗凡七首却寄，复次制军除夕书怀诗四首附柬，时制军以事谪伊江也》相寄。林则徐的寄诗弥补了黄濬的遗憾，两人的隔地唱和，推进了西域地区的寿苏活动。

星汉先生《清代西域诗研究》一书中有"效仿苏轼和诗的诗作——黄濬"一节[2]，特别指出黄濬喜爱效法苏诗，但这种效法仅限于步韵，实际上黄氏兄弟对苏轼的学习，首先是由于苏轼屡遭贬谪却乐观自适的精神，黄濬、黄治对于"东坡宦迹"中坎坷遭遇有着深深的共鸣，这是中原地区普通文人无法体会的，他们"以苏诗为薇"，常常学习苏轼的随缘自适，以反观自身，黄治诗云："委顺付自然，营卫易调和。在命有盘错，借病消坎坷。熟味达者言，知其不可奈。"句下注曰："家兄曾颜其斋曰：'知其不可奈何而安之若命居'，余亦以是语镌为印章。"面对无力改变的宿命，尽可能地顺应苦难人生，在心理上求得宽和、淡泊，也是一种人生智慧。黄濬诗"山川草木新奇处，增我乃然物外情"（《哈密次壁间白山静斋韵》），"轮台明月天山雪，且作兰亭禊咏观"，"平生壮志凭挥洒，塞外风云亦大观"（《乌垣解装，假居东关赵氏别业，次前都门僦居韵四首》），也有相同的意味，面对贬谪，诗人咀嚼失意、窘困的种种况味，并从苏轼的精神遗产中寻求摆脱、超越宿命的思想武器。

黄氏兄弟对苏轼的学习，还源于苏轼兄弟间的拳拳友爱、手足

---

1 〔清〕黄濬：《红山碎叶》，载《中国西北文献丛书·西北民俗文献》第二卷，第131页。

2 星汉：《清代西域诗研究》，第238—244页。

情深、声气相求，在逆境之中相互支撑，这与黄濬、黄治兄弟之间的情感极为相似。他们很自然地将自己与苏轼兄弟产生联想，从此中汲取力量。道光十五年（1835）冬，黄濬、黄治兄弟二人曾联袂入都，首途自江右至维扬，一路仿苏轼、苏辙江行唱和，成《古今樵唱》集。来到西域之后，还常步苏轼诗韵进行创作，如黄濬的《常华书屋，次坡翁东坡八首韵，示今樵》："闻子已留髭，口角垂缕缕。老态渐相逼，但未挂杖挂。且此过残年，对床话风雨。"黄治诗亦云："陈迹如烟一扫空，诗篇谁忆旧江东。三年侧足轮台外，七字呕心雪海中。此日豪情犹倚剑，古来名士惯飘蓬。对床风雨知非远，尚累髯苏念老同。"（《余以前作感旧诗寄家兄，家兄次原韵见寄四首，亦依前韵奉酬如数》）两人诗中所言"对床话风雨"都化用苏轼《辛丑十一月十九日既与子由别于郑州西门之外马上赋诗一篇寄之》"寒灯相对记畴昔，夜雨何时听萧瑟"的诗意。

道光二十五年（1845）黄濬获释，兄弟一同归家。回顾二人在西域七年的遣戍生涯，黄濬说的"微吾弟谁其活我耶"洵非夸言，黄治以微薄俸禄供应其兄费用，不仅在物质上帮助黄濬，更是黄濬在逆境中的精神砥砺。他们频繁的诗词唱和，兄弟相知相惜、聊以慰藉，为索然苦痛的生活找到了精神上的支撑，成就了一桩塞外佳话。

苏辙注解《诗经·小雅·棠棣》曰："兄弟之相怀，不见于其平居，而见于死丧之威，今使人失其常居，而聚于原隰之间，则他人相舍，而兄弟相求矣。……人之急难相救不舍斯须，如脊令者，唯兄弟也。虽有良朋，其甚者不过为之长叹息而已。"[1]苏辙从儒家文化立场上

1〔宋〕苏辙:《诗集传》卷九，载影印文渊阁《四库全书》本，台湾:商务印书馆，1986年。

对《棠棣》的阐释，正是对自己与兄长苏轼情谊的最佳注解。黄潜、黄治也深谙此理，他们用自己的行为诠释了"兄弟之相怀，不见于其平居，而见于死丧之威"的情谊。这源自骨肉亲情，亦源自儒家文化的熏沐。

四、张广埏西域诗与道光年间西域史事

道光九年（1829）六月，张广埏作为幕僚随兵部尚书玉麟出关，他与彼时伊犁军府中的各级官员僚属往来密切。在张广埏到伊犁的次年，适逢"玉素普之乱"。他的诗歌对这一特殊历史时期的人事均有记载，可与相关史料相互参证或者补其所阙。

1. 歌舞升平的西域幕府生活

张广埏的身份为军中幕僚，其诗歌展现了伊犁军府幕僚的生活状态。同僚间的雅集赋诗，为伊犁幕府生活增添了一重人文意蕴。如《偕同庄、凤赓、次咸亦园看牡丹》诗中所写赏牡丹花的场景："旖旎娇东风，蓓蕾吹忽破。艳极自矜宠，朵朵盆盎大。……塞上长百花，此迁良非左。茅檐绝依傍，铃阁尊独坐。"[1]《节帅邀同次原学士、同庄明府野堂池上观荷》则系奉陪玉麟赏荷而作，也颇有风致：

> 昨宵微雨过，池塘弄秋影。花花高于叶，妆淡益明靓。画阁帘尽垂，啼鸟一声静。幽讨逸客招，散步短童屏。曲曲围红栏，徙倚履迹并。水气涵虚空，香远各心领。黄沙苦苍茫，清境契兹境。怀旷物自闲，何地非箕颍。[2]

1〔清〕张广埏：《万里游草》，叶二六正。
2〔清〕张广埏：《万里游草》，叶二七正。

身处边塞绝域，也能够泛舟赏荷，悠闲淡远之境，不禁让诗人顿起归隐之念。

张广堒到达惠远城不久，很快就融入军府幕僚群体当中，与同僚及上司均往来密切，在《万里游草》中，他以相关诗作勾勒出道光初期伊犁官员及幕府文人的人生群像。

在这一群体中，容安是一个重要人物。容安，字静止，满洲正白旗人，那彦成之子。道光七年（1827）任伊犁参赞大臣，九年六月，伊犁将军德英阿因病回籍调养，朝廷降旨令容安"署理将军印务"[1]，故张广堒将其称为"赞帅"。张广堒与容安私交颇深，他有《静止赞帅嘱和伊江对雪之作，次韵四首》，诗作全押"尖叉韵"。容安的诗作并未流传，不过通过张广堒之笔，生动展示出容安雅好诗词的个性，他作诗时甚至通过刻意使用险韵来炫耀诗才。张广堒还有《酬家同庄明府珍臬六首》，系为幕友张珍臬作。珍臬字同庄，"归安人，道光三年进士，授山西猗氏知县，以事落职戍伊犁"[2]。诗作中对同庄才华的赞誉，也可以视为对幕僚群体人才济济的生动描绘："飞雪压龙堆，雄边幕府开。旌旗殊整暇，书剑尽徘徊。一道军符速，三更画角哀。从来赞帷幄，须仗出群才。"[3]

与张广堒同时期在将军府效力的幕僚，主要还有张文浩、朱锡爵、牛坤等一干遣戍文人。张文浩，字莲舫，顺天大兴人。道光四年（1824）春，授江南河道总督。以治河不利"命于工次枷号一月，遣戍新疆"[4]。朱锡爵，字吉人，顺天大兴举人，大学士朱珪之侄，曾

---

[1]《清实录·宣宗实录》卷一五七，《清实录》第35册，第416页。

[2]《同治湖州府志》卷七六，同治十三年（1874）刊本，叶四一背。

[3]〔清〕张广堒：《万里游草》，叶一九背。

[4]《清史稿》卷三八三，北京：中华书局，1998年，第11646页。

任山东布政使。在任内各州钱粮亏空，诸事废弛，道光元年发往乌鲁木齐效力赎罪，后又差委至伊犁。牛坤，字次原，原内阁侍读学士。因总监督修建皇陵失误，道光八年充军伊犁。

初至伊犁，正值边陲无事，与僚友们的欢聚宴饮构成了张广埏幕府生活的重要内容。他的《静止赞帅招同研农节帅、家莲舫河帅文浩、朱吉人方伯锡爵、牛次原学士坤、家同庄明府、王凤赓孝廉饮节署之南轩》一诗也详细记述了幕府集会的热闹场景：

> 瀚海烽烟消斥堠，戟门清燕永寒昼。垂垂翠幪静檐雀，焰焰红炉炽炭兽。猩唇鹿尾罗珍馐，粔籹饧餦相杂糅。……寒漏沉沉日既夕，双剑倚壁如龙吼。帐下健儿能小舞，一枝花袅矜清瘦。划然帛裂惊电飞，寒光射眸冰骨透。浏漓顿挫往复回，水帘倒卷泻悬溜。满堂观者尽嗟叹，妙手空空定谁授。[1]

诗歌不惜浓墨刻画了军府宴会铺张奢华的排场，从屋中陈设到桌前佳肴，以及军中健儿舞剑佐酒助兴的细节无一不摄入笔端。在另一首《腊月二十一日，吉人方伯招同莲舫河帅、同庄明府、凤赓孝廉饮于寓斋》中，也有"促坐开尊送落晖，快谭泥酒烛成围。莼鲈不用江南忆，鹿尾堆盘锦雉肥"之句[2]，描写的仍然是幕府雅集的场面，成为道光初年伊犁军府幕僚日常生活与交往的真实写照。

作为一名军府幕僚，囿于时代与身份地位的双重限制，张广埏自然很难意识到他对伊犁军府歌舞升平景象的赞颂，是否与清朝盛世衰落以及张格尔之乱刚刚平定的历史背景相协调。但从客观而言，

1〔清〕张广埏：《万里游草》，叶二〇正—叶二〇背。
2〔清〕张广埏：《万里游草》，叶二一背—叶二二正。

这一系列诗文作品的确从侧面反映出道光初年伊犁地区驻防官员安于现状、对边疆形势过于乐观的现实，这一切似乎也昭示了随后爆发的玉素普事件的必然性。

2.历经艰险的平定玉素普之乱时期

当张广埏"九边绥靖庆昇平，雪水消时尽劝耕。衍出村男村妇乐，弓刀队里谱春声"（《灯夕节署听农歌》）[1]的赞颂还余音未尽，道光十年（1830）玉素普乱起，张广埏与许乃穀一样，也成为这次事件的亲历者。

玉素普之乱打破了幕府生活的平静悠闲，迫使张广埏开启了另一段完全不同的人生境遇。他也"晃晃银烛残，曙色穿户牖。……磨盾此草檄，搦管疲两手"[2]，积极为平乱出力。《万里游草》中前后共有十二首诗作涉及此事，首次以诗歌的形式、从亲历者的视角记述了事件的始末。这些诗作不仅可以与实录、方略等文献相互印证，其中所蕴含的作者本人的生动情感以及对相关细节的艺术化关照，都具有其他传世文献无法比拟的价值。兹分三点论之：

第一，变乱爆发及清政府的应对。

《清实录·宣宗实录》道光十年八月初十日条所载"安集延回匪突入喀什噶尔卡伦内，戕害卡伦官兵"一事[3]，标志着这次变乱的开始。张广埏作《八月十六日夜，自绥远城饮归，得喀什噶尔八百里警报》长诗，第一时间反映了事件的经过及清政府的应对措施。

全诗共27韵54句。前四句"塞外无木犀，醉月罢呼酒。一军

1〔清〕张广埏：《万里游草》，叶二二正。

2〔清〕张广埏：《万里游草》，叶二八背—叶二九正。

3《清实录·宣宗实录》卷一七三，《清实录》第35册，第683页。

忽夜惊，传来羽书陡"¹，点明变乱爆发的突然。紧接着写清军初战受挫："胡马敢窥伺，奔腾越冈阜。贼氛聚益炽，四野骄践蹂。可怜塔节使，当关虎不吼。"《清实录·宣宗实录》中也记载了这次失利："喀什噶尔有安集延贼匪扑入卡伦，与官兵打仗滋事，帮办大臣塔斯哈，追击至明约洛地方，遇伏陷殁，并将带兵策应之副将赖允贵，一并被困，势甚危急。"²张广埏诗中自注所述与之一致："协办大臣塔斯哈率百人御贼，俱阵殁。塔斯哈，汉语虎也。"³

诗歌重点描写了变乱爆发的前兆，特别对当事官员的疏于防范加以批评："夏间湍领戎，统戍出隘口。闻警持重归，戈铤免击掊。驰檄促戒严，泄泄强分剖。坐令贼势壮，疏防更谁咎。狂闻控驭乖，集毒宜益厚。"句后自注亦称：

伊犁领队湍多布，率兵巡卡，并赴喀城换防，遇布鲁特比额勒吉拜，告以浩罕谋截防兵即掠伊犁、厄鲁特部马匹，前袭喀城。节帅命巡卡毕，即整军返，奏请暂停换防。贼知谋泄，不敢窥伊犁。节帅飞檄令喀城设备。并侦虚实，而参赞某反以卡外静谧，伊犁轻听入奏，竟致是变。

诗歌及注语所载之事，是指道光十年六月间，伊犁领队大臣湍多布巡查布鲁特边界，哈萨克公阿布拉、布呼爱曼，布鲁特比额勒吉拜告知有布鲁特人约同浩罕纠结千人，欲劫掠换防喀什噶尔官兵。伊犁将军玉麟因奏请将南路换防官兵暂停一年，请于次年巡查

<hr>

1〔清〕张广埏：《万里游草》，叶二七背。
2《清实录·宣宗实录》卷一七三，《清实录》第35册，第683页。
3〔清〕张广埏：《万里游草》，叶二八正。

边界，并添派兵力弹压逆匪。但是喀什噶尔参赞大臣扎隆阿却认为"不应自行惊疑，恐激成事端，转添边患"[1]，进奏指驳玉麟之议。张广垿诗注中所说的"参赞某"无疑即指扎隆阿。玉素普之乱的爆发与蔓延具有多方面的原因[2]。张广垿将责任单方面归结于扎隆阿轻敌，有将问题简单化之嫌。但后来整个战乱局势的扩大，的确与扎隆阿处理问题方式欠妥有关。故当乱事平定以后，道光帝便将扎隆阿革职，理由主要也在于扎隆阿"身任边疆重寄，于卡外贼情，未能觉察，率派满汉官兵冒昧轻出，以致全行阵殁，又不将官弁伯克兵民回子等妥为布置，令其并立防堵，一任伯克等奔入新城潜匿，回城失守"[3]。

玉素普攻下喀什噶尔回城后迅速包围汉城，南疆地区陷入巨大的灾难之中，玉麟立即调集军队赴援。诗歌及注语对此均有反映：

> 蚁附环孤城，夷酋狂指嗾（十三日围城）。哀哀回部民，屠戮等鸡狗。将军急拯援，愤怒气冲斗。熊罴四千士，军籍按某某。救兵如救火，冰岭疾驰走（发兵四千，命领队贵成、额尔固伦由冰山疾移阿克苏，赞帅督师继进）。飞札下诸部，征帅及陇右。红山挽刍粟，络绎明驼负（札乌鲁木齐运粮）。温宿及莎车，协力慎固守。

伊犁援军分为三起翻越穆素尔达坂赴南疆平乱。《清宣宗实录》

1《清实录·宣宗实录》卷一七一，《清实录》第35册，第655页。

2 主要原因有那彦成主持张格尔之乱善后事宜，禁断与浩罕贸易，引发浩罕国的记恨。参潘志平：《浩罕国与西域政治》，乌鲁木齐：新疆人民出版社，2006年，第84—85、95—97页。

3《清实录·宣宗实录》卷一九三，《清实录》第35册，第1045页。

记载玉麟得到逆匪进犯卡伦消息之后，"当即拣派领队大臣额尔古伦，带兵一千名，贵成带兵一千名，定于八月二十日，先令一起启行，以后间一日行走一起，由冰岭星速前往救援"[1]。头两批援军出发后，又"添派惠远城、巴燕岱两满洲营，锡伯、索伦、察哈尔、额鲁特四营，及绿营官三十员，兵一千名，并檄调库尔喀喇乌苏及精河两处游牧之土尔扈特王贝勒等，令其拣派精兵一千名，又招募乡勇，酌派民遣一千名，并拣派得力文武员弁，均由容安带往阿克苏防堵。……著容安即督率前进，赶紧驰赴阿克苏，会同长清相机妥办"[2]。除去所调遣的土尔扈特士兵外，伊犁地区共派援军四千名，正合张广埏诗中所载。

容安率军出发时，张广埏作《送静止赞帅督师赴援》一诗。诗歌首先渲染了敌军之凶残："疏勒城头乌夜哭，胡虏杀人满山谷。孤军御敌胡不谋，头颅洒地血漉漉。贼众城下如蚁屯，回男回妇罹惨酷。"[3] 其次描写喀什噶尔围城形势的紧急："土城如斗七里强，戍卒数千半挫衄。妖氛三匝尘满天，纵饶墨守势亦蹙。"然后引出容安于临危受命之际，为朝廷所倚重："四十登坛古所稀，一朝高建元戎纛。旌旗日丽兵气扬，剑戟霜寒军令肃。冰山雪海超乘过，勇士功成不遗镞。"末了还追溯了从阿克敦到容安曾祖阿桂、父亲那彦成宣力西陲的功绩，勉励容安建立奇功："只手为障危城全，痛扫鲸鲵京观筑。试看雄边四世臣，更晋崇班五等服。"句下自注谓："赞帅已袭封子爵。"字里行间充满着对友人的期望，以及对平乱战争正义性的颂扬。

1《清实录·宣宗实录》卷一七三，《清实录》第35册，第690页。
2《清实录·宣宗实录》卷一七三，《清实录》第35册，第693页。
3〔清〕张广埏：《万里游草》，叶二九正—叶三〇正。

第二，军府幕僚的行动。

《万里游草》中所反映军府幕僚们随军赴南疆前线效力的情形，以及张广埏本人的情感态度，都颇有特色。张广埏的幕友们几乎都在战事中行动了起来。如以下两首诗作：

> 遥遥征旗逐，莽莽阵云屯。韬略鸿儒裕，边关幕府尊。凌山秋皎洁，毳帐月黄昏。早晚肤功奏，刀环荷主恩。(《送次原学士参赞帅幕》)[1]

> 飞骑绕冰山，苍茫雪海环。髦头星不落，弓势月同弯。上策兵须速，危途气肯屏。便从温宿国，径入玉门关。(《九月三日送莲舫河帅参鉴庵节使长清幕赴阿克苏》)[2]

前一首诗赠友人牛坤，由诗歌题目可知，牛坤也随着容安所率的第三批援军前往增援南疆。后一首诗歌赠张文浩，诗称莲舫即将赶赴阿克苏办事大臣长清幕府。张文浩在容安、牛坤之后出发，也取道冰岭前赴阿克苏，这些细节均未见载于实录。

张文浩之子张仲虞亦随父前往阿克苏，出发之前，张广埏作《家仲虞上舍随侍尊人莲舫河帅赴阿克苏，濒行出拜竹图照属题，成此即以志别》诗相送。诗中对冰岭的描写尤其生动："况闻此去程，险峻骇僮仆。穆肃尔打板，横亘难为幅。冰笋高插天，划裂震山谷。晶柱径尺撑，盎然凸石腹。神鹰导其前，驼骨纷排蹴。苍茫俯雪海，

注视悸心目。"[1]张广埏并未经行冰岭，他只是将耳闻敷衍成诗，通过这种渲染，也可以看出随军幕僚们长途跋涉、不辞劳苦的精神。如前所述，道光年间军府幕僚的身份多系遣戍废员，他们也希望通过随军效力而获得早日赦免的机会，上引两首诗作末联的"早晚肤功奏，刀环荷主恩""便从温宿国，径入玉门关"，也均以此意作结。

实际早在道光六年（1826）张格尔叛乱期间，张文浩、朱锡爵等人就曾请缨随营效力，道光帝以"该革员等向未谙习军务，岂能胜办理粮饷之事"为由，"著饬令赴乌鲁木齐，交英惠酌量差遣"[2]。参与平定玉素普之乱，也没能改变他们的命运。《清宣宗实录》记载朝廷也曾考虑到"回疆地方，办理汉字文案者较少"，要将伊犁废员酌量派调差委，"惟将来事竣，断不准滥行渎请，妄冀恩施"[3]。具体应当就是针对上述人事而言。他们当中遭遇最为不幸的还数张文浩，他最终没有被赐还，于"〔道光〕十六年，卒于戍所"[4]。

张广埏本人没有前赴南疆，但他出于对战事的牵挂，也密切关注着局势的发展。战乱伊始，他的诗作中充满着担忧之情："云气压山昏战垒，角声吹月上边城。沙场一箭歼胡虏，飞将长怀李北平。"（《秋感》）[5]"霜天月落云气黑，伊江城头夜吹笛。……沉沉更漏宵不眠，思妇高楼泪沾臆。"（《闻笛》）[6]道光十年（1830）十一月英吉沙尔、喀什噶尔二城解围，张广埏闻讯又作《十一月望后闻喀城解围》："月落孤城鬼夜号，妖氛三月莽周遭。乍闻灞上移旌旆，忽报单于远

1〔清〕张广埏：《万里游草》，叶三一背一叶三二正。

2《清实录·宣宗实录》卷一〇五，《清实录》第34册，第746页。

3《清实录·宣宗实录》卷一七九，《清实录》第35册，第802页。

4《清史稿》卷三八三，第11646页。

5〔清〕张广埏：《万里游草》，叶二九正。

6〔清〕张广埏：《万里游草》，叶三六正。

遁逃。戎幕欢声验乌鸟，沙场白骨乱蓬蒿。飞狐塞外申天讨，好斩楼兰血洗刀。”[1] 喜悦心境溢于言表，生动展现出一个军府幕僚的心态变化。

第三，与战事相关的其他细节。

在张广埏有关玉素普之乱的诗作中，《喀城戍卒有剃辫易回子装，赍蜡书来乞援者》是较有特色的一首。全诗如下：

高垒环四城，城乌绝鸣嘎。健儿赴贼营，捷甯脱趫黠。飞走先驲骑，不怵冰岭滑。仓皇叩军门，恸哭语啁哳。犬羊数万众，猖狂嗜戕杀。血肉填沟壑，金帛恣搜刮。被体杂档绸（夷人多衣档绸，俄罗斯出），缠额绚锦帕。短刀横腰间，噬人猛貙貏。危城断樵汲，刁斗声磨戛。捍卫兵力孱，旦夕虞猝拔。愿驱组练师，一鼓歼群猾。脱帽九顿首，悲哉头秃髗。赴难忘死生，奚惜毛发摺。从来盗贼横，壮士遭剥刮。君不见拔剑截指血淋漓，人世男儿有南八。[2]

诗歌连同注语，描写了一位勇士乔装打扮从喀什噶尔突围，至惠远求援之事。诗歌首先描写勇士剃发突出喀什噶尔重围到达伊犁。中段复述乞援之语，末了对其义举给予了赞誉。末句中点化唐朝名将南霁云协助张巡镇守睢阳城的典故，南霁云因排行第八，人称“南八”。句中以之代指这位无名勇士。由《万里游草》诗作的编年次第来看，此人至伊犁乞援时在道光十年（1830）九月三日之前，此时由伊犁派出的援军尚在途中。诗歌所述叛匪声势猖狂，及喀什噶

1〔清〕张广埏：《万里游草》，叶三六背。

2〔清〕张广埏：《万里游草》，叶三〇背—叶三一正。

尔形势危急之景如在目前，更衬托出军情的紧急与乞援者的勇敢。

如前文所论，这次战乱期间叶尔羌城被包围之际，办事大臣壁昌的仆人戴崇义，也曾突围求援，许乃毅将其事迹演绎为《辽东健儿歌为壁星泉参赞纪纲戴存义作》一诗。而张广墭诗中的这位无名勇士穿越冰岭抵达惠远城，所行距离更远、路途更加艰辛，壮举完全可与戴崇义相匹。他的经历幸赖张广墭之诗才得以保留彰显，不仅是成千上万个为维护边疆稳定、国家一统做出贡献的平凡人物的缩影，也成为正史之外，还原历史事件过程与真相不可或缺的生动文献。

道光十一年（1831）五月二十日，张广墭自伊犁启程东归。留下《五月二十日促装返都，诸公枉送地窝铺，车中口占留别》《寄家同庄明府》等诗作。他急于东还，一方面可能是出于"以疾还京"的身体原因，更直接的因素恐怕在于军府人事的变故。

玉素普之乱虽然历时三个月就被平定，但却暴露出清军应对滞后，以及将帅内部诸多不协。道光十年（1830）容安率援军急进，"于九月十二日驰抵阿克苏，行走极为迅速"[1]。可当他抵达阿克苏后，适逢叶尔羌围城军情紧急，却坐视壁昌孤军守城而迁延不救，贻误了战机。道光帝怒斥"容安以带兵大员，任意宕延，怯懦无能，著交部议严加议处"[2]。又令长龄审拟容安罪款"依军临敌境违期三日斩监候律，斩监候秋后处决，即派妥员押解刑部监禁"[3]。容安被治罪一事就在张广墭盘桓伊犁期间，然而他的诗文中对此并未流露出蛛丝马迹。

战事进行期间，清政府即"颁给大学士公长龄钦差大臣关防，

1《清实录·宣宗实录》卷一七七，《清实录》第 35 册，第 761 页。

2《清实录·宣宗实录》卷一七七，《清实录》第 35 册，第 764 页。

3《清实录·宣宗实录》卷一八三，《清实录》第 35 册，第 891 页。

驰往新疆督办军务"[1]。乱平后玉麟奉旨"将伊犁将军印信交布彦泰署理，迅即起程，驰赴阿克苏"[2]，同长龄一道办理善后事宜。张广埏《节帅奉命赴阿克苏，同扬威将军懋亭公相会谳，并酬善后事宜，赋此恭送》一诗当即作于此时。尽管诗中还有"绝域山川堪数掌，大儒兵甲本罗胸。勋名紫阁衔恩重，异数还酬上将庸。……军吏欢迎酋长拜，老臣黄发已皤皤"的溢美之词[3]。但很显然，随着容安治罪与玉麟离任，张广埏在伊犁也陷入了无所依傍的境地，其宣力西陲以期进用的初衷也彻底绝望，不得不另觅出路。

张广埏在东还之后"未叙功，以知县拣发福建"[4]，历任将乐、古田、光泽，建宁等地县令，多有政绩。同治六年曾赏加知州衔，年八十五而卒。除了《万里游草》之外，先后著有《资清真室吟稿》《长安索米吟稿》《荔乡吟稿》，构成其游历与仕宦之途的多部曲。在清代所有亲履西域的文人当中，张广埏在西域生活时间并不长，然而在他短暂的游幕生涯里，却体验到了两种截然不同的生活经历。这成为张广埏一生中最为难得的阅历，也使他的相关著述在清代众多关于西域的著作中独树一帜。

本章小结

《文心雕龙》开启了"得江山之助"说，清人沈德潜发覆曰："古

---

1 《清实录·宣宗实录》卷一七四，《清实录》第35册，第705页。

2 《清实录·宣宗实录》卷一八四，《清实录》第35册，第925页。

3 〔清〕张广埏：《万里游草》，叶三七正。

4 〔清〕杨泰亨编修：《光绪慈溪县志》，光绪二十五年（1899）刻本，叶一正。

诗人，得江山之助者，诗之品格每肖其所属之地。"[1] 足见地理环境对文学有着深刻而积极的影响。清代以来更多的文人有机会亲履西域，从而将更多真实的边疆风物摄入诗歌吟咏的范围，极大开拓了清代边塞诗写作的内容，推动清代"文学西域"形象建构的直接改变，同时也影响到未至西域文人的西域认知和文学创作。

对于西域诗本身来说，当诗人们离开了依恋的故土江南，西出阳关，抛开原有的创作思维，开始在广袤天地中找诗材、寻诗趣，写出最真实的人生体验。在描绘西域时，清人不再规模唐人的诗意，在新的时代精神的鼓舞下，他们充满激情地"马上吟诗"，在鞍马风尘中惊奇地发现了西域的美，如施补华《酒泉留别》诗云："故园兄弟应相笑，辜负乡村下泽车。"[2] 这位江南才子作为左宗棠西征军幕僚，同治五年随军出关，足迹遍及南疆。边塞的生活经历，也促使其诗歌创作达到新的高峰。再如洪亮吉嘉庆四年八月因直书言事，"照大不敬律，拟斩立决。二十七日，恩旨从宽，免死，改发伊犁，交将军保宁严加管束"[3]。嘉庆五年（1800）二月到戍，当年五月便被百日赐还，成为西域流放史上的特例。虽然仅仅一百天就被赐还，他惊叹于西域之闻见"为平生所未有"[4]。回乡后，被限居于江南一隅，改号更生，潜心学问，不思仕途，将"出关入关所作，编为《荷戈》《赐还》二集，海内旧交作诗题集后者，不下百首"。尽管他在伊犁所居前后不及百日，但西域经历对其人生与创作的重要影响不容忽

1〔清〕沈德潜：《芳庄诗序》，载叶燮、薛雪、沈德潜：《原诗·一瓢诗话·说诗晬语》，北京：人民文学出版社，2005年，第245页。

2〔清〕施补华：《泽雅堂诗二集》，载《清代诗文集汇编》第731册，第498页。

3〔清〕洪亮吉：《遣戍伊犁日记》，载周轩、修仲一编著：《洪亮吉新疆诗文》，第31页。

4〔清〕洪亮吉：《出塞纪闻》，载周轩、修仲一编著：《洪亮吉新疆诗文》，第65页。

视。赵翼在《题稚存〈万里荷戈集〉》一诗中说："忆君唯恐君归迟，爱君转恨君归早"。[1]作为洪亮吉的友人，赵翼也认识到西域的经历对于洪亮吉而言有着重要意义，在西域这百日，使他告别了原本模山范水的"无我之境"，诗歌创作在题材内容和美学风格上都达到了前所未有的高度，这不正是"得江山之助"的绝佳呈现？

1〔清〕洪亮吉：《北江诗话》，北京：人民文学出版社，1983年，第11页。

第四章　江南文人对西域的遥想与关注

有清一代，许多普通的江南文人开始关注西域，甚至许多江南学人还未到过西域，但通过研究西域历史地理、鉴赏收藏西域金石文物、口耳相传西域见闻、创作诗文来展现他们对于西域的遥想与关注。体现了清代士人国家观、西域观的变化。本章特选取两个代表性的文学视角进行研究，分别为：平定西域诗文的创作与西域风土组诗的创作，所涉及的作家大多身处江南，或受人生经历的影响与时局的刺激，或受地志与文学书写的感发，或受亲历西域友人的感召，开始主动描写西域，用自己的文学创作抒写了江南文人西域关照的新范式。

第一节　江南文人的平定西域诗文

一、平定西域诗文的创作背景

1.乾隆皇帝平定西域

清初用兵西北，历康熙、雍正、乾隆三朝。乾隆二十年（1755）至二十四年，乾隆皇帝先后平定了天山以北的准噶尔部和天山以南的大小和卓叛乱，统一了天山南北，于乾隆二十七年置伊犁将军，下设喀什噶尔参赞大臣、塔尔巴哈台参赞大臣与乌鲁木齐都统。清代西域进入政治、经济发展最为稳定的阶段。

　　乾隆帝说："回部固告成功，而平定准噶尔全局亦于此大定。"[1]
平定西域，是乾隆十全武功之一，对清朝版图奠定有着别地难以匹
及的意义。乾隆二十九年，御史曹学闵以"近年来，平定准噶尔及
回部，拓地二万余里，实为振古未有之丰功"，奏请将西域新疆增
入《大清一统志》。正如时人所言："此舆地之学，所以必详于大一
统之朝也。"[2]为了庆祝功绩，彪炳史册，乾隆帝下令举行了一系列文
化活动，如绘制《平定西域战图》，官修《西域图志》，他还亲自撰
写《平定准噶尔勒铭伊犁碑》《平定回部告成太学碑》《平定回部勒
铭叶尔奇木碑》等碑文，以满、汉、蒙、藏四种文字载录，谕令"勒
铭伊犁者二，勒铭格登山者一"[3]。并与周围的文学侍臣共同吟诗作
赋，产生了大量歌颂平定西域功绩，以及统一后升平气象的诗文。

　　乾隆皇帝关于西域战事的诗作很多，如《西陲》《阿桂奏报净
剿番回信至诗以志事》《明亮等奏新疆事宜诗以志慰》《西师底定伊
犁捷音至诗以述事》等[4]。其《西师底定伊犁捷音至诗以述事》有"乘
时命将定条枝，天佑人归捷报驰。无战有征安绝域，壶浆箪食迎王
师"之句[5]，庆祝平定准噶尔部之役的胜利，充满了盛世的自信和豪
迈之情。

　　文人的此类诗文也应运而生，如李调元《平定西域恭纪八首并

　　1 中国第一历史档案馆编：《乾隆朝上谕档》第三册，北京：档案出版社，1991 年，
第 361 页。

　　2〔清〕袁枚：《萧十洲西征录序》，自《小仓山房文集》卷一一，载《袁枚全集》，南京：
江苏古籍出版社，1993 年，第 199 页。

　　3〔清〕魏源：《圣武记》卷四，北京：中华书局，1984 年，第 157 页。

　　4 参周轩：《乾隆帝伊犁诗文研究》，《伊犁师范学院学报》，2013 年第 2 期，第 22—
28 页。

　　5 钱仲联主编：《清诗纪事》（九），南京：江苏古籍出版社，1989 年，第 4612 页。

序》，钱大昕《平定准噶尔告捷礼成恭纪一百韵》《回部荡平大功告成恭纪一百韵》，纪昀《平定准噶尔赋谨序》，钱陈群《平定准噶尔诗谨序》，赵翼《平定回部铙歌》，王鸣盛《平定准噶尔赋》，彭启丰《定西域凯歌》，郑虎文《平定准噶尔恭纪八首》，等等。目前保存平定准噶尔诗文最多的是嘉庆初年董诰主编的《皇清文颖续编》，此书属于御选诗文集，首录乾隆帝诗文，名曰"圣制文"或"圣制诗"，次选臣子之作。当时在位的朝臣几乎都加入了"颂圣"的队伍。

2．平定张格尔叛乱

乾隆平定西域之后，西域政局稳定，道光帝说："自我朝平定回疆以来，各城回子咸隶版图，纳赋交粮。……八城回子安居乐业者，垂六十余年。"[1] 长时间的太平盛世，令平定西域诗文创作渐趋平静。

波罗泥都（大和卓）之子萨木萨克在大小和卓之乱后逃居浩罕，其第二子张格尔素有政治野心，阴谋潜回南疆恢复其先祖和卓时代的统治。道光朝以后，清朝国力日下，对边疆控制力逐渐衰减。从嘉庆二十五年到道光八年（1820—1828），在英国的怂恿和支持下，张格尔勾结浩罕国势力三次窜入南疆，利用南疆各族人民的反清情绪及其宗教影响，集众万余人发动叛乱。叛军攻占喀什噶尔、英吉沙尔、叶尔羌、和田等城。清政府命伊犁将军长龄调集军队组织全面进攻，先后收复喀什噶尔等城。道光二十八年初，张格尔逃至喀尔铁盖山被清军擒获，解至北京，叛乱平定。

张格尔叛乱打破了平静局面，再次将人们的关注点移到了西域，士大夫纷纷写诗作文，虽然时局动荡，国力逐渐衰微，但士人关注国家的情怀反而更加强烈。

---

[1]《清实录·宣宗实录》卷一〇二，《清实录》第34册，第679页。

3. 左宗棠重定新疆

道光至咸同年间西北战事纷扰不绝，同治十年，阿古柏入侵西域，俄国军队趁机出兵占领西域重镇伊犁及其附近地区，引发了中国西北边疆严重的民族危机。光绪元年（1875）三月，清政府授任左宗棠为钦差大臣，督办新疆军务，任命金顺为乌鲁木齐都统，帮办新疆军务，开始驱逐侵略者。光绪二年春，清军经河西走廊挺进西北，渴望解脱阿古柏残酷奴役的西域各族人民主动拿出粮食、马匹等支援清军。左宗棠采取了"先北后南"的方针，进行了历时一年半的斗争，恢复了北疆大部分领土。光绪三年，清军乘胜进军南疆，阿古柏见大势已去，在库尔勒服毒自杀，左宗棠收复新疆的战争大获全胜。

二、从文化纪功到乱世独欢：清代平定西域诗文的创作特点

平定西域诗文多旨在歌颂，意在纪功，为了彰显平定西域的赫赫武功，大都是长篇巨制，或以长篇古体、排律为主，动辄数十韵上百韵，或联章组诗，动辄十余篇。大部分作品以赋法铺叙，追求雄奇壮阔的气势。然而三次平定西域贯穿百年，诗文的创作有较大区别，主要表现在两个方面：

其一，时代精神不同。乾隆是清军入关后的第四位皇帝，经过康熙、雍正朝的发展，清朝国势已强，呈现出蒸蒸日上的发展态势。至乾隆中期，清除了准噶尔部的割据势力，完成对边疆地区的统一，迎来了"拓疆万里，中外一统"的盛况。这一时期的诗歌创作，均以"颂美"为旨归，基本上沿袭了为君主歌功颂德的范式，歌颂战争的正义性，以及皇帝决策英明、将士骁勇善战，谴责分裂分子背

信弃义、负隅顽抗的卑劣可笑行径，但是这些诗文对西域缺乏直接的感性认识，多是高唱赞歌，内容多流于空泛。在写作手法上，多为洋洋洒洒的千言大赋或珠圆玉润的律诗，带有"诗可以群"的大雅庙堂特色，呈现出共襄盛世、乐享太平的姿态。

清中叶后，清朝经历了外敌入侵、太平天国起义，在内忧外患的打击下日渐陷入深刻的危机之中，国力衰颓，政权动荡，边疆问题迭出，整个西域常常处于动乱状态。种种矛盾已经不允许士人们再盲目乐观，时人不再仅仅歌颂升平气象，部分作品开始痛定思痛，由一味歌功颂德转向对时局的反思。

其二，作者身份不同，乾隆时期平定西域诗文的创作主体是上层文人，他们的创作动因有二，一是为逢迎皇帝应旨而作，通过自上而下的朝野歌赋来谀圣。这些深沐皇恩的庙堂文人，赞君主、扬颂声是其义不容辞的责任。二是在迎合圣意的同时为个人仕途做铺垫。清代笔记中记载："嘉善谢金圃侍郎墉，乾隆辛未以优贡应南巡召试，列第一，赐举人，授内阁中书。明年，赐进士出身，改翰林，因撰文错误落职，乙卯献《平定回部铙歌》复原官，在上书房行走。"[1]以此类作品附和皇帝，献诗朝堂，本身可以有助于功名，这对天下士子的诱惑无疑是颇为巨大的。在这种创作动机的影响下，平定西域诗文常常充斥粉饰太平、谀媚虚美之风。

阮葵生的《平定回部西陲永靖大功告成颂》《平定西域谢表》就作于此背景之下。阮葵生（1727—1789），字宝诚，号吾山，淮安府山阳县（今江苏淮安）人，乾隆十七年（1752）中举，二十六年会试以中正榜录用，授内阁中书，入值军机处，兼三馆纂修。历任

1〔清〕徐珂：《清稗类钞》，北京：中华书局，1984年，第313页。

监察御史、通政司参议、刑部侍郎等职。阮葵生对乾隆年间清政府为了维护祖国统一和领土完整所采取的军事行动进行了记录，不仅歌颂了乾隆皇帝面对"时议者皆疑事之艰阻"的复杂形势，能够力排众议、果断决策，同时也再现了西征将士精诚协作、英勇战斗的过程，读之如临其境：

> 将军兆惠承奉诏，率三千人斩城掠地，风驰电掣，直至逆酋所居叶尔奇木城下。先遣百人济黑水河，直前搏战，贼众数万皆披靡，斩级无算乃退，筑堡河侧以守。是时孤军深入，后无济援，回众虽不敢逼，计欲坐困我师，势甚危急，而天子夙念战士久役劳苦，所遣更代士卒已在中道。副将军富德等檄令疾行赴援，既压贼境，马力疲饥。适参赞臣阿里衮驱马继至，锦合云屯，士气益振，遂相与夜斫贼营，内外合势夹击，呼噪雷轰，贼惊扰不知天兵之几万数，终夜自战，积尸流血蔽地，急解围遁去，两军既合，整旅还驻阿克苏城，军威暂暇，秣马训卒，厉刃毂弓，将进为霩灭计。贼酋度螳臂之莫当车轮，鼷鼠之莫当强弩，即震怖窜去，诸城守次第悉降，诸将复突入追败，贼走拔达克山。[1]

此诗描写了乾隆二十三年，将军兆惠与小和卓在黑水营展开的关键战争。兆惠带领三千人追击敌军，直指叶尔羌（今新疆莎车）城下，当时清军孤军深入，后无济援，在叶尔羌河畔被叛军层层围住，形势危急，副将军富德疾行驰援兆惠，参赞大臣阿里衮也率精

1〔清〕阮葵生著，王泽强点校：《阮葵生集》（上），西安：陕西人民出版社，2009年，第358—359页。

骑而至，内外夹击，突围成功，叛军败走拔达克山。黑水营之战是
清军平定大小和卓叛乱中至关重要的一次战争。清人对此战胜利或
认为出于"天意神助"，或认为"夸饰不实"[1]，阮葵生则客观地指出，
乾隆皇帝的正确指挥，以及将领们机智勇敢和身先士卒、战士们奋
不顾身的战斗精神，都是取得胜利的主要因素。

　　道光以后，一些中下层文人开始加入颂圣的队伍。如同治时期
浙江诗人董沛（1828—1895），其组诗《演番部合乐辞》就是这一
类型的作品，"番部合乐"是清廷于宫内演奏的少数民族合奏音乐，
这组诗就是为该乐曲所配之词，共三十六首，将清朝开国以来与番
部关系的大事演绎于音乐歌词之中。其中关于平定西域有：

　　　　万木森森古战氛，秦军西上寇西奔。阏与先占登山著，不
　　　　殚名王殚可敦。（其十二）[2]

　　自注云："西域准噶尔蒙古世强盛，其酋噶尔丹据漠北，屡扰边
界。圣祖再驾亲征，贼走昭莫多，大将军费扬古以西师邀之，麾步
骑先据小山，而以奇兵袭阵后，贼大败，厥妃阿努死焉。'昭莫多'，
蒙古语大树林也，明成祖败阿鲁台即其地。"这首诗叙述了噶尔丹
军与费扬古西路军激战昭莫多之事，此战清军分兵夹击，痛歼了噶
尔丹部众，杀噶尔丹妻阿努，噶尔丹大败。再如：

　　　　大渠前导树降幡，两路旌旗出玉关。二十五人宵突阵，天

　　1　钱宗范：《1758—1759 年清军破黑水营之围探因》，《广西师范大学学报》2006 年
第 4 期，第 130 页。
　　2〔清〕董沛：《六一山房诗集》，载《清代诗文集汇编》第 707 册，第 346 页。

风一扫格登山。（其十三）[1]

自注云："乾隆初，准噶尔相继篡夺，酋长萨喇尔、阿睦尔撒纳等叩关降。高宗命班第、永常为将军，两路出师，以阿酋副班第，萨酋副永常，建旧蘖先行，诸部望风归附，其汗达瓦齐，拥万人保格登山。侍卫阿玉锡率二十五骑夜袭其帐，横矛大呼，逆众瓦解，收降众七千人，达瓦齐南窜乌什，为回酋霍吉斯擒献。"这首诗叙述了乾隆初年，辉特部首领萨喇尔、阿睦尔撒纳投降清朝，并极力鼓动清政府征伐西域，乾隆皇帝果断让萨喇尔、阿睦尔撒纳率领前锋部队，因仍用其所部旧蘖作为先导，于乾隆二十年（1755）二月，派出五万大军分两路进军伊犁，一路长驱直入，各部闻风归服。准噶尔部万人退据格登山（在今伊犁昭苏县境）。五月十四日夜，阿玉锡等二十五勇士前往山上侦察，乘夜突袭敌营，准噶尔部溃不成军，四下逃散，其首领达瓦齐落荒而逃，翻越天山流窜南疆，被乌什城主伯克霍集斯捕获，缚献清军，押解入京。后得到乾隆帝的赦免，并封为亲王，配以宗室之女，留居京城。为纪念平准的巨大胜利，乾隆帝命在格登山上立碑纪功，亲自撰写《平定准噶尔勒铭格登山之碑》文，记录格登山战役概况，表彰二十五位勇士。

再如组诗其十四所写：

狼子何能革野心，渔当竭泽猎焚林。乌孙城郭轮台戍，炎曒全消积雪阴。[2]

1〔清〕董沛：《六一山房诗集》，载《清代诗文集汇编》第707册，第346页。

2〔清〕董沛：《六一山房诗集》，载《清代诗文集汇编》第707册，第346页。

　　自注云："准地初平，分建四部，以降酋阿睦尔撒纳为杜尔伯特汗，噶尔藏为绰罗斯特汗，巴雅尔为辉特汗，沙克都为和硕特汗。已而阿酋先叛，噶酋、巴酋继之。上震怒，命诸将军分道搜剿，熏山网谷，禽鼫无孑遗，惟沙克都不从乱，为雅尔哈善所坑，沙克都夫妻宛转帐中相抱而死，于四部中实不幸焉，遂开新疆，建伊犁、迪化诸城堡，兴屯列戍，同于内地，至今称重镇。"准噶尔平定之后，清朝准备在此实行盟旗制，分封四汗，分而治之。实际上车凌为杜尔伯特汗、阿睦尔撒纳为辉特汗、班珠尔为和硕特汗、噶尔藏为绰罗斯汗，董沛对四汗的记忆有误。这一结果让阿睦尔撒纳夺取准噶尔部最高权力的目的化为泡影，后来阿睦尔撒纳公开叛清，天山北路再度陷于动乱。乾隆震怒，命诸军分道搜剿，最终扫平了分裂势力，并在伊犁等地兴屯驻守。

　　这组诗歌除了描写收复西域之事，还涉及土尔扈特回归、和田采玉、贡市贸易等重要事件。如：

　　　　枵腹闲关绕道行，衣粮络绎庆重生。开都河畔多青草，牧马春风两岸平。（土尔扈特本准夷旧四部之一，明季投俄罗斯。乾隆中，伊犁甫定，其汗乌锡巴以十六万口南行，为哈萨克布鲁特所截，改由戈壁间，绝水草旬日，始至伊犁，仅存七万余口。诏给马牛羊二十六万，粮茶裘布毡棉称是。以哈拉沙为其牧地，傍开都河两岸，水草广莫，俾建牙焉。）（其十六）

　　　　玉山玉水孕奇胎，自昔于阗采取来。不道莎车新建闻，河神受享亦呈材。（和阗古于阗，产玉甲天下。叶尔羌古莎车，旧无玉河。自办事大臣祭河神，产玉遂盛。嘉庆四年，叶尔羌山获大玉，重者至万余斤，亦一奇也。）（其十八）

牲币交通市易车，暑寒徙帐本康居。还看捐毒循休境，大勇鸿仁拜献书。(哈萨克左右三部，古康居。布鲁特东西二十部，古捐毒循休。皆通贡市，为新疆外藩。西部长阿济毕奉将军书有云："如素赍满佛之鸿仁，鲁斯坦之大勇。"盖皆回部旧汗之贤者，故举以为颂焉。)(其十九)[1]

董沛这组诗歌"详于掌故"[2]，读之能够"见绥抚之远"[3]，且字里行间充满了知识分子以国家为己任的热情，具有一定的史诗价值。洪熙认为董沛诗"尚论古今，推原兴废，纬蔡独叹，匣龙自吟"[4]。如果说乾隆朝收复西域之后的庆功诗文创作，是用盛世的欢歌来润色鸿业，那么董沛的自吟与独欢，或许是他在国家政局处于危难之际，回顾辉煌的历史以振奋人心，以呼吁人们挽救国运。董沛身为地方小官，虽有政治见解，但却无用武之地。关注西域，也体现了个人的理想抱负，是一个普通士大夫对国家政局焦虑与忧患意识的另一种呈现。

三、平定西域诗文的意义与价值

第一，平定西域诗文带有明显的爱国情怀。在康熙朝用兵西域之前，人们对西域的感受还是相当陌生的，甚至还将吐鲁番视为外邦。《清实录》中多次记载，"吐鲁番国王玛墨忒赛伊忒汗，遣陪臣

1〔清〕董沛：《六一山房诗集》，载《清代诗文集汇编》第707册，第346—347页。

2〔清〕龙顾山人纂，卞孝萱、姚松点校：《十朝诗乘》，福州：福建人民出版社，2000年，第80页。

3〔清〕杨钟羲：《雪桥诗话续集》卷八，北京：北京古籍出版社，1991年，第542页。

4〔清〕洪熙：《六一山房续集序》，自董沛：《六一山房诗集》，载《清代诗文集汇编》第707册，第328页。

兀鲁和际等进表贡方物"[1]。吐鲁番也自称地居极西："吐鲁番阿奔木
匝法尔苏耳覃马哈麻特额敏巴哈笃尔汉，遣亦思喇木和者进贡。……
但天朝建都极东，臣地居极西，以后应否照旧进贡，请赐裁夺。"[2]
更不必说准噶尔部控制下的乌鲁木齐与伊犁地区了。"在清初多数
士人心目中，皆以陕甘或河西为西北重地，对西域则视之无足轻重。
这一方面是对彼时清朝西北疆界的客观反映；另一方面，也反映出
时人尚未摆脱前人西域观的影响"[3]。前代史书或文学中的西域记载
虽然给阅读者带来过无限的憧憬想象，但那毕竟与亲历斯地的感受
相差太远。乾隆年间平定西域，"极西之地"吐鲁番已经等同内地，
更多的内地文士前后接踵地来到比极西更远之地。祁韵士言："余
奉谪濛池，橐笔自效，缅思新疆周二万余里，为高宗纯皇帝神武独
辟之区，千古未有，余既得亲履其地，多所周历，得自目睹，而昔
年备员史职，又尝伏读御制文集、诗集及《平定准噶尔回部方略》
二书，故于新疆旧事，知之最详，颇堪自信。"[4]言语间颇为自矜，可
以看出士人的国家观、西域观在悄然变化。

　　第二，清代文人，尤其是非官僚体系内的江南学人平定西域诗
文出现，在一定程度上说明清朝政府中央集权日益加强，清王朝统
治也已得到民众的承认。清政府解决了蒙古、新疆、青海、西藏问
题，国家统一的完成，使文人所代表的士大夫阶层对清王朝更加认

1《清实录·圣祖实录》卷四二，《清实录》第 4 册，北京：中华书局，1985 年，第
560 页。

2《清实录·圣祖实录》卷九八，《清实录》第 4 册，第 1234 页。

3　贾建飞：《清代中原士人西域观探微》，《清华大学学报（哲学社会科学版）》，第
108 页。

4〔清〕祁韵士：《西陲要略》，载《中国地方志集成·新疆府县志辑》第 4 册，第
437—438 页。

可，更容易在心理上接受新王朝并为其歌咏太平，体现出对大一统王朝的强烈归属感和认同感。

乾嘉以后，普通的江南文人开始关注西域，不再仅仅是如台阁文人那样高颂赞歌，而更多地通过现实生活的体察，引发深沉的爱国之情和对时局的忧患，一些诗人借西域局势，间接表达一己的忧世之思，兹举朱维鱼《听人话征伊犁事》为例：

> 擒王直欲尽流沙，兔走乌飞日月赊。瀚海天低云作浪，春山树少雪为花。一军荼火分回部，万里葡萄入汉家。绝域烽烟生亦死，渐忘清泪落悲笳。[1]

朱维鱼，字牧人，号眉洲，浙江海盐人。乾隆时诸生，一生困顿。从他的诗作中可以看出关于平定伊犁的战争逸事，再次成为内地人士关注的话题。这首诗跨越时空，映射出一代代戍边将士舍生忘死的情怀，具有苍茫悲凉的历史感受，与一味发高亢豪迈之音的应制颂圣之作迥然有别。再如李富孙《坐雨》诗所写：

> 寒风苦雨扑帘旌，老去伤怀百感生。闭户偶思天下事，著书敢附古人名。频年饥馑民凋敝，远徼幺麽日荡平。毕竟问谁知己是，只互闲共白沤盟。[2]

李富孙，字既方，一字芑沚，浙江嘉兴人，嘉庆六年（1801）拔贡生。"远徼幺麽日荡平"句下注："时西域叛贼张格尔已就擒，

---

1 转引自杨镰：《诗词中的新疆》，乌鲁木齐：新疆人民出版社，2003 年，第 82 页。
2〔清〕李富孙：《校经庼文稿》，载《清代诗文集汇编》第 544 册，第 46 页。

渐次荡平"，作为困顿科场、功名不显的下层文人，又面临"频年饥馑民凋敝"的社会现实，可以说绵延数年的张格尔之乱的平定，并未带来太多士气的提振，反而触发了文人对于国事，尤其是西域局势的忧虑。

冯云鹏的《平定回疆凯歌二十四首》就是受此感发。冯云鹏，字九扶，号晏海，江苏通州（今江苏南通）人，著有《扫红亭诗集》《金石索》。他身在书斋却心怀天下，作《平定回疆凯歌二十四首》。来看其二：

> 回纥称强自李唐，我朝威德辟新疆。追思圣祖勤三驾，尺土何能让跳梁。[1]

自注云："康熙三十五年（1696），圣祖亲率六师三驾平定噶尔丹等处。"坚定地表达出在国家领土主权完整问题上寸土不让的决心。再如其三：

> 谟罕蓦德久无存，和卓生来负国恩。刀下赦回张格尔，公然又作布拉敦。

这首诗交代了张格尔的家世。"谟罕蓦德"即穆罕默德的异译，和卓家族一般自认为是先知的后裔。实际张格尔为萨木萨克次子，是大和卓波罗泥都之孙，"波罗泥都"即为"布拉敦"。张格尔借助其家族在白山派伊斯兰教民众中的影响，聚集了万余人发动了叛乱，

1〔清〕冯云鹏：《扫红亭吟稿》卷一三，道光十年（1830）刻本。

为害南疆百姓，诗人对此进行了毫不留情的批判。其五又云：

> 柙虎旋凭叶尔羌，喀城纠约变仓皇。可怜各色砖房里，大
> 小官兵半阵亡。

诗下自注说："叶尔谓地羌者，宽广之谓，此为张逆祖父巢穴，喀什犹言各色，噶尔犹言砖房，各色砖房言其地之富庶也，时喀城不保，大臣庆公被害。"张格尔起兵后先后攻陷南疆喀什噶尔、英吉沙尔、叶尔羌、和阗等城，此诗记录了喀什噶尔参赞大臣庆祥全军覆没之事。冯云鹏虽久居江南，"生平不逾江淮、齐鲁"[1]。从江南到西域，空间和时间并未隔开他与这场战事的距离，字里行间都透露出他对于西域战事和国运的关切。

第三，平定西域诗文保存了战争前后相关史事的描写，具有史料价值。如清代赵翼《平定回部铙歌》共三十首，以诗夹注的形式，叙述了战争的主要经过，有以诗证史的意义。兹举数首如次[2]：

> 露布星驰万里风，庙谟指顾定肤功。大荒西去无征战，回鹘城头戢两雄。

> 伊犁定后拓尧封，宁复佳兵更选锋。马到天阗蹄万里，人来月窟趼千重。

---

1 袁行云：《清人诗集叙录》，北京：文化艺术出版社，1994 年，第 1779 页。
2〔清〕赵翼著，李学颖、曹光甫校点：《瓯北集》，上海：上海古籍出版社，1997 年，第 135 页。

　　雪窖穷酋久缚双，特教仍拥旧旌杠。至仁网自开三面，诅忍先防反吠厖。

　　庙谋方密将谋疏，釜底翻惊漏网鱼。戎幕乌啼军尚卧，漫筹穴道抵冲车。

　　易将重教深虎嵎，凯旋壮士再长驱。先机一着谁筹及，传箭增兵已在途。

　　于阗古部早来傈，台盏酬浆列队齐。采玉河边军晓渡，始知世有水流西。

　　悬师深入遇蜂豺，血战孤军黑水涯。我马已疲人自勇，重围柜作堵墙排。

　　旗鼓真从天上来，赴援百道疾如雷。发兵宁待前军陷，数月前头诏已催。

　　转战经旬气益振，名驹又蹴敌营尘。突围万贼中间出，检点何曾失一人。

　　阿克苏城暂驻军，出关驼马早千群。怪来边地无输挽，万里刍粮川组缤。

　　两道分兵断互援，漫凭双窟固藩垣。握奇既掣连鸡势，特角先摧骇鹿魂。

　　枹鼓先声贼胆寒，各携辎重走蹒跚。好家居已全抛却，先减攻围一半难。

　　"铙歌"在汉乐府中属于鼓吹曲，是一种乐府中的仪仗军乐，"鼓吹乐，一曰短箫铙歌乐，自汉有之，谓之军乐"[1]。常在马上奏之，用以激励士气，也可用于大驾出行、奏凯班师。赵翼虽未到过西域，但在京任职期间闻听了西域战事的经过。赵翼兼史学家与诗人、诗论家于一身，其诗歌创作中贯穿了鲜明的历史意识，从整体上勾画了清军平定南北疆的全过程，对于清政府维护边疆安定、国家统一的丰功伟绩进行了热情歌颂。"至仁网自开三面，讵忍先防反吠龙"记录清朝解救了被准噶尔拘禁在伊犁的波罗泥都、霍集占兄弟，但是后来二人趁乱在南疆发动叛乱，赵翼对此负恩背德、反复无常的行为进行了批判。"旗鼓真从天上来，赴援百道疾如雷""转战经旬气益振，名驹又蹴敌营尘""悬师深入遇蜂虿，血战孤军黑水涯"勾勒出清军将士们出征与战斗过程，其中亦不乏对战争细节的描绘，如"怪来边地无输挽，万里刍粮用组缦""握奇既掣连鸡势，犄角先摧骇鹿魂"交代战争中运粮布阵的细节。中国古典诗歌中的军事题材诗多侧重于描写战争的灾难性后果，以及战争中的戍卒之苦与思妇之悲。但是平定西域诗文则侧重于纪事，常对战争经过作细致的钩沉，赵翼此诗采用汉乐府的形式，强调纪实性，在诗歌中多用自注，进一步加强了诗歌史实本事的准确性，堪称战争实录的慷慨

1〔元〕脱脱等：《辽史》卷五四《乐志》，北京：中华书局，2017年，第992页。

军歌。

平定西域诗大多情调高昂，感情强烈，关注具体战争的胜负、情感倾向明显带有正义一方的深刻烙印。如邓廷桢在听闻清军取得了收复西四城、生擒张格尔的重大胜利，作《回疆凯歌十首》，诗云[1]：

> 高皇戡定纪神功，二万殊疆尉候通。当宁圣人绳祖武，貎罴那得据河东。

> 相臣威望重云台，羽扇亲麾八阵开。百万花门罗拜处，马前争识令公来。

> 百战声威震鼓鼙，楼船两两大名齐。中朝自有无双将，未必关西让陇西。

> 妖星前岁见欃枪。垂象分明房亦当。旗展蚩尤弓霹雳，眼看神箭射天狼。

> 浩荡天兵下四城，尚从徼外丏余生。朝来虎翼军飞出，赤手屠将碧海鲸。

> 登坛号令詟乌孙，一战生禽吐谷浑。共道将军天上下，居然元夜夺昆仑。

1〔清〕邓廷桢：《双砚斋诗钞》卷十一，载《清代诗文集汇编》第520册，第76—77页。

捷书昨夜到甘泉，香案前头进奏笺。圣主声灵大无外，不夸琛赆贡和阗。

羽林壮士唱刀镮，齐裹貂裘振旅还。千骑桃花万行柳，春风吹度玉门关。

流沙险远雪山深，几竭司农馈饟心。从此轮台置田卒，何劳日调万黄金。

饮至灵台听策勋，句陈列位应星文。上公圭瓒通侯印，豹尾班中拜五云。

邓廷桢并未亲身参与这场战役，但凯旋将士得胜的喜悦和豪情也感染了他，"中朝自有无双将，未必关西让陇西""登坛号令詟乌孙，一战生禽吐谷浑"宣示了寸土必争、保家卫国的信念，表达了必胜的决心。在这一组诗中，邓廷桢抒写战争视角广阔，既有对英勇将士的歌咏，如"中朝自有无双将，未必关西让陇西""朝来虎翼军飞出，赤手屠将碧海鲸"等描写，同时也关注到了少有人注意的群体，如"流沙险远雪山深，几竭司农馈饟心。从此轮台置田卒，何劳日调万黄金"。由于路远雪深，负责从内地往西域转运军粮，保证粮草等后勤储备运送的"司农"困难重重，自从军屯恢复，解决了筹粮的困难，再不用靡费大量款项于运输，这是战争取得胜利的重要因素。

清朝末年的边疆危机，清廷派左宗棠出兵收复西域，对西北民族分裂势力予以军事打击，最终左宗棠从阿古柏手中收复被侵占的土地，沙俄亦被迫归还了伊犁地区。来自浙江乌程的施补华在《重定新疆纪功诗》中详细记述了左宗棠西征军平定阿古柏之乱、收复西域的过程：

> 皇帝纪元，某月某日。上相左侯，西事陈说。曰新疆者，关陇外郭。臣定关陇，余寇亡逋。或噪于城，或啸于社。跳踉东西，或噬于野。浩罕别部，曰安集延。盗八城居，厥有岁年。土回如羊，客回如狼。安夷如虎，牙爪怒张。羊为虎食，鸣号失计。狼为虎役，凭依得势。东窥关陇，扞御唯臣。吁嗟蒙古，狼虎与邻。唯此蒙古，神京肩背。肩背创深，腹心患大。岂不出帅，将懦士疲。贼掠而饱，军溃而饥。既懦既疲，既饥且变。守之不能，矧与言战。愿奉威命，绝塞是扬。籍二万里，还之职方。侯任其事，帝下其议。合虑同谋，凡百在位。或曰道远，或曰敌坚。或曰役久，或曰财殚。或曰弃之，闭关以拒。或曰封之，裂土以处。帝谓不然，新疆如田。圣祖耕之，高宗获焉。祖宗所贻，子孙治之。厥或荒秽，芟之夷之。乃授节钺，乃专征伐。乃峙刍粮，乃练兵卒。有蹇者骡，有秃者驼。千头万头，运粮若何。运粮自东，阴山雪冱。运粮自北，大漠风怒。俄夷助顺，运粮自西。大麦小麦，百货以赍。运粮如山，如陵如阜。以战可战，以守可守。湖湘子弟，帕首靴刀。猛气喷薄，昆仑不高。英英刘公，实为军主。接士而文，驭将而武。二年三月，侯至酒泉。刘公奋呼，负矢以先。伊吾陟高，渠犁就坦。将欲急攻，先示以缓。群寇狂狙，厉乃戈矛。初生之犊，狎虎如牛。车师后庭，厥有牧地。群寇据之，顾盼形势。割禾于野，阻水于河。营其夷旷，垒其嵯峨。刘军之缓，刘军之急。肉薄先登，

血飞横入。大夷哀啼，如鹰搏鸡。小夷骇窜，如狸捕鼷。或解其肩，或截其胆。万怒莫当，一凶不漏。蕞尔昌吉，犹穴贼徒。忽降而拒，进退如狐。金刘合军，左攻右截。降则狙系，拒则犬磔。山曰达坂，安夷以城。南疆喉项，欲以死争。刘军之来，贼咷民笑。九地鸣筇，九天飞炮。飞炮之火，千帐焚烧。尸骸撑挂，额烂头焦。遂袭高昌，张徐来会。昆吾之刀，以刘蓬艾。回酋栗胆，安酋亡魂。有兵在颈，西走何门。天狗夜堕，雷声震震。军吏欢呼，安酋殒命。安酋之子，海拉最能。胡里杀之，以弟代兄。英圭黎夷，庇其党羽。万里请降，侯拒不许。遂决渤海，逐铲轮台。土尔扈特，狼狈归来。龟兹风扫，温宿电逐。莎车于阗，不亡一镞。疏勒之贼，群游釜鬵。翻城以应，蔗腐在心。胡里亡命，回酋与俱。获其孥妾，或释或诛。穷追魁党，越竟而逃。彼纳国贼，我重邦交。投甲道旁，降者十万。哀哉土回，胁从非愿。红旗猎猎，飞度关津。宫门晓启，捷书以闻。皇帝曰吁，天相朕国。山川神祇，佑助之力。皇帝曰吁，戎乱以宁。告于穆宗，在天之灵。皇帝曰吁，朕德何有。知人善任，惟皇太后。皇帝曰吁，相臣竭忠。爰及将士，以爵酬功。舭舭我侯，拜首稽首。疆宇既复，宜善其后。乃命文吏，旦暮招徕。逃崖窜谷，孑遗可哀。民孰无居，垒土庇之。民孰无食，掊廪饩之。为民度田，赐牛以耕。三年出赋，轻之又轻。为民都水，堤堰是列。视岁旱潦，以蓄以泄。课棉得絮，课桑得丝。织以为衣，御寒有资。群玉之山，五金之穴。苟利于氓，厉禁勿设。阿浑伯克，沿习不除。柔以礼义，活以诗书。乃建城郭，乃分郡县。化外为中，比回于汉。华离区脱，与俄画疆。先之归地，继以通商。新疆之民，天日再睹。民之永思，高宗圣祖。以屏关陇，以障蒙古。远夷心詟，浮议气沮。惟侯之忠，忠邀天断。惟侯之义，义激士战。惟侯之勇，勇除寇悍。惟侯之仁，仁拯民难。天生我侯，中兴之贤。粤贼窜粤，聚而歼旃。攻捻攻回，头白临边。功成三稔，金瓯复完。华戎喁喁，仰天而视。皇帝睿冲，倚我耆宿。杖国杖朝，百年康乐。九庙之安，四海之福。[1]

"雅音之韵，四言为正"[2]，对于这一具有重大政治意义的诗歌题材，需要典雅庄重的外在体式，施补华此诗特别采取了四言句式，营造出节奏整齐、结构凝练、庄重典正的艺术效果。此诗用二百八十句的长篇详细交代清军收复西域战斗的来龙去脉，包括战争缘起、战争场面、战争过程以及战争后百姓生活等，是一篇完整曲折的战争叙事诗。诗歌的开篇先交代重定西域的历史背景，从同治三年（1864）西域政局发生动荡，浩罕军官阿古柏随后入侵并在南疆建"哲德沙尔"伪政权，旧制荡然无存，迫使清朝政府不得不对统治西域的政策重新加以审视。然而当时的中国面临海陆腹背受敌的困境，正如诗中所云："帝下其议，合虑同谋，凡百在位，或曰道远，或曰敌坚，或曰役久，或曰财殚，或曰弃之，闭关以拒，或曰封之，裂土以处。"当时朝廷争议的焦点在于应该专注于"海防"还是"塞防"。清政府最终决定"海防""塞防"并重，出兵收复西域。左宗棠从筹措粮草开始，到制"缓进急战"的方针挺进西域，扫除了北疆和南疆的阿古柏势力，取得胜利，施补华作为战争的亲历者，记录了战争的整个过程。尤其是战争平定之后，赞扬左宗棠在南北

1〔清〕施补华：《泽雅堂诗二集》，载《清代诗文集汇编》第 731 册，第 496 页。

2〔晋〕挚虞：《文章流别论》，载严可均辑：《全上古三代秦汉三国六朝文》，北京：中华书局，1958 年，第 1905 页。

疆大兴水利，安置流寓农民归业，招募流民屯垦，改善了当地百姓的民生问题。同时施补华也对西域治理提出了许多见解，如指出"阿浑伯克，沿习不除"，强调"柔以礼义，活以诗书"，主张用儒家文化教化淡化宗教对南疆的控制，这种想法颇具远见，体现了清代士人阶层已经认识到消除文化隔阂对于区域稳定的重要意义。

第二节　江南文人的西域风土组诗

江南士人所作西域组诗主要有王芑孙《西陬牧唱词六十首》、褚廷璋《西域诗十二首》、朱紫贵《天山牧唱三十首》、薛传源《李莪村观察枝昌自新疆回，备聆新疆风土因作竹枝词十六首》。这四组诗的作者均未到过西域，这些组诗或是受到西域志书的启发，或间接听闻而作。

这些组诗亦带有竹枝词特征。与传统的竹枝词意义相同，风土组诗亦具有"辅史""补史""续史""正史""解史"的功能[1]。在这些诗人们笔下，西域的山川地理、民俗人文景观得到了比史志记载更为生动传神的诗性展示，丰富了人们的认识。以下就对其中名气较大、成就较高的《西陬牧唱词六十首》《西域诗十二首》《天山牧唱三十首》分别加以考察。

一、王芑孙《西陬牧唱词六十首》

王芑孙（1755—1818），字念丰，一字沤波，号铁夫、惕甫，别号楞伽山人，江苏长洲（今苏州）人。乾隆五十三年（1788）召试

1　徐恭时：《上海洋场竹枝词序》，载顾炳权编著：《上海洋场竹枝词》，上海：上海书店出版社，1996年，第3页。

举人，由国子监典簿出为华亭教谕。肆力于古诗文，亦工书。尝客京师，坐馆于董诰府邸六年，常往来于梁诗正、刘墉、彭元瑞家，才名为时人所推重。著有《四书通故》《碑版文广例》《渊雅堂编年诗稿》等。

王芑孙的《西陬牧唱词六十首》自序云：

> 乾隆五十三年夏五月，上幸避暑山庄，芑孙从董尚书出塞。既即次多雨，无以自遣，捡架上书，得《西域图志》读之，仰见我国家畎章之厚，绥来之广，以及山川风气之殊，服物语言之别，奇闻轶事亦往往错见其中。凡汉唐以来所约略而不能晰，占毕之儒所茫昧而莫能详者，一旦入我版图，登我掌故，於戏盛矣。辄占作绝句六十章，或附丽前闻，或质言今制，删取原文，少加融贯，件系成诗，以二万余里之中，准、回两部居其大，凡准部世资游牧，不事农工，回部虽务农工，利兼畜牧，且自耆定以来，耕屯日辟，兆协薪烝，又国家绥万、屡丰之庆也，遂题之曰《西陬牧唱》，所谓不贤者识其小者，因以助牧人之扣角云尔。[1]

王芑孙并未到过西域，据此序可知，他曾陪同座主董诰至热河，途中读《西域图志》，因作《西陬牧唱词六十首》。《西域图志》全称《钦定皇舆西域图志》，于乾隆二十七年（1762）完成初稿，乾隆四十七年进呈御览，奉旨刊刻，是清代第一部官修西域方志，系统记述了西域地区历史、地理、人文、经济等情况。从自序可以看

1〔清〕王芑孙：《渊雅堂全集》，载《清代诗文集汇编》第442册，第94页。

出《西域图志》对《西陲牧唱词》的构思与写作方式有着直接影响，王芑孙采用诗文互注的形式，注释大部分直接采自《西域图志》，而诗歌正文只是从注释中将自己印象深刻的内容提取出来"少加融贯"，整理成诗。《西陲牧唱词六十首》规模庞大，气势恢宏，代表了乾隆时期官方学者对于西域的认知。

王芑孙首先将西域置于祖国的广大版图之中，交代其地理位置和特征：

> 二万舆图指掌通，大荒直北是西濛。冰天火地皆尧壤，一发祁连界画中。（其一）[1]

诗歌自注云："中华当大地之东北，西域则中华之西北，为大地直北境也。自准部、回部以迄藩部，圆广二万里，在古为西戎。汉唐设都护府，置羁縻州，皆虚存统帅，初未服属，今则悉隶版图，其地在肃州嘉峪关外，东南接肃州，东北直喀尔喀，西接葱岭，北抵俄罗斯，南界番藏。天山以北准噶尔部居之，俗强悍，逐水草，无城郭。天山以南回部居之，风气柔弱，有城郭，习耕种。天山即祁连山，绵亘三千余里，宇宙间山无大于此者。《汉书》：'匈奴谓天为祁连。'今准语犹然也。大抵今回部诸城为《汉书》有城郭之三十六国，所谓与匈奴、乌孙异俗者。准部在天山北，并为乌孙地，其东境犹属匈奴耳。"[2]从历史的角度，展现了乾隆皇帝通过对准噶尔、回部的统一战争，二万里疆域已尽入清朝版图，以此纲举目张、点入正题，热情地歌颂了清朝统一大业，蕴含了国家一统的盛世情怀。

---

1 〔清〕王芑孙：《渊雅堂全集》，载《清代诗文集汇编》第 442 册，第 94 页。

2 〔清〕王芑孙：《渊雅堂全集》，载《清代诗文集汇编》第 442 册，第 94 页。

接下来描写西域的山势与水源："群山莽莽走中原，冈底斯蹲气脉尊。青海南趋葱岭北，太行王屋总儿孙。"（其二）[1] 指出西域山势与中原一脉相承的特点，又云："淖尔探源星宿低，方流圆折总无蹊。书生只挟蹄涔见，费煞笺梳弱水西。"（其三）[2] 自注云："河水伏流说非无据"，即将罗布泊与黄河河源星宿海联系在一起，这是汉代以来的误传，主要源自《史记》中"于阗之西则水皆西流注西海。其东水东流注盐泽，盐泽潜行地下，其南则河源出焉"的记载，这一误解到清代仍然普遍存在，反映了时人西域地理知识的局限。

《西域图志》分新疆为四路：安西南路、安西北路、天山北路、天山南路。[3] 组诗就按照这一顺序描写西域交通，先写"流沙腾海一重重，路出安西绕白龙。露挹三危酝化洽，玉门关外绝传烽"（其四）[4]，交代了自安西州至敦煌县之间的地理情况。写安西北路："镇西哈密限嶷峣，库舍图山扼二邦。右地北庭归我闳，汉唐宁不愧招降。"（其五）[5] 这一段是由安西州至巴里坤的路程，自注谓："右安西北路。安西州北之哈密与镇西府同在天山东陲，南北相隔，中为库舍图岭，扼形势控极徼。自哈密西出，通天山南路回部诸境。自

1 〔清〕王芑孙：《渊雅堂全集》，载《清代诗文集汇编》第 442 册，第 94 页。

2 〔清〕王芑孙：《渊雅堂全集》，载《清代诗文集汇编》第 442 册，第 95 页。

3 《西域图志·凡例》："疆域，略分四路凡十二卷。出嘉峪关自东而西，历叙新设之安西州、玉门、敦煌二县为一卷，属安西南路。北自哈密抵镇西府为一卷，叙准噶尔部乌鲁木齐东境新设之迪化州为一卷，属安西北路。叙库尔喀喇乌苏、塔尔巴噶台诸路为一卷，伊犁东路为一卷，伊犁西路为一卷，属天山北路。叙回部之辟展属为一卷，哈喇沙尔、库车、沙雅尔属为一卷，赛喇木、拜、阿克苏属为一卷，乌什、喀什噶尔属为一卷，叶尔羌属为一卷，和阗属为一卷，属天山南路。"钟兴麒、王豪、韩慧，等校注：《西域图志校注》，乌鲁木齐：新疆人民出版社，2002 年，第 6 页。

4 〔清〕王芑孙：《渊雅堂全集》，载《清代诗文集汇编》第 442 册，第 95 页。

5 〔清〕王芑孙：《渊雅堂全集》，载《清代诗文集汇编》第 442 册，第 95 页。

镇西府西出，通天山北路准部诸境。盖西域之咽喉也。"库舍图，译言碑也，因岭上有《唐姜行本纪功碑》得名，此碑记载了唐左屯卫将军姜行本平定高昌麹氏王国的事迹。

之后王芑孙对天山南北路的塔尔巴噶台、库尔喀喇乌苏、辟展、哈喇沙尔、库车、赛喇木、拜城、阿克苏、喀什噶尔、乌什、叶尔羌、和阗进行描写，并对哈萨克部、东西布鲁特部、霍罕、安集延、玛尔噶朗、那木干、塔什罕、拔达克、博洛尔、布哈尔、爱乌罕、痕都斯坦、巴勒提诸部等进行介绍，每述一地，均能准确精练地选取当地最具代表性的事件进行描绘，如写辟展：

> 辟展安恬夜辟扉，花门帕首庆同归。班超祇取封侯乐，不解耕屯就土肥。（其七）[1]

此诗自注写道："右天山南路之辟展、哈喇沙尔、库车诸属。西域城郭多在山南，而辟展所属为尤盛。近依金岭，远抱天山，南北流泉弯环如带，周围千余里，为高昌、交河旧地。昔回人见逼准夷，内附甘、沙，自大功耆定，俾复故居。哈喇沙尔及库车当辟展西境，良田沃壤充轫其中，为汉焉耆、龟兹，最饶乐地。班超所上书请兵者也。李唐四镇并重，而碎叶、龟兹居二，于此岂非以地胜欤。"在清朝与准噶尔部对峙期间，吐鲁番部维吾尔人为避免准噶尔部的侵扰，自雍正四年（1726）起曾内迁甘肃，尤以雍正十年规模最大，吐鲁番民众一万多人，在额敏和卓的带领下迁往瓜州居住。此诗写到清朝统一西域后，维吾尔族百姓又回到故居。清政府在这一地区

---

1 〔清〕王芑孙：《渊雅堂全集》，载《清代诗文集汇编》第442册，第96—97页。

屯田，经济和社会得到了极大发展，当地少数民族百姓纷纷拥戴清朝政府。

横亘新疆中部的天山山脉大致将本地分为南、北两部分。天山北路主要以卫拉特蒙古为主，在明末清初卫拉特四部中的准噶尔部逐渐强盛，故清代常将卫拉特诸部统称准噶尔，简称"准部"。天山以南为回部，以维吾尔族为主。南北疆具有不同的民族、宗教、民俗。王芑孙先介绍北疆，其诗云："左右贤分旧列疆，甘泉递觐拜天章。自从玺绶皇朝授，不是当年犁汗王。"自注云："准噶尔四卫拉特者，都尔伯特，绰罗斯，辉特，和硕特也。乾隆癸酉冬，都尔伯特首先纳土，为诸部倡，嗣是而绰罗斯、辉特、和硕特鳞集麇至。卫拉全疆统归涵宥。迨乾隆辛卯，土尔扈特部复自西北万里外率属偕来，由是准部民人无一不隶我版籍矣。诸台吉等列爵分封，光荣带砺。其列爵之次曰和硕亲王，多罗郡王，多罗贝勒，固山贝子，镇国公、辅国公，凡六等。有赐留汗号者，视王爵为倍优。"[1]这首诗记录了都尔伯特归顺，到土尔扈特回归，四卫拉特均"隶我版籍矣"的一系列重大历史事件，歌颂清朝的一统盛世。

在总论地理、历史之后，王芑孙将准部与回部对举，进一步详细描写两部的民俗事象，涉及宗教、婚俗、葬俗、饮食、历法、音乐等方面，首先写卫拉特蒙古的宗教：

> 人传释种教称黄，宗喀薪传又几床。学佛不曾知五戒，露臀列拜向都纲。（其三十五）[2]

1〔清〕王芑孙：《渊雅堂全集》，载《清代诗文集汇编》第442册，第97页。

2〔清〕王芑孙：《渊雅堂全集》，载《清代诗文集汇编》第442册，第99页。

明朝永乐年间，藏传佛教格鲁派（黄教）传入准噶尔，卫拉特蒙古族改信黄教。黄教与汉传佛教有明显区别，甚至不知"五戒"，所谓"五戒"是佛教徒的五条戒律或行为准则：不杀生，不偷盗，不邪淫，不妄语，不饮酒。王芑孙在自注中进一步说："额鲁特尊尚黄教，凡决疑定计，必咨于喇嘛而后行。自台吉宰桑以下，顶礼膜拜，得其一抚摩一接手，以为大福。礼拜之仪，众喇嘛偏袒，脱裤露肩及臀以为敬，人生六七岁即令识喇嘛字，诵喇嘛经。病则先延喇嘛讽经，然后服药。若大台吉有事讽经，则其下争输货物于喇嘛以为礼。都纲者，众喇嘛聚而讽经之室也。"可以看出黄教已经渗透入准部民众的日常生活，他们对黄教领袖喇嘛更是到了顶礼膜拜的程度，乃至凡有大事都"必咨于喇嘛而后行"。黄教礼拜之仪，要求偏袒脱裤，露肩及臀。入清后，官府礼拜，也行此礼。体现了清政府对于准部文化的包容政策。

写准部的饮食习俗如："何须耕种论肥硗，千足牛羊尽富饶。却怪贫人好生计，乳茶入腹不愁枵。"（其三十六）[1]自注云："准部不乏泉甘土肥之地，而不尚耕作，以畜牧为业。问富强者，数畜以对。饥食其肉，渴饮其酪，寒衣其皮，驰驱资其用，无一不取给于牲。欲粒食则因粮于回部，回人苦其钞掠，岁赋以粟，然所赋仅供酋豪馐粥。其达官贵人夏食酪浆酸乳，冬食牛羊肉。贫人则但食乳茶，亦足度日，畜牧之外，岁以熬茶西藏为要务。"准部是以游牧畜牧业为主，其主要生活物资都来自牛羊，"饥食其肉，渴饮其酪，寒衣其皮"。乳茶即奶茶，是蒙古人重要的饮品，这也催生了准部对茶叶的极大需求，使之成为与清朝贸易的重要物资。关于准部服

1〔清〕王芑孙：《渊雅堂全集》，载《清代诗文集汇编》第442册，第99页。

饰，诗人写道："锦袍右衽灿金镶，紫帽红靴嫁宰桑。娇曳流苏长委地，好珠瑟瑟缀新妆。"（其四十）在自注中详细地解释了准部的服饰："准部之'拉布锡克'，即袍也。台吉用锦缎为之，饰以绣。宰桑则丝绣氆氇为之，贱者多用绿色。御冬无棉，以驼毛为絮，名库绷。亦有止衣羊皮者，皆右衽平袖，四围连纫，男子衣不镶边，妇衣用锦绣，两肩两袖及交襟续衽处镶以金花。其民妇则以染色皮镶之。""其冠无冬夏之别，但以毛质厚薄为差，白毡为里，外饰以皮。贫者饰以毡，或染紫绿色，其顶高，其边平。略如内地暖帽，而缀缨止及其帽之半。妇人冠与男子同，台吉靴以红香牛皮为之，中嵌鹿皮，刺以文绣。宰桑用红香牛皮，不嵌不绣，民人穿皮履，或黑或黄，无敢用红色者。妇人靴制贵贱视其夫。"[1]组诗对婚俗也有记载："诵经结发妇随夫，细马驮来不用扶。珍重证盟羊胛骨，定情昨夜在毡庐。"（其四十三）诗歌自注云："准俗以羊马为聘，昏之日，婿至女门，女家讽喇嘛经。婿与女共持一羊胛骨，拜天地日月，夫妇交结其发。女家为开蒙古包以成婚。明日婿先归，别择日以娶妇。新妇乘马至婿家，婿家亦讽喇嘛经。"[2]对丧葬的记载，如："五行葬法岂天真，无奈番僧法力神。薄俗于今涵孝治，草青时有祭先人。"（其四十四）自注谓："准俗不立丧制，死之日，其子孙亲属，丐延喇嘛讽经。捡《珠露》书，有应五行葬法者，则以其法葬。如应金葬则置诸山，应木葬则悬诸树，应火葬则焚诸火，应水葬则沉诸河，应土葬则埋诸地。如不应五行，葬者则撤蒙古包，弃尸道傍。自亡日起诵经，四十九日不杀生、不剃头，有剪发以为孝者，每忌辰设

1〔清〕王芑孙：《渊雅堂全集》，载《清代诗文集汇编》第442册，第100页。

2〔清〕王芑孙：《渊雅堂全集》，载《清代诗文集汇编》第442册，第100页。

果食湩乳以祭，每遇草青时，思其祖父，亦酹奠于野。"[1]这些诗歌涉及准部社会生活的方方面面，具有诗史价值。

王芑孙写回部，首先从历史谈起，诗云："青吉为君派噶师，为婚同姓转蕃滋。编年纪载《陀犁克》，千有余年见圣时。"（其四十六）[2]"青吉斯"指成吉思汗，"派噶"即"派噶木巴尔"，波斯语先知的音译，指伊斯兰教的创始人穆罕默德，他被认为是真主的使者先知。这是因为西域地区的伊斯兰教最早始于喀喇汗朝，而全面将伊斯兰教推广全疆地区的则是察合台后裔秃黑鲁帖木儿，至叶尔羌汗国时期达于鼎盛。东察合台汗国和叶尔羌汗国其实都是成吉思汗后裔所建，因此，回部称汗必追溯其始祖成吉思汗。而宗教上则以先圣、先知穆罕默德为始祖，故云"青吉为君派噶师"，此句自注说："回部西万余里有墨克祖国，回人凡终身必亲往礼拜一次。"这里将宗教信仰与民族归属等同，都属于想当然的无稽之谈，应当摒弃。诗中的"陀犁克"为音译词，此指史书。回部纪年自派噶木巴尔始，至乾隆己亥岁（1779），共一千一百九十三年，故云："千有余年见圣时。"

王芑孙诗中还客观描述了维吾尔族民众的宗教信仰："有天无佛是回疆，俗祀祆神旧史详。"（其四十七）自注："回部不信佛。"[3]写回疆的历法："建元莫问几星躔，自度人间大小年。正是把斋时候到，葫芦灯向树头燃。"[4]记录了伊斯兰教历的每年九月，要斋戒一月，斋月期间自日升至日落，白天不饮不食，到晚方可饮啖，斋月

1〔清〕王芑孙：《渊雅堂全集》，载《清代诗文集汇编》第442册，第100页。
2〔清〕王芑孙：《渊雅堂全集》，载《清代诗文集汇编》第442册，第101页。
3〔清〕王芑孙：《渊雅堂全集》，载《清代诗文集汇编》第442册，第101页。
4〔清〕王芑孙：《渊雅堂全集》，载《清代诗文集汇编》第442册，第101页。

为期二十九天。以见新月出现为期开斋，次日为开斋节。

此外，诗歌还有对维吾尔族的丧葬描写，如："也道居丧不着绯，墨衰聊用布为衣。不愁今岁寒无帽，新向坟头送葬归。"（其五十七）[1] 回俗与中原的丧服制度不同，穿黑布。棺上所覆绸缎以分致送葬者为小帽。关于维吾尔族婚俗的描写则有"连襟报诺便烹羊，教主前头设誓长。绿毯舁来扶上马，娇羞未肯拜姑章"（其五十八）[2]，"峨冠五寸发垂垂，无扣貂褕称意披。倭堕鬌哥好妆束，绛帏双枕灿金丝"（其五十九）[3] 等，这些描写为中原士人了解回疆的文化、风俗提供了详细的资料。

王芑孙作为乾嘉考据学者，获睹《西域图志》后有感于国家幅员辽阔，国力强盛，遂资书以为组诗，构成对《西域图志》的诗性表达。组诗从创作动机到具体内容，都渗透着维护和赞颂国家大一统的政治宗旨，也反映出乾嘉时期考据学向诗文创作渗透的特点。

二、褚廷璋《西域诗十二首》

褚廷璋（？—1797），字左莪，号筠心，江苏长洲（今苏州）人。乾隆二十八年（1763）进士。官至翰林院侍读学士，以事降主事，乞归。为沈德潜弟子，与曹仁虎等结社，以诗名。参与《西域图志》《西域同文志》编撰，著有《筠心书屋诗钞》等。《湖海诗传》说褚廷璋："于准夷、回部山川风土最为谙悉，奉敕纂《西域图志》，又纂《西域同文志》，并通等音字母之学。"[4]《西域同文志》是在《西域

1〔清〕王芑孙：《渊雅堂全集》，载《清代诗文集汇编》第442册，第102页。
2〔清〕王芑孙：《渊雅堂全集》，载《清代诗文集汇编》第442册，第102页。
3〔清〕王芑孙：《渊雅堂全集》，载《清代诗文集汇编》第442册，第102页。
4〔清〕王昶：《湖海诗传》卷二九，上海：上海古籍出版社，2013年，第334页。

图志》编纂过程中同步编成，乾隆二十八年成书。为研究新疆、青海和西藏地区的地名、山名、水名、人名的工具书。通过编修这两部书，褚廷璋对西域有了较深的认识，在编撰之余，按地名题诗，用七律的形式追述天山南北各地历史，歌颂了清朝统一西域的丰功伟绩。

褚廷璋不同于王芑孙，他并未将笔墨重点放在西域山川地理、风情民俗的描写，而是着力于刻绘平定西域的过程，和清朝统一西域后的新面貌，以此歌颂统一，如《乌鲁木齐》：

> 厄鲁公孙此建瓴，天戈万里下风霆。山围蒲类分西谷，云护沙陀拱北庭。不断角声横月白，天边草色入天青。辑怀城上舒雄眺，尽把耕畴换牧坰。[1]

厄鲁，即厄鲁特蒙古，一作额鲁特，卫拉特蒙古部落。乌鲁木齐原为厄鲁特蒙古和硕特部游牧地，西域平定后，清军在此屯垦，昔日厄鲁特牧放牛羊之地已是亩畴相连。

褚廷璋对国家强盛、民族振兴有着强烈的使命感。如写伊犁：

> 人驱风雪兽驱烟，犹见乌孙立国年。海气万重吞丽水，山容三面负祁连。盘雕红寺朝鸣角，散马青原夜控弦。纪绩穹碑衔落日，英灵班鄂想回旋。（《伊犁》）[2]

开篇简要介绍了伊犁的历史与自然环境："纪绩穹碑衔落日，英

1〔清〕褚廷璋：《筠心书屋诗钞》，载《清代诗文集汇编》第363册，第215页。

2〔清〕褚廷璋：《筠心书屋诗钞》，载《清代诗文集汇编》第363册，第216页。

灵班鄂想回旋。"句后自注："固尔扎庙东建有前后勒铭伊犁碑。"乾隆帝平定准噶尔后于 1755 年在伊犁立碑纪功，战争结束之初，班第、鄂容安曾率五百士兵驻守伊犁，在准噶尔阿睦尔撒纳叛军袭击之下，寡不敌众，二人最后兵败自杀，为西域的统一大业而英勇献身，褚廷璋在诗中提醒人们不要忘记他们的功勋。

又如写塔尔巴哈台：

> 多罗川外夜吹芦，雉堞新成接上腴。塞月已寒三叶护，边风犹动五单于。名藩甲卷烟消漠，健将弓开血洒芜。不是皇威宣北徼，春光谁遣遍坟垆。(《塔尔巴哈台》)[1]

塔尔巴哈台即今塔城一带，汉属五单于旧地，唐时为三姓叶护故境。清统一后建新城，雉堞雄伟。作者借古说今，记录了清军平定阿睦尔撒纳叛乱的经过，赞扬了清朝将领身先士卒、勇冠三军的气概，尤其是诗歌尾联，明显带有胜利的骄傲和自豪。

褚廷璋虽然没有切身体验平定西域的战争，但对于战争事迹了然于心，如《吹》这首诗中所描写：

> 梯空劲旅倚屏颜，迳出盘雕落雁间。波浪远翻图库水，风云高护格登山。千屯此日开榆塞，十箭当年阻玉关。碎叶长川流不极，犹悬边月照溽渡。[2]

"吹"即吹河（今中亚楚河），又名碎叶川、碎叶水，是同一名

<hr />

1〔清〕褚廷璋：《筠心书屋诗钞》，载《清代诗文集汇编》第 363 册，第 216 页。
2〔清〕褚廷璋：《筠心书屋诗钞》，载《清代诗文集汇编》第 363 册，第 216 页。

称的不同翻译。此诗记录了清军平准全面胜利的标志性战役格登山大捷，颈联追溯历史，表明清朝平定准噶尔是汉唐统一的延续，具有重要意义。

《叶尔羌》亦是围绕战争展开，记录了著名的黑水营之役：

> 将军绝域倚弓刀，要射天狼洒血毛。月白夜营金甲冷，云寒秋垒绣旗高。惊沙万马曾飞电，黑水千年总怒涛。双义神威知宛在，灵旗森肃下空壕。[1]

有关黑水营战役之事，前文已有叙述，是役中，清军两路援军合并，彰显"双义神威"，一举破败敌军，褚廷璋在诗中热情歌颂了这些将士在西域建功的英雄事迹。

写南疆的《和阗》诗云：

> 毗沙府号古于阗，葱岭千盘积翠连。大乘西来留法显，重源东下问张骞。渔人秋采河边玉，战马春耕陇上田。今日六城歌舞地，唐家风雨汉家烟。（《和阗》）[2]

和田自古以盛产美玉闻名，这里经历了汉家烽烟、唐朝风雨，终于成为歌舞升平的清代边陲乐土，昔日战马卸鞍耕田，尽显清朝统一的丰功伟业。

1〔清〕褚廷璋：《筠心书屋诗钞》，载《清代诗文集汇编》第363册，第217页。

2〔清〕褚廷璋：《筠心书屋诗钞》，载《清代诗文集汇编》第363册，第217页。

三、朱紫贵《天山牧唱三十首》

朱紫贵（1795—?），字立斋，号漫翁，浙江长兴人，侨居苏州。道光长兴廪贡生，官嘉兴府学教授、瑞安县学训导，工吟咏，有诗名。曾校刻《洛阳伽蓝记》，所著《洛阳伽蓝记考异》为世推重。另有《枫江草堂诗集》《枫江草堂文集》《枫江渔唱》等著作。朱紫贵自序其《天山牧唱》的创作缘由是"读《西域琐谭》，率成上下平韵绝句三十首，名之曰《天山牧唱》"[1]。可知，这组诗作是因阅读椿园七十一《西域琐谈》之后，依据其内容敷衍成篇。《西域琐谈》即椿园七十一所撰《异域琐谈》，又以《西域闻见录》之名著称于世，乾隆四十二年（1777）成书，内容包括新疆纪略、外藩列传、西陲记事本末、回疆风土、军台道里等。西域组诗中有很多作品都借鉴过《西域闻见录》，反映出椿园氏的著作在清代传播之广，除了《天山牧唱三十首》之外，著名者还有福庆的《异域竹枝词》。二者因有共同的蓝本，在创作上有相似之处。不同者在于朱紫贵并没有来过西域，主要通过文献实证的方式以及对细节想象来勾勒他的西域印象。《天山牧唱三十首》作为《异域琐谈》的延伸，对于了解清代西域风土民俗也不无裨益。

袁行云谓朱紫贵这组诗作"虽非亲临其境，亦得耳目之助，王芑孙不得专美于前矣"[2]。在西域组诗中，《天山牧唱三十首》艺术价值较高，与王芑孙的"学人之诗"相比，"诗味"更浓，没有长篇大论的注释，抒情与叙事相互结合，更符合"诗人之诗"的特点。组诗开篇从敦煌写起：

1　〔清〕朱紫贵：《枫江草堂诗集》，载《清代诗文集汇编》第 590 册，第 675 页。

2　袁行云：《清人诗集叙录》，第 2086 页。

路出敦煌更几千，北辰北望转西偏。柳梢未是初三夜，月子弯弯已上弦。（其一）

自注曰："西域望北辰，少北而西，一日则见月，一钩如线。"[1] 自古以来，敦煌是西域之门户，也是丝绸之路重镇，这也使之成为文化的中转站。作者用新月未到初三已似上弦来形容地理位置极为偏西。

在接下来的诗作中，朱紫贵选取了标志性的自然地理景观，通过想象和历史文献记载进行勾勒，并进一步挖掘其多样化内涵。如写古阳关遗址，他从历史的角度展开："前朝曾设沙州卫，战垒烽台沙碛间。偃月泉中呜咽水，行人饮马古阳关。"（其四）[2]明代军队编制实行卫所制，兵士有军籍，平时屯田驻防，战时奉调出征。永乐三年（1405）敦煌设立的沙州卫，为嘉峪关西七卫之一，东南即古阳关故址。偃月泉即甘肃的月牙泉，形如偃月，也在古阳关故址附近，这里是通向西域的咽喉要道。火焰山也是西域景观的代表，朱紫贵写道："鸣禽不度兽还惊，触暑冲寒第几程？世路崎岖真一笑，火山雪海有人行。"（其五）[3]紧接着又写由伊犁噶克察哈尔海台南行的雪海，一望无际："日凿冰梯马不停，人行石隙太伶仃。娇丝脆竹知何处？隔著琉璃万叠屏。"（其六）冰山即穆素尔达坂，俗称冰岭，是连接伊犁和南疆的战略要道。清军平定玉素普之乱时即走此道。诗人云："或有数丈大石，径尺冰支撑而立，人必经行其下，

1〔清〕朱紫贵：《枫江草堂诗集》，载《清代诗文集汇编》第590册，第675页。

2〔清〕朱紫贵：《枫江草堂诗集》，载《清代诗文集汇编》第590册，第676页。

3〔清〕朱紫贵：《枫江草堂诗集》，载《清代诗文集汇编》第590册，第676页。

往来丝竹之声通宵聒耳，则远近冰裂也。"[1]可谓冰山雪海，道路艰难，与前引张广埏、舒其绍等人诗作有异曲同工之处。

朱紫贵对民族风俗有极大兴趣，与王芑孙一样，他也在诗中写到过当地的节日习俗。其中对开斋节的描写恰能与王芑孙诗互补："鲜衣怒马去如飞，画鼓声中簇彩旗。今日开斋刚贺岁，六街灯火醉人归。"（其十）此诗自注云："开斋贺年。阿奇木伯克列旗帜、设鼓乐，入礼拜寺讽经，礼毕回众随往其家贺岁，劳以酒肉，哄饮而散。"[2]展示了少数民族群众庆祝开斋节的场景，家家贺岁，犹如春节。开斋节后："相逢尽是五陵豪，马射何人夺锦袍。一朵纸花红插帽，朝来城角去登高。"（其十二）自注云："又数日，老少鲜衣，帽上各簪纸花，于城垣高处登眺，回则驰马较射，酣饮竟日。"[3]又写礼拜祷告活动："声声屋角压油啼，又听城东梵呗齐。鼓吹五番人礼拜，夕阳红上小楼西。"（其十七）自注进一步展开："伊犁、乌鲁木齐之间多压油鸟，集人肩袖，捉而出其油即飞去。各城均于东偏架木为楼，鼓吹送日西入，毛喇阿浑讽经礼拜，日凡五次，谓土纳马兹。"[4]根据《西域闻见录》对"压油鸟"进行了注释："大如鸡雏，色正黑肥。集人屋宇或院落中，唧唧哀鸣。招之辄集于肩袖，捉而急握之，油自粪门出。油尽乃纵去。"[5]

朱紫贵诗中也写到西域的建筑："金碧新修梵宇墙，朝曦晃眼曝糇粮。春来多少含泥燕，难觅双栖玳瑁梁。"（其十三）自注云："聚

1〔清〕朱紫贵：《枫江草堂诗集》，载《清代诗文集汇编》第590册，第676页。

2〔清〕朱紫贵：《枫江草堂诗集》，载《清代诗文集汇编》第590册，第676页。

3〔清〕朱紫贵：《枫江草堂诗集》，载《清代诗文集汇编》第590册，第676页。

4〔清〕朱紫贵：《枫江草堂诗集》，载《清代诗文集汇编》第590册，第676页。

5〔清〕椿园七十一：《西域闻见录》，载《中国西北文献丛书·西北民俗文献》第一卷，第261页。

土为坯，垒墙厚三四尺，以白杨、胡桐横布其上，施苇敷泥，遂成屋宇。屋顶开天窗一二处，以透阳光。屋顶皆平，居人于其上来往，为曝粮米之用。亦有似蒙古包形者，可以无梁栋自成屋宇也。"[1]亦有对维吾尔族的婚俗描写："驮来细马是明姝，锦帕蒙头赋秣驹。礼拜寺前相见日，红丝窣地绾珍珠。"（其十六）自注："回人嫁娶，新妇骑马以帕蒙头，鼓吹导引，父兄送往夫家。凡女皆垂发辫十余，已嫁则发后垂红丝为络，下垂珠宝为饰。"[2]这一连串的描写，多角度、多方位地展现了不同的民族风情。

丰饶的西域物产，是西域诗的重要题材，几乎每个诗人的作品都有涉及，这在前章中已有揭示。在那些未到过西域的诗人眼中，则更富有吸引力，朱紫贵亦不例外，他在诗中写道："已从西海求名马，更向南山放皂雕。一片围场秋草绿，雪莲花共大旗飘。"（其二十）[3]将西域马匹、雕鸷、雪莲花全部置入笔下。伊犁河在朱紫贵心中也充满着江南风情："虬松十里客停骖，石碣张骞何处探。一带伊犁河畔水，鱼鱼鸭鸭小江南。"（其二十一）自注中尤其注意到伊犁河特有的鱼獭："距惠宁城一里为伊犁河，中有鱼獭。又南八十里为察布尔察之山，上多松柏。伊犁相传有张骞石碣。"[4]此处的鱼獭是一种原产在阿尔泰山、伊犁河谷和喀什周边的欧亚水獭，这里强调了伊犁物产丰富与独特。叶尔羌河采玉之事，亦受到诗人的关注："方流两岸水溶溶，采玉年年贡九重。一骑牦牛入绝壁，天风吹下碧芙蓉。"（其二十二）自注云："叶尔羌河产玉，每岁春秋两贡。

1〔清〕朱紫贵：《枫江草堂诗集》，载《清代诗文集汇编》第590册，第676页。
2〔清〕朱紫贵：《枫江草堂诗集》，载《清代诗文集汇编》第590册，第676页。
3〔清〕朱紫贵：《枫江草堂诗集》，载《清代诗文集汇编》第590册，第677页。
4〔清〕朱紫贵：《枫江草堂诗集》，载《清代诗文集汇编》第590册，第677页。

去叶尔羌二百三十里，山名密勒台打坂，遍山皆玉。土人携具锤凿，乘牦牛而上，任其自落而取之，名擦子石。"[1]注语中提及的密勒台打坂，又写作密尔岱，在今叶城与塔什库尔干县交界处，也是清代重要的产玉之地。

朱紫贵在组诗最后一首中自述其创作心理，他说："声教西驰纪织皮，拓疆远过汉唐时。书生何事轻投笔，试听《天山牧唱词》。"（其三十）[2]从《尚书》"声教讫于四海"的文献记载，到清代人对于西域的描绘，深刻地昭示了大一统观念已深入人心。朱紫贵身在江南，心怀天下，他对于西域的遥想，体现了当时普通江南文人认识西域、了解西域的热望。

本节所涉及的均为未至西域士人的创作，这一群体通过他人著述或传闻的方式了解、感知西域，诗后大都附有源自《西域图志》《西域闻见录》等史书的繁缛自注。诗人因缺乏对于西域生活感同身受的体验，认识与描写上难免有一些误解和偏差。但是，西域风土组诗却成为时人了解西域、认识西域的重要途径。如晚清官员方濬师在《蕉轩续录》中云："昨闻甘肃肃清后，大兵业已出关，是所望于桓桓虎貔之将帅哉。……复检洪稚存太史《伊犁纪事诗》，并录之，以到戍先后为次，亦足以征我圣朝威德广被，拓土开疆，实从来所未有也。"[3]方濬师于清末左宗棠肃清甘肃、大军即将收复新疆之际，检视洪亮吉《伊犁纪事诗》，通过对前代西域诗人作品的阅读，表达西征必胜的信念。这从侧面也说明了西域风土组诗不仅仅是西域风土的描摹，更蕴含着对中华大地地大物博的自豪感以及国家大

1〔清〕朱紫贵：《枫江草堂诗集》，载《清代诗文集汇编》第590册，第677页。

2〔清〕朱紫贵：《枫江草堂诗集》，载《清代诗文集汇编》第590册，第677页。

3〔清〕方濬师撰，盛冬铃点校：《蕉轩随录·续录》，第494页。

一统观念的强烈认同。

本章小结

除了平定西域后的颂圣献诗、描绘西域风土人情的联章组诗，江南文人对西域的关注还体现在以考据实证为主的西北史地学研究中，如沈垚、沈曾植、龚自珍等诸多江南名士。他们当中沈垚是较早将目光投射到西北的学人。沈垚生长在乾嘉学术中心之一的江南，在乾嘉学派的脉络中成长，师从施国祁等考据名家，青少年时期，他足不出乡里，"游览所及，远不过百里，近才数十里"[1]，然而就在这方寸天地中，道光八年（1828），他完成了《新疆私议》，认为新疆"隶版图已久"，早就是国家贡赋所出之地。他站在维护边疆统一立场上阐述了巩固边疆稳定的切实措施。沈垚的这一思考与道咸政局关联，展现了具有忧患意识的学者们力图钻研"经世致用"之学，通过自己的研究和著述，挽救国家和边疆的危机。

本章所述江南学人虽未到过西域，却开始思考西域的各方面问题。他们对西域的认识已经不再是单一的文学想象，抑或作意好奇的猎奇心理。从文学创作到史地研究，他们对遥远边疆的探求欲望，体现了士大夫的使命担当与政治觉醒，也充分反映了江南文人的家国情怀。

1〔清〕沈垚：《答徐星伯中书书》，自《落帆楼文稿》卷二，载《清代诗文集汇编》第 598 册，第 31 页。

结　语

　　早在汉唐时期，往来的商旅就通过丝绸之路源源不断地将产于江南的茶叶、丝绸运送到西方，西域是这一路途中重要的通道和链环。唐以后，这条通道虽然有过暂时的断绝，但也从未落寞。在"丝绸之路"这一地理名词的背后，负载着故乡、历史、生命与情怀，通过神话的传承、史籍的记载、舆图的绘制、诗词的吟唱，逐渐凝结成为中国人的集体情感与记忆，其意义已经不仅限于地理学科、文学艺术、社会文化或者其他任何一个单独的领域。

　　从这条道路向西进发，曾经有"不破楼兰终不还"（王昌龄《从军行》其四）的家国情怀，也有"绝域觅封侯"的建功豪情；有"大漠孤烟直，长河落日圆"（王维《使至塞上》）的开阔辽远，也有"劝君更尽一杯酒，西出阳关无故人"的孤独寂寞；有"平沙莽莽黄入天"（岑参《走马川行奉送出师西征》）的奇崛，也有"千树万树梨花开"（岑参《白雪歌送武判官归京》）的瑰丽。这些动人心魄而不无夸饰的描写都具有一个共同特点：用特异性凸显地域文化气质，并以此构成了文学西域的基本印象。然而，随着历史情境的消失与远去，前人的创作又变为后来者了解西域的间接材料，使得创作模式不可避免地趋于固化，成为唐以后文人西域诗创作的藩篱。清人用身体力行的观察获得了在场性的认知并投入创作实践，重塑了文学西域的形象。这其中"江南文化"与"西域文化"的交融渗透，是"文

227

学西域"形象重塑的关键环节之一，文人的创作改变了西域诗的抒情风貌，拓展了西域诗的题材类型，丰富了西域诗的表现内容。

在中华漫漫历史长河中，交往交流交融始终是地域与地域之间的主要趋向。江南与西域的文化互动早已有之。既有西域人写江南景物，亦有文人身在西域遥想江南，体现了江南与西域虽距离遥远，文化内核却存在天然的交互性与呼应性。江南成为西域民族文化融合的优质媒介，在西域被怀想、被眷恋，这不仅是西域社会稳定、经济繁荣、文化交往的明证，同时也从主观上拉近了内地文人与西域的心理距离。清代西域各族诗人们在此抒写、传播江南文化，是中华文化在历史长河中不断交往交流交融的必然产物，是在边疆地区进一步牢固树立大一统地缘结构秩序的重要组成，亦是中华多元一体文化的生动诠释。

宋光宗绍熙三年（1192）冬，一个风雨飘摇的夜晚，迟暮之年的陆游在故乡浙江山阴，静听风雨，壮怀激烈，不禁感慨："僵卧孤村不自哀，尚思为国戍轮台"（《十一月四日风雨大作》），陆游身在江南的卧榻之上，却将笔触延伸到遥远的西部，南宋朝廷偏安于江左，西域早已不在南宋统治范围之内，陆游一生甚至从未到过真正意义上的北方，西域更是遥不可及的梦想，但对西域的遥想激荡着诗人深沉的爱国之情，体现了独立于政治与现实之外浸润着民族意识的心理疆域。相较陆游，清人似乎要更加自信，乾隆三十五年（1770），毕沅至乌鲁木齐视察屯田，于途中有诗云："安西至江南，迢遥一万里。其间关与山，满地月如水。"（《浦海望月歌》）[1] 安西，即唐玄宗贞观十四年（640）于西域高昌境内初置的安西都护府，

1〔清〕毕沅：《灵岩山人诗集》，载《清代诗文集汇编》第369册，第568页。

显庆三年（658）迁至龟兹，代表着大唐疆土最遥远的西极，此时，诗人正停驻巴里坤湖畔，从这里到江南，道阻且长，广阔的空间、绵长的历史滋生了诗人强烈的民族自豪感。从陆游到毕沅，时代不同，情感不同，然而士人内心深处大一统的国家观念与民族意识，沉淀于诗歌之中，又力透于诗集之外，穿越了辽远深邃的时空，从未割裂！

主要参考文献

（期刊从略）

B

《八旗艺文编目》，恩华纂辑，关纪新整理点校，沈阳：辽宁民族出版社，2006 年。

《白居易文集校注》，〔唐〕白居易著，谢思炜校注，北京：中华书局，2011 年。

《北江诗话》，〔清〕洪亮吉著，北京：人民文学出版社，1983 年。

《边城蒙难记》，吴蔼宸著，乌鲁木齐：新疆人民出版社，2010 年。

C

《岑参集校注》，〔唐〕岑参著，陈铁民、侯忠义校注，上海：上海古籍出版社，1981 年。

《澄悦堂诗集》，〔清〕国梁著，《清代诗文集汇编》第 342 册，上海：上海古籍出版社，2010 年。

《承荫堂诗选》，〔清〕庆玉著，《清代诗文集汇编》第 391 册，上海：上海古籍出版社，2010 年。

D

《啖蔗轩诗存》，〔清〕方士淦著，《华东师范大学图书馆藏稀见丛书汇刊》，北京：北京图书馆出版社，2006 年。

《地域·家族·文学：清代江南诗文研究》，罗时进著，上海：上海古籍出版社，2010 年。

《定舫旅吟剩稿》，〔清〕玉符著，清咸丰刻本。

《东还纪略》，〔清〕史善长著，道光刻本。

《东城记余》，〔清〕杨文杰著，《武林掌故丛编》本，光绪刻本。

《多岁堂诗集》，〔清〕成书著，《清代诗文集汇编》第 463 册，上海：上海古籍出版社，2010 年。

F

《枫江草堂诗集》，〔清〕朱紫贵，《清代诗文集汇编》第 590 册，上海：上海古籍出版社，2010 年。

G

《古西行记选注》，杨建新主编，银川：宁夏人民出版社，1987 年。

《光绪慈溪县志》，〔清〕杨泰亨编修，光绪二十五年刻本。

《光绪太平续志》，〔清〕陈汝霖、王棻等撰，光绪二十二年刻本。

《国朝杭郡诗续集》，〔清〕吴振棫辑，同治甲戌丁氏刻本。

H

《汉书》，〔汉〕班固著，北京：中华书局，1962 年。

《河海昆仑录》，〔清〕裴景福著，北京：中国国际广播出版社，2016 年，第 14 页。

《红山碎叶》，〔清〕黄濬著，《中国西北文献丛书》，兰州：兰州古籍书店，第 1990 年。

《洪亮吉集》，〔清〕洪亮吉撰，刘德权点校，北京：中华书局，

2001 年。

《洪亮吉新疆诗文》，周轩、修仲一编著，乌鲁木齐：新疆大学出版社，2006 年。

《壶舟诗存》，〔清〕黄濬著，咸丰八年刻本。

《壶舟文存》，〔清〕黄濬著，宣统三年刻本。

《湖海诗传》，〔清〕王昶，上海：上海古籍出版社，2013 年。

J

《纪晓岚文集》，〔清〕纪昀著，石家庄：河北教育出版社，1995 年。

《纪晓岚新疆诗文》，周轩、修仲一编著，乌鲁木齐：新疆大学出版社，2006 年。

《嘉庆道光两朝上谕档》，桂林：广西师范大学出版社，2000 年。

《江南文化理论》，刘士林、苏晓静、王晓静著，上海：上海人民出版社，2019 年。

《江南文化与唐代文学研究》，景遐东著，北京：人民文学出版社，2005 年。

《江南园林史论》，曹林娣著，上海：上海古籍出版社，2015 年。

《江南园林志》，童寯著，北京：中国建筑工业出版社，1983 年。

《蕉轩随录·续录》，〔清〕方濬师撰，盛冬玲点校，北京：中华书局，1995 年。

《今樵诗存》，黄治著，《清代诗文集汇编》第 606 册，上海：上海古籍出版社，2010 年。

《经遗堂全集》，〔清〕韦佩金著，《清代诗文集汇编》第 431 册，上海：上海古籍出版社，2010 年。

《静怡轩诗草》，〔清〕毓奇著，道光五年刻本。

《旧唐书》，北京：中华书局，1975 年。

《校经庼文稿》，〔清〕李富孙著，《清代诗文集汇编》第 544 册，上海：上海古籍出版社，2010 年。

K

《康居笔记汇函》，〔清〕徐珂著，太原：山西古籍出版社，1997 年。

《空间与审美——文化地理视域中的中国古代文学》，周晓琳、刘玉平著，北京：人民出版社，2009 年。

《库车路程事宜》，〔清〕庆林著，《傅斯年图书馆藏未刊稿钞本》第 20 册，台北："中央研究院"历史语言研究所发行，2015 年。

L

《郎潜纪闻》，〔清〕陈康祺著，北京：中华书局，1984 年。

《历代西陲边塞诗研究》，薛宗正著，兰州：敦煌文艺出版社，1993 年。

《历代西域散文选注》，王有德、钟兴麒选注，乌鲁木齐：新疆人民出版社，1995 年。

《历代西域诗钞》，吴蔼宸编，乌鲁木齐：新疆人民出版社，1982 年。

《立崖诗钞》，〔清〕蒋业晋撰，嘉庆四年交翠堂刻本。

《两浙輶轩续录》，〔清〕潘衍桐编纂，杭州：浙江古籍出版社，2014 年。

《辽史》，〔元〕脱脱等著，北京：中华书局，2017 年。

《林则徐全集》，〔清〕林则徐著，林则徐全集编辑委员会编，福州：海峡文艺出版社，2002 年。

《灵岩山人诗集》，〔清〕毕沅著，《清代诗文集汇编》第 369 册，上海：上海古籍出版社，2010 年。

《刘师培史学论著选集》，刘师培著，上海：上海古籍出版社，2006 年。

《六一山房诗集》，〔清〕董沛著，《清代诗文集汇编》第 707 册，上海：上海古籍出版社，2010 年。

《轮台杂记》，〔清〕史善长著，《中国稀见地方史料集成》第 62 册，北京：学苑出版社，2014 年。

《论文学》，[法] 斯达尔夫人著，北京：人民文学出版社，1986 年。

《落帆楼文稿》，〔清〕沈垚撰，《清代诗文集汇编》第 598 册，上海：上海古籍出版社，2010 年。

M

《明代中晚期江南士人社会交往研究》，徐林著，上海：上海古籍出版社，2006 年。

《墨林今话》，〔清〕蒋宝龄撰，程青岳批注，李保民点校，上海：上海古籍出版社，2015 年。

O

《瓯北集》，〔清〕赵翼著，李学颖、曹光甫点校，上海：上海古籍出版社，1997 年。

P

《薜荔山庄诗文稿》，〔清〕成瑞著，道光二十四年刻本。

Q

《清稗类钞》,〔清〕徐珂著,北京:中华书局,1984年。

《清代官员履历档案全编》,秦国经主编,上海:华东师范大学出版社,1997年。

《清代嘉道时期江南寒士诗群与闺阁诗侣研究》,陈玉兰著,北京:人民文学出版社,2004年。

《清代松江府文学世家述考》,徐侠著,北京:三联书店,2013年。

《清代西北史地学研究》,贾建飞著,乌鲁木齐:新疆人民出版社,2010年。

《清代西域诗辑注》,星汉辑注,乌鲁木齐:新疆人民出版社,1996年。

《清代西域诗研究》,星汉著,上海:上海古籍出版社,2009年。

《清代西域竹枝词辑注》,吴华峰、周燕玲辑注,上海:上海古籍出版社,2022年。

《清代新疆流放名人》,周轩、高力著,乌鲁木齐:新疆人民出版社,1994年。

《清代新疆流放研究》,周轩著,乌鲁木齐:新疆大学出版社,2004年。

《清代新疆稀见史料汇辑》,中国社会科学院中国边疆史地研究中心主编,北京:全国图书馆文献缩微复制中心,1990年。

《清乾嘉道时期新疆的内地移民社会》,贾建飞著,北京:社会科学文献出版社,2012年。

《清人诗集叙录》,袁行云著,北京:文化艺术出版社,1994年。

《清人诗文集总目提要》,柯愈春编,北京:北京古籍出版社,2002年。

《清三通与续通考新疆资料辑录》，高健、李芳主编，乌鲁木齐：新疆大学出版社，2007年。

《清实录·高宗实录》，北京：中华书局，1986年。

《清实录·仁宗实录》，北京：中华书局，1986年。

《清实录·圣祖实录》，北京：中华书局，1985年。

《清实录·宣宗实录》，北京：中华书局，1986年。

《清史稿》，〔清〕赵尔巽等撰，北京：中华书局，1998年。

《全上古三代秦汉三国六朝文》，〔清〕严可均辑，北京：中华书局，1958年。

《全唐诗》，〔清〕彭定求著，北京：中华书局，1960年。

R

《戎旃遣兴草》，〔清〕晋昌著，《清代诗文集汇编》第456册，上海：上海古籍出版社，2010年。

《阮葵生集》，〔清〕阮葵生著，王泽强点校，西安：陕西人民出版社，2009年。

《瑞芍轩诗钞》，〔清〕许乃毂著，《清代诗文集汇编》第548册，上海：上海古籍出版社，2010年。

S

《塞上草》，〔清〕朱腹松著，嘉庆刻本。

《塞垣吟草》，〔清〕陈庭学著，《清代诗文集汇编》第395册，上海：上海古籍出版社，2010年。

《三州辑略》，〔清〕和瑛著，《中国地方志集成·新疆府县志辑》第6册，南京：凤凰出版社，2012年。

《扫红亭吟稿》,〔清〕冯云鹏撰,《续修四库全书》,上海:上海古籍出版社,2002年。

《上海洋场竹枝词》,顾炳权编著,上海:上海书店,1996年。

《少梅诗钞》,〔清〕瑞元撰,《清代诗文集汇编》第585册,上海:上海古籍出版社,2010年。

《圣武记》,〔清〕魏源著,北京:中华书局,1984年。

《诗词中的新疆》,杨镰著,乌鲁木齐:新疆人民出版社,2003年。

《十朝诗乘》,〔清〕龙顾山人纂,卞孝萱、姚松点校,福州:福建人民出版社,2000年。

《士林交游与风气变迁:19世纪宣南的文人群体研究》,魏泉著,北京:北京大学出版社,2008年。

《适斋居士集》,〔清〕觉罗舒敏著,《清代诗文集汇编》第520册,上海:上海古籍出版社,2010年。

《守边辑要》,〔清〕壁昌著,道光刻本。

《双砚斋诗钞》,〔清〕邓廷桢著,《清代诗文集汇编》第520册,上海:上海古籍出版社,2010年。

《私人领域的变形——唐宋诗歌中的园林与玩好》,[美]杨晓山著,南京:凤凰出版传媒集团·江苏人民出版社,2009年。

《隋书》,〔唐〕魏徵等撰,北京:中华书局,2019年。

T

《太湖县文史资料》第2辑,太湖县文史资料委员会编,1984年。

《听雪集》,〔清〕舒其绍著,《清代诗文集汇编》第403册,上海:上海古籍出版社,2010年。

《听园西疆杂述诗》,〔清〕萧雄著,《灵鹣阁丛书》本,光绪二十三年刻本。

《同治湖州府志》，同治十三年刊本。

《同治太湖县志》，〔清〕符兆鹏修，赵继元纂，同治十一年刊本。

W

《万里游草》，〔清〕张广垭著，道光二十三年刻本。

《汪辟疆文集》，汪辟疆著，上海：上海古籍出版社，1998 年。

《惟清斋全集》，〔清〕铁保著，《清代诗文集汇编》第 432 册，上海：上海古籍出版社，2010 年。

《味根山房诗钞》，〔清〕史善长著，《清代诗文集汇编》第 488 册，上海：上海古籍出版社，2010 年。

《文化地理学手册》，[英]凯·安德森主编，李蕾蕾、张景秋译，北京：商务印书馆，2009 年。

《乌鲁木齐市掌故》，刘荫楠，乌鲁木齐：新疆人民出版社，2003 年。

《吴丰培边事题跋集》，吴丰培著，乌鲁木齐：新疆人民出版社，1998 年。

X

《西陲纪游》，〔清〕唐道著，嘉庆十八年刻本。

《西陲要略》，〔清〕祁韵士著，《中国地方志集成·新疆府县志辑》第 4 册，南京：凤凰出版社，2012 年。

《西陲总统事略》，〔清〕汪廷楷著，《中国地方志集成·新疆府县志辑》第 2 册，南京：凤凰出版社，2012 年。

《西行草》，〔清〕汪廷楷著，道光十九年刊本。

《西行纪程》，〔清〕杨炳堃著，《丝绸之路资料汇钞（清代部分）》，北京：全国图书馆文献缩微复制中心，1996年。

《西域水道记（外二种）》，〔清〕徐松著，朱玉麒整理，北京：中华书局，2005年。

《西域图志校注》，钟兴麒、王豪、韩慧校注，乌鲁木齐：新疆人民出版社，2002年。

《西域闻见录》，〔清〕椿园七十一，《中国西北文献丛书》，兰州：兰州古籍书店，1990年。

《西域钩玄》，罗绍文著，兰州：兰州大学出版社，2002年。

《西征录》，〔清〕王大枢著，《古籍珍本游记丛刊》，北京：线装书局，2003年。

《息园诗存》，〔清〕方希孟撰，《清代诗文集汇编》第739册，上海：上海古籍出版社，2010年。

《咸丰孚化志略》，《中国地方志集成·新疆府县志辑》第11册，南京：凤凰出版社，2012年。

《向日堂诗集》，〔清〕陈寅著，《清代诗文集汇编》第398册，上海：上海古籍出版社，2010年。

《心太平室诗钞》，〔清〕萨迎阿著，道光刻本。

《辛卯侍行记》，〔清〕陶保廉著，刘满点校，兰州：甘肃人民出版社，2000年。

《新疆礼俗志》，〔清〕王树枏撰，《中国方志丛书》，台北：成文出版社，1968年。

《新疆文献四种辑注考述》，王希隆，兰州：甘肃文化出版社，1995年。

《新疆游记》，谢彬著，乌鲁木齐：新疆人民出版社，1990年。

《胥园诗钞》，〔清〕庄肇奎著，《清代诗文集汇编》第363册，上海：上海古籍出版社，2010年。

《续修四库全书总目提要》，中国科学院图书馆整理，济南：齐鲁书社，1996年。

《雪桥诗话续集》，〔清〕杨钟羲著，北京：北京古籍出版社，1991年。

Y

《一飞诗钞》，〔清〕文冲著，道光二十八年刻本。

《伊江百咏》，〔清〕陈中骐著，嘉庆抄本。

《倚剑诗谭》，〔清〕黄潘著，道光抄本。

《易简斋诗钞》，〔清〕和瑛著，《清代诗文集汇编》第399册，上海：上海古籍出版社，2010年。

《饮冰室合集》，〔清〕梁启超著，北京：中华书局，1989年。

《庸闲斋笔记》，〔清〕陈其元著，北京：中华书局，1989年。

《雨香书屋诗续钞》，〔清〕雷以諴著，《清代诗文集汇编》第589册，上海：上海古籍出版社。

《寓舟诗集》，〔清〕沈青崖撰，清乾隆十三年刻本。

《渊雅堂全集》，〔清〕王芑孙著，《清代诗文集汇编》第442册，上海：上海古籍出版社，2010年。

《元代江南民族重组与文化交融》，潘清著，南京：凤凰出版社，2006年。

《袁枚全集》，〔清〕袁枚著，南京：江苏古籍出版社，1993年。

《原诗·一瓢诗话·说诗晬语》，〔清〕叶燮、薛雪、沈德潜著，北京：人民文学出版社，2005年。

《阅微草堂笔记》,〔清〕纪昀著,杭州:浙江古籍出版社,2010 年。

Z

《泽雅堂诗集》《泽雅堂诗二集》,〔清〕施补华著,《清代诗文集汇编》第 731 册,上海:上海古籍出版社,2010 年。

《湛然居士文集》,〔元〕耶律楚材著,谢方点校,北京:中华书局,1986 年。

《知还书屋诗钞》,〔清〕杨廷理著,《清代诗文集汇编》第 418 册,上海:上海古籍出版社,2010 年。

《只自怡悦诗钞》,〔清〕秀堃著,道光二十二年刻本。

《中国古典园林分析》,彭一刚著,北京:中国建筑工业出版社,1986 年。

《中国古典园林史》,周维权著,北京:清华大学出版社,1993 年。

《中国流人史》,李兴盛著,哈尔滨:黑龙江人民出版社,1995 年。

《中国美术分类全集·中国建筑艺术全集》,北京:中国建筑工业出版社,1999 年。

《中国移民史》,葛剑雄著,福州:福建人民出版社,1997 年。

《中国园林文化》,曹林娣著,北京:中国建筑工业出版社,2005 年。

《中华竹枝词全编》,丘良任、潘超等编,北京:北京出版社,2007 年。

后 记

当飞机在乌鲁木齐地窝铺机场降落的时候，一首歌瞬间飘出：
"我要来唱一唱我们的家乡，我们的家乡是最美的地方……"悠扬的
曲调、轻快的节奏，在拥挤的客舱中扫去旅途的烦闷和疲累，终于
到家了！

我们的父辈都是在二十世纪五六十年代来到新疆的，从此将青
春奉献给了边疆，在寂静的戈壁滩中，有了片片绿洲，有了新兴的
城镇，父辈们用他们的努力，成就了新疆各项事业的发展和变化，
也滋润着孩子们的欢笑和童年。对我们这些生于新疆，长于新疆的
"疆二代"而言，"籍贯广州""籍贯山东"这些词汇，是只有在填
表时才用到的模糊和陌生的字眼，我们已然将新疆这片土地视为自
己的故乡。

从历史上看，新疆一直以来都是中国人口迁徙的重要目的地之
一，在内地移民带来的汉文化及少数民族的原生文化共同影响下，
成就了新疆形态多样、内容丰富的璀璨文化，这正是中华民族多元
一体格局这一伟大历史进程的典型缩影。

我们曾经在内陆求学，许多同学会对我们新疆人这一身份充
满了好奇，会问你们是不是在毡房里上学？你们是不是很会骑马？

你们是不是都能歌善舞？对于这样的问题，我们一开始觉得可笑，继而又陷入沉思。从清朝人开始已经在努力摆脱汉唐以来固化的西域印象，然而直到今天，人们对西域的印象仍然深刻地受到惯性的影响。

在近年来的学术研究中，我们常常思考西域文学是如何传递西域形象的，"文学西域"的形象是如何发展和变迁的，"文学西域"背后又是什么因素在起作用。可以肯定地说，文学西域的形成不是孤立进行的，其发展变化亦受到其他地域文化的影响，其中江南文化是突出表现之一。"西域"与"江南"因为地理环境的不同，造成了文化气质的不同，然而这种不同也绝非高墙壁垒，实际上一直以来都在不断地融合，相互吸收。这一点不仅见于江南籍作家，亦见于非江南籍作家，甚至许多少数民族作家，文化的交融由此产生。"文学西域"也被赋予了更多内涵，本书仅就此问题走出了浅尝辄止的一小步，还有更多问题值得我们深入思考和探究。

本书在完成过程中受到许多人的帮助。感谢我们硕士阶段的导师星汉教授，回到新疆工作之后，追随星汉老师的脚步，进入了清代西域文学的研究，星汉老师的国家重大项目"全西域诗编纂整理与研究"为本书提供了文献基础，他的《清代西域诗研究》一书则在研究方法上给了我们许多启示。本书的选题则受到黑龙江大学许隽超教授的指引，许隽超教授多年致力于对洪亮吉等江南文人群体的研究，他提议让我们从文化碰撞的角度出发，展开对于西域诗文的研究，在他的启发下，我们成功申报了教育部人文社会科学课题"清代江南文人西域诗文研究"。在课题完成过程中，他也给我们提出很多建设性的意见。此外还要感谢学苑出版社魏桦、黄佳两位编辑老师的细致工作。最后特别要感谢小石头，这本书的构思从你蹒蹒学步开始，如今你已经是一名二年级的小学生，你的努力和执着是我们的榜样和骄傲，谢谢你。

周燕玲　吴华峰
2023 年秋于新疆师范大学温泉校区